Schattengedanke

Lisa Kalcher

AF199607

Lisa Kalcher

Sakura

Schattengedanke

Bibliografische Information der Deutschen
Nationalbibliothek:
Die Deutsche Nationalbibliothek verzeichnet diese
Publikation in der Deutschen Nationalbibliografie;
detaillierte bibliografische Daten sind im Internet über
http://dnb.dnb.de abrufbar.

Herstellung und Verlag: BoD – Books on Demand,
Norderstedt

Grafik: Nadya Korobkova/ Christos Georghiou/ Gluiki

ISBN: 978-3-7504-1923-0

Inhaltsverzeichnis

Für meine besten Freundinnen.

Ich liebe euch!

PROLOG

Hallo, mein Name ist Alice, aber alle nennen mich Liz.
Ich bin ein durchschnittliches Mädchen, mit nicht ganz
so durchschnittlich rotem Haar, mit durchschnittlichen
Noten und einem Job, aus dem ich nie ausbrechen
werden, kann. Da ich in die 5. Kaste geboren worden
bin – also die der Dienstleister. Die Welt, wie sie früher
war, gibt es nicht mehr, seit dem großen
Zusammenbruch der Börse im Jahr 2046. Ein paar
Jahre danach wurde von Ayato Sarutobi die
Befreiungsreform eingeleitet und er hat die
Menschheit in Kasten eingeteilt, was im Grunde gar
nicht schlecht ist. Jeder hat Arbeit und Geld zum
Leben. Es gibt nur ein paar Einschränkungen je Kaste,
aber grundsätzlich lebt es sich seit der Reform besser.
*Nicht, dass ich Vergleichsmöglichkeiten hätte. Ich bin
auch erst siebzehn! Ich werde aber in zwei Wochen
endlich achtzehn.* Es werden keine Kriege mehr wegen
Religionen oder Ressourcen geführt, da es keine
Religion mehr im altbekannten Sinn gibt. Es gibt die
Reform! Der einzige Nachteil dieser Reform, ich werde

nie auf ein College gehen können und immer in dem bescheuerten Lebensmittelladen am Ende unserer Straße arbeiten, damit wir genug Geld haben, um die Krankenhausrechnung meiner Mom zu begleichen. Aber selbst, wenn meine Mom nicht krank wäre, könnte ich nicht aufs College gehen, da dies nur den Leuten der Kasten Acht bis Zehn gestattet ist. Natürlich könnten meine Eltern – oder zumindest ein Elternteil – die Prüfungen für die höheren Kasten ablegen, um aufzusteigen, aber die Gebühren, um antreten zu dürfen, sind so hoch, dass wir sie uns sowieso nie leisten könnten. Außerdem kann man die Prüfungen auch nur bis zur siebten Kaste ablegen. *Also, puff, Traum am Arsch.* Ja ich bin etwas zynisch, aber was würdet ihr tun, wenn euer Traum einfach unerfüllt bleibt?

ALICE

»Alice!«, schreit mein Vater aus der Küche. »Du kommst wieder zu spät zu Arbeit, wenn du weiter Luftschlösser baust.« Jap, mein Dad kennt mich einfach zu gut. Also schleppe ich mich die Treppe nach unten in die Küche, begrüße meinen Dad mit einem Kuss auf die Wange und mache mich auf den Weg zur Arbeit.

Im Laden angekommen, schalte ich die Beleuchtung ein und öffne die Ladentür, damit die Kunden auch hineinkommen können. Ich befülle gerade ein Regal mit Schokoriegeln, als die vertraute Klingel über der Tür erklingt. »Hey, Baby« meint Jacob augenzwinkernd – ach ja, ich vergaß zu erwähnen, dass ich wider Erwarten einen heißen Freund habe, mit dem ich seit drei Jahren zusammen bin. Er ist aus der dritten Kaste, der Arbeiterkaste. Wie immer kommt er zu mir, drückt mir einen Kuss auf den Mund und ich schmelze dahin. »Hey Schatz, alles okay? Möchtest du einen Kaffee zum Mitnehmen oder wolltest du mich einfach nur sehen?« »Beides«, haucht er verführerisch und will sich einen weiteren Kuss stehlen. Leider werden wir von der Ladenklingel unterbrochen. Ich nehme mir fest vor, ihn nicht ohne einen weiteren Kuss gehen zu lassen. »Warte mal eben.« Ich drehe mich um, um den Eingangsbereich zu erblicken und erstarre, als ich zwei der wohl schönsten Menschen dieser Welt sehe. »Hallo, sucht ihr was bestimmtes?«, frage ich stotternd. Das Mädchen, das aussieht wie ein schwarzer Engel, sieht mich an und lächelt als sie sagt: »Dich!« Ich sehe sie verwirrt an. *Warum sollte jemand, der eindeutig den höheren Kasten angehört – ja, man merkt dies allein daran, wie sich kleiden – von mir wollen? Und warum sollten sie mich kennen?* »Geht das etwas genauer? Ich bin mir zu hundert Prozent sicher, ihr verwechselt mich. Ich arbeite hier, wie man unschwer an meiner Uniform erkennen kann.« Sie lächelt mich weiter an, als der Typ – man darf erwähnen, dass er mit seinen ganzen Tattoos und der gepiercten Lippe echt heiß ist – mich ansieht, als würde er mich am liebsten vernaschen. »Um ehrlich zu sein, suchen wir dich tatsächlich und du bist hübscher als ich gedacht hätte.« Etwas verdutzt starre ich beide an. Plötzlich merke ich eine Hand auf meiner Schulter und weiß instinktiv, dass es Jacob ist. Wenn man mit jemandem solange zusammen ist, weiß man einfach, wann der andere Rückhalt braucht, um nicht aus den Latschen zu kippen. »Könnte vielleicht jemand so freundlich sein und mir mitteilen, was hier los ist?«, meint Jacob angesäuert. Eigentlich ist Jacob immer aufgeschlossen und freundlich, aber bei diesem Typen scheint eine Sicherung bei ihm durchzubrennen. »Ruhig bleiben Kleiner, niemand nimmt dir deine Freundin weg, außer sie will es selbst.«, meint der Typ feixend. Oh, oh schlechte Idee, Jacob ist zwar der geduldigste Mensch in meinem Universum, aber selbst er hat Grenzen und die will man nicht überschreiten. Wer es nicht weiß, diese Grenze bin ich! Beruhigend greife ich nach der Hand auf meiner Schulter und drücke sie, um ihm zu signalisieren, dass ich nicht weggehe. »Baby, schick diese Schickimicki Leute vor die Tür!«, meint er wütend. »Baby, du weißt, dass ich das nicht kann, ohne meinen Job zu verlieren. Geh' doch ins Büro und warte dort auf mich«, beschwöre ich ihn. Jacob sieht mich an und versteht. Er weiß, dass ich diesen Job brauche. Er dreht sich aber nicht um und geht, sondern flüstert mir geknickt in mein Ohr: »Ich muss zur Arbeit, ich komme dann einfach zu dir und wir reden dort.« Er küsst mich nochmal auf den Mund und geht zu Tür, aber nicht, ohne sich umzudrehen und mir zuzulächeln, wie er es immer tut. Dann ist er auch schon aus der Tür verschwunden. Wütend drehe ich mich zu den beiden um. »So, und jetzt mal Tacheles, was wollt ihr von mir? Geld kann es nicht sein, davon habt ihr mehr als ich und ansonsten würde mir nichts einfallen!« Die beiden sehen sich an und strahlen über das ganze Gesicht, was mich noch mehr verwirrt. »Hallo, mein Name ist Vicky van Lose und das ist mein bescheuerter Bruder Hunter. Wir sind hier, um vor dem Semesterbeginn nochmal zu feiern und haben gehört, du mixt die besten Beats in der

Stadt.« Ja, ich trete bei Feiern unserer Stadt auf, aber bisher nur bei öffentlichen Veranstaltungen, bei denen ich singe und erst zu späterer Stunde packe ich mein Mischpult aus und spiele einige Tracks. Aber, dass sich das herumgesprochen hat, irritiert mich etwas. »Aha«, meine ich skeptisch. »Wir würden dich gerne für heute Abend buchen – sind zweihundert Cubits in Ordnung?« Ich sehe die beiden an, als wären sie verrückt, und Hunter erwidert nur: »Schwesterherz, was soll sie mit zweihundert die Stunde? Machen wir fünfhundert draus. Sind wir im Geschäft?« *Hat er meinen Gesichtsausdruck wirklich so missverstanden? Ich sollte anscheinend an meiner Mimik arbeiten.* »Ähh, ja geht klar. Wann soll ich wo sein?«, frage ich so gefasst und so cool wie möglich. „Wir wohnen in der alten Villa am Flussufer. Weißt du, wo das ist?« Hunter lächelt mich an und ich schmelze in seinen blauen Augen dahin. *Was denke ich da, ich habe einen wunderbaren Freund. Pfui Alice!* Jeder kennt diese wunderbare Villa, sie ist im toskanischem Stil und wird normalerweise für Versammlungen genutzt. »Natürlich weiß ich, wo die ist!« »Kannst du um sieben da sein? Damit wir die Tracks noch grob durchsprechen können?«, fragt Vicky. »Dann bin ich um sieben bei euch«, meine ich freudestrahlend. Sie kaufen noch massig Alkohol, bezahlen und verschwinden. Ich widme mich wieder ganz meinen Aufgaben und als ich am Abend die Kasse machen will, bevor ich Schluss mache, entdecke ich ein wunderschön gefertigtes Amulett, das an einer silbernen Kette hängt. Das wird Vicky beim Bezahlen vergessen haben. Ich nehme das zarte Kettchen in die Hand und betrachte es eingehend. Das Amulett, das an der zarten Kette baumelt, besteht aus – ich würde mal auf Saphir tippen – und hat eine zarte, verschnörkelte Fassung. Sie ist wunderschön. Ich packe sie vorsichtig ein und werde sie am Abend Vicky zurückgeben. Normalerweise nehme ich Fundsachen nicht mit nach Hause, sondern gebe sie in die dafür vorgesehene Box. Aber ich habe Angst, dass sie jemand nehmen könnte, dem sie nicht gehört, und da heute niemand aus den höheren Kasten hier war außer Vicky und Hunter, gehe ich davon aus, dass sie ihnen gehört.

Bevor ich nach Hause gehe, schaue ich noch wie jeden Tag bei meiner Mutter vorbei. Sie begrüßt mich aus ihren müden Augen und will, dass ich ihr von meinem Tag erzähle, was ich auch mache. Als ich an den Punkt mit der Kette ankomme, verlangt sie, sie zu sehen. Etwas hat sich in ihrer Mimik verändert, ich kann es aber nicht benennen. Vorsichtig nehme ich die Kette heraus und zeige sie Mom. Sie sieht die Kette an und erstarrt.»Mom, alles in Ordnung?«, frage ich verängstigt.»Wie haben sie dich nur gefunden, Schatz?« Völlig verwirrt blicke ich sie an.»Bring diese Kette zurück und sprich nie wieder mit diesen Leuten!«, verlangt sie schreiend. Sie beginnt zu weinen.»Mom, was ist los? Soll ich einen Arzt holen?«, frage ich traurig. Meine Mom hat fortgeschrittenes Alzheimer und ist immer wieder verwirrt. Jedoch wirkt sie völlig klar und hat nicht wie sonst trübe Augen. »Bring diese Kette zurück und sprich nie wieder mit diesen Leuten, Alice! Haben wir uns verstanden?« Nun brüllt sie schon fast. »Wie konnten sie dich nur finden? Das darf nicht sein!« Sie scheint völlig aufgelöst und ich weiß nicht, wie ich sie beruhigen soll. »Mom, alles ist gut, ich bringe die Kette zurück und werde sie danach nicht mehr sehen!« Aber sie hört nicht auf, unzusammenhängende Sätze von sich zu geben, also läute ich nach einer Schwester. Als die Schwester das Zimmer betritt, sieht sie von meiner Mutter zu mir und sagt: »Alice, ich denke es ist besser, wenn du nun gehst. Deine Mutter braucht Ruhe.« Meine Mom schreit noch immer, wie sich mich gefunden haben, was überhaupt keinen Sinn ergibt. Ich verlasse geknickt das Zimmer und gehe nach Hause.

Zuhause angekommen, wartet mein Dad aufgebracht, mit einem Brief in der Hand auf mich. »Was hast du dir dabei nur gedacht? Wir können uns das nicht leisten, Alice, und das weißt du auch!«, herrscht mein Vater mich an. »Was meinst du, Dad?«, frage ich nun völlig verwirrt. *Erst meine Mom, jetzt Dad, was ist heute nur los?* »Das hier«, er hält den Brief hoch, »ist deine Einladung an die Karstein University!« Ich bin wie erstarrt, bringe kein Wort hervor. *Ich habe mich nicht angemeldet. Ich bin nur aus der fünften Kaste und darf nicht studieren.* »Ich habe mich nicht angemeldet, ich weiß, dass ich nicht studieren darf!« Mein Dad blickt mich an und merkt anscheinend, wie verwirrt ich bin.

Seine Miene wird sanft. »Dann war das bestimmt eine Verwechslung des Briefträgers!« Er zerreißt den Brief und wirft ihn in den Kamin. *Was war DAS denn? Er hätte den Brief morgen ja einfach wieder mitgeben können. Aber gleich verbrennen erscheint mir doch etwas zu krass.* »War heute alles okay auf der Arbeit?«, frage mich Dad mit seiner sanften Stimme. »Ähh, ja klar, alles wie immer.« Ich erwähne die Kette und die Party nicht. Heute ist ein sonderbarer Tag. »Bevor ich es vergesse – Jacob hat sich wieder über dein Fenster in dein Zimmer geschlichen. Kannst du ihm bitte erklären, dass er die Tür nehmen soll?«, meint er lächelnd. Ich steuere die Treppe an, als mein Dad mir nachruft: »Süße, du weißt, dass ich dich liebe?« Ich sehe ihn an und grinse. »Ich dich auch Dad.« Als ich in mein Zimmer komme, sitzt Jacob schon auf meinem Bett. Ich gehe auf ihn zu und küsse ihn leidenschaftlich. »Mhm, Baby. Hast du mich vermisst?«, raunt Jacob. Ich antworte erst gar nicht, sondern ziehe sein Shirt nach oben, um seine Bauchmuskeln zu sehen, und grinse ihn an. »Anscheinend schon«, haucht er in meine Halsbeuge und küsst die empfindliche Stelle hinter meinem Ohr. Seine Hand bahnt sich einen Weg unter mein Top und ertastet den Ansatz meiner Brüste. Von jetzt auf gleich werden wir beide stürmischer und ziehen uns gegenseitig aus. Er küsst jede Stelle meines Körpers und als er an einem gewissen Punkt sehr weit südlich mit seiner Zunge entlangfährt, entkommt mir ein genüssliches Stöhnen.

Völlig außer Atem schaut er mir tief in die Augen und flüstert: »Ich liebe dich.« Ich erwidere es und küsse seinen Mundwinkel. Als ich auf meinen Wecker schiele, erkenne ich, dass es schon sechs Uhr ist. Gehetzt steige ich aus dem Bett und laufe ins Bad, um zu duschen. Jacob kommt mir nach und grinst verschmitzt. »Soll ich dir Gesellschaft leisten?« *Wieviel Ausdauer kann ein Mann haben?* »Nicht jetzt, ich habe keine Zeit! Ich muss in die Villa am Fluss.« Hektisch seife ich mich ein. »Wieso denn das? Heute ist doch gar keine Versammlung«, meint er stirnrunzelnd. Stimmt, ich habe in unserer Eile, uns die Klamotten vom Leib zu reißen, ganz vergessen zu erwähnen, dass ich dort heute einen Job habe. »Kannst du dich an das Mädchen und den Jungen im Laden erinnern? Sie haben mir angeboten, auf ihrer Party aufzulegen – für fünfhundert Cubits die Stunde«, erkläre ich hektisch. »Fünfhundert Cubits pro Stunde? Wie lange legst du dort auf?«, fragt er. »Ich denke, es werden so zwischen vier und fünf Stunden werden.« Während Jake grübelt, ziehe ich mich in Lichtgeschwindigkeit an. »Soll ich dich begleiten?« »Du kannst mich gerne bis zur Villa begleiten, ich glaube aber nicht, dass du mit auf die Party darfst.« Jacob sieht zwar nicht gerade glücklich aus, sagt aber nichts weiter dazu.

Als wir an der Villa ankommen – genau rechtzeitig, wie ich anmerken darf – steht Hunter rauchend vor der

Tür. »Ich kann diesen Typen nicht leiden.«, sagt Jacob. Ich versichere ihm, dass alles in Ordnung ist und er sich keine Sorgen machen muss, und küsse ihn zum Abschied. Ich gehe Richtung Tür. »Gut, du bist pünktlich.«, murmelt Hunter. *Was ist sein Problem?* »Wo soll ich mein Equipment aufbauen?« Mit einem Finger deute ich auf die Tasche, die an meiner Schulter baumelt. »Das brauchst du nicht, wir haben unser eigenes mitgebracht. Das kannst du benutzen.« Er wirkt irgendwie angesäuert, ich weiß aber nicht, woran das liegt. »Alles klar, kannst du mir sagen, wo ich hin soll?« Er kommt auf mich zu. »Ich zeig' dir alles was du willst, Prinzessin«, haucht er mir entgegen. Verdutzt sehe ich ihn an. *Hat der Typ Stimmungsschwankungen, oder was? Erst eiskalt und jetzt flirtet er mit mir. Er flirtet doch mit mir, oder?* Er packt mich an der Hand und zieht mich ins Innere der Villa. »Du siehst heiß aus.« *Ja, er flirtet eindeutig mit mir.* »D..Danke.«, stottere ich. *Was soll ich machen, der Kerl lässt mich nicht kalt.* Ich versuche, etwas auf Abstand zu gehen. Als er es merkt, zieht er mich an seine starke Brust. »Du musst nicht vor mir weglaufen, ich fasse Mädchen nur dann an, wenn sie es auch wollen. Wobei ich glaube, dass du es willst, aber noch nicht bereit bist, es zuzugeben«, raunt er in mein Ohr. Meine Wangen werden augenblicklich rot. *Was denkt er sich dabei?* Als ich schon zu einer Widerrede ansetzen will, meint er nur: »Keine Angst Süße, du merkst es noch früh genug«, und geht auf Abstand. *Dieses überhebliche Arschloch!* »Nimm' ihn nicht für voll, Süße. Er hat ein

Ego so groß wie ein Footballfeld und kann deswegen nicht anders.«, verteidigt Vicky ihren Bruder. Sie begrüßt mich mit einem Küsschen auf der Wange. Hunter geht aus dem Wohnzimmer und ich dumme Gans schaue ihm auch noch nach. Aber er sieht in seinen schwarzen Sachen auch zum Anbeißen aus. Vicky sagt etwas, aber ich habe ihr nicht zugehört und meine nur: »Sorry kannst du das wiederholen?« Sie lächelt mich an. »Ich sagte, du kannst eigentlich alles spielen, zu was man tanzen kann. Keine Sorge wegen Hunter, er hat diese Wirkung auf Frauen.« »Was, dass er spontanen Brechreiz auslöst?« Sie lacht. »Ich mag dich!« Ich mag sie auch, denn sie behandelt mich nicht, als wäre ich weniger wert, weil ich aus einer niedrigeren Kaste bin. Nachdem ich mich mit dem Mischpult und Laptop vertraut gemacht habe, kommen auch schon die ersten Gäste und ich beginne meine Session.

BUMBLEBEE

Gegen ein Uhr morgens – ja, später als gedacht – sind die meisten Gäste entweder so betrunken, dass sie bereits eingeschlafen sind, oder gegangen. Hunter kommt auf mich zu, als ich gerade meinen Stick mit der Musik in meine Tasche packe. »Hier, dreitausend Cubits. Du hast uns nicht enttäuscht, meine Hübsche.« Ich starre das Bündel Geld an, welches er mir entgegenhält. Ich nehme es und packe es in meine Tasche. »Danke, hat Spaß gemacht.«, sage ich gut gelaunt. »Ich werde mich dann mal auf den Rückweg machen. Bis bald und danke für die Chance.« Ich will mich umdrehen und gehen, aber da greift Hunter wieder nach meiner Hand. »Ich werde dich nach Hause bringen«, sagt er nur und geht bereits in Richtung Garage. Als ich mich nicht vom Fleck bewege, ruft er nur »Na, kommst du?!« *Was denkt er sich, ich bin ja kein Hund!* Ich gehe ihm nach, bevor er noch auf die Idee kommen kann, mich zu holen. Und ja, ich traue diesem Kerl durchaus zu, dass er kommt und mich über seine Schulter wirft. Ich weiß nur nicht ob mir das gefällt oder nicht! *Alice, falsche Gedanken! Böse Alice!* Dieser Typ bringt mich völlig durcheinander. Ich liebe Jacob, aber in solchen Momenten, wo mir ein Leckerbissen wie Hunter unterkommt, bröckelt meine Fassade etwas. Ja, manchmal spielt meine innere Schlampe verrückt und malt sich solche Dinge aus, wie mit Hunter rumzumachen. Bei der Garage angekommen, öffnet er das Tor. Dahinter verbirgt sich – wie soll es anders sein – ein neuer Camaro, der aussieht wie Bumblebee aus den alten Transformers Filmen. Habe ich schon erwähnt, dass ich die Filme aus der Zeit vor der Reform liebe? Die neuen sind einfach nur Bullshit. Ich steige zu ihm in das Auto und nenne ihm meine Adresse. Wir fahren los, jedoch in die völlig falsche Richtung. »Hey, du fährst in die falsche Richtung!« »Ja das weiß ich. Ich möchte dir etwas zeigen.«, raunt er mir zu. Ich stutze und bin nicht sicher, ob mir das Ganze hier gefällt, gebe ihm aber einen Vertrauensvorschuss. Ich will gerade mein Handy hervorholen, um meinem Dad eine Nachricht zu schreiben, dass es später werden wird, als ich die Kette ertaste. *Shit!* Ich hole die Kette hervor und zeige sie ihm. »Kann es sein, dass Vicky diese Kette bei uns im Laden vergessen hat?«, frage ich nach. Er fährt rechts ran und stellt den Motor ab. *Ach du Scheiße, wir sind mitten im Nirgendwo und er stellt den Wagen ab. Will er mich umbringen, oder was?* Ich schaue eindeutig zu viele Filme. »Sie hat die Kette nicht vergessen, sie gehört dir«, meint er völlig ruhig. »Mir?!«, kreische ich. »Ja, dir. Sie beschützt dich. Trage sie und nimm sie

niemals ab.« Bevor ich fragen kann was er damit meint, läutet mein Handy. Als ich ran gehe, merke ich an der Stimme meines Dad's, dass etwas nicht stimmt. »Schatz, ich weiß du arbeitest, aber…«, er unterbricht sich, um zu schniefen, »… kannst du schnell ins Krankenhaus kommen?« Alarmiert blicke ich Hunter an. »Ist was mit Mom?«, frage ich hektisch. »Komm bitte einfach ins Krankenhaus.«, sagt mein Dad nur mehr, bevor er auflegt. Ich will Hunter gerade bitten mich ins Krankenhaus zu fahren, als er den Wagen bereits wieder startet und in Richtung Krankenhaus fährt. Verdutzt sehe ich ihn an. Hat mein Vater so laut gesprochen, dass er es gehört hat? »Was guckst du so? Glaubst du ich erkenne einen Notfall nicht, oder was? Natürlich bringe ich dich ins Krankenhaus.«
»D..Danke«, schniefe ich. Er konzentriert sich auf die Straße, fährt aber viel schneller als erlaubt. Den Rest der Fahrt verhalten wir uns beide ruhig. Als wir am Krankenhaus angekommen sind, steige ich aus dem Wagen, ohne mich zu bedanken, und laufe in die Richtung von Mom's Zimmer. Ich nehme den beißenden Geruch von Desinfektionsmittel wahr und brauche wie immer einen Moment, um mich daran zu gewöhnen. Dort angekommen, merke ich, dass es schlimmer ist, als erwartet. Der Arzt gibt gerade bekannt, dass meine Mom gestorben ist. Bevor ich zusammenbrechen kann, fangen mich zwei starke Arme auf. Ich weine, schreie und zittere, aber Hunter hält mich fest und lässt mich trauern. »Hab dich«, sagt er nur mit ruhiger Stimme. Kein typisches ‚Es wird alles

wieder gut', dass man in dem Moment sowieso nicht hören will, sondern einfach nur ‚Hab dich.' »S..Sie ist tot. Meine Mom ist tot.« »Ich weiß, Kleines.«, raunt er mir zu. Kleines, so hatte er mich noch nie genannt. Immer diesen typischen Kosenamen für unbedeutende Flittchen, aber nie Kleines. Als mein Dad uns bemerkt, kommt er auf den Flur. »Wer sind sie?«, herrscht er Hunter an. »Dad, das ist Hunter van Lose. Er hat mich hergebracht«, sage ich versucht ruhig. Ich verstehe den harschen Tonfall meines Dad's nicht. Sonst ist er immer sehr freundlich zu allen. Aber es liegt wohl daran, dass er gerade seine Frau verloren hat. Hunter übergibt mich in die Arme von meinem Dad und stellt sich selbst nochmal vor. »Sir, ich bin Hunter van Lose und der Pate ihrer Tochter.« *Pate? Was meint der Spinner nun schon wieder?* Dad sieht ihn stirnrunzelnd an und schnaubt. »Natürlich, konnten sie nicht mal warten, bis meine Frau kalt ist?«, sagt er resigniert. »Das ist so typisch für Charlotte«, seufzt er. »Mein aufrichtiges Beileid für ihren Verlust, aber ihre Tochter ist in Gefahr und ich und meine Schwester werden sie als Paten beschützen und sie wissen auch warum«, sagt Hunter emotionslos. Was meint er damit, dass mein Dad Bescheid weiß? Worüber? Bevor ich ihn danach fragen kann, beginnt mein Vater zu erklären. »Liebes, deine Mom kommt eigentlich aus der zehnten Kaste.« *BOOOM! Bombe geplatzt!* »W..Wie bitte? Laut Befreiungsreform kann man in die Kaste des Partners aufsteigen, sollte sie höher sein. Aber du hast mir doch immer erzählt, wie schwer die Prüfungen sind, um aufzusteigen. Ich verstehe gar nichts mehr«, meine ich gequält. »Ich war auch in der dritten Kaste bevor ich deine Mom kennengelernt habe, danach habe ich zwei Prüfungen abgelegt, um in die fünfte Kaste aufzusteigen. Als deine Mom und ich geheiratet haben, hat sie beschlossen, ihrem alten Leben abzuschwören und mit mir in der fünften Kaste zu leben. Sie ist sozusagen untergetaucht, da deine Mutter aus einer sehr mächtigen Familie stammt. Sie wollte etwas Besseres für dich, als diese falsche Scheinwelt«, sagt mein Vater mit bedrückter Miene. Das hat meine Mom also gestern mit ‚Wie sie mich gefunden haben', gemeint. Das Puzzle fügt sich langsam zusammen. Ich nehme die Kette wieder aus meiner Tasche und drehe sie in meiner Hand. »Junge, du hast ein gutes Auge, was Beschützeramulette betrifft.«, meint Dad. Ich starre beide an. Mom ist tot! Und Dad verteilt Komplimente zu Schmuckstücken? Meine Mutter war aus der 10. Kaste und ist tot. Bevor ich weiter in Selbstmitleid versinken kann, unterbricht mein Dad meine Gedanken. »Liebes, du musst die Kette tragen! Geh nach Hause, auf dem Küchentisch liegt ein weiterer Brief der Karnstein University. Befolge den Ritus und melde dich dort an. Bis dahin, bleibst du in ihrer Nähe Junge!« »Dad, ich will bei dir bleiben und mich von Mom verabschieden.«, verlange ich bebend. Mein Vater sieht mich an, aber ich weiß, dass er mich nicht bleiben lässt. »Es tut mir leid, Schatz. Aber es ist zu gefährlich. Deine Mom würde es verstehen. Sie hat dich immer beschützt, auch vor ihren Eltern«, sagt mein Dad und nimmt mich endlich in seine schützenden Arme. »Ich liebe dich, mein kleiner Engel!« »Ich dich auch!«, schluchze ich. Schon übergibt mich Dad in die Hände von Hunter und sieht ihn beschwörend an. »Ich bin zwar nur aus der fünften Kaste, kann aber trotzdem zuschlagen, wenn meinem kleinen Mädchen etwas passiert.« Habe ich erwähnt, dass ich meinen Dad liebe und er nicht zulassen würde, dass mir etwas passiert? Da ich mich nicht bewege, hebt mich Hunter auf seine Arme und trägt mich aus dem Krankenhaus. Ich weine leise an seiner Schulter. Er hebt mich ins Auto und fährt mich nach Hause. Dort angekommen wartet schon Jacob auf der Terrasse vor dem Haus. Er sieht Hunter feindselig an. Ich bin so in Gedanken an meine Mom versunken, dass es mich gerade nicht interessiert, ob das Jacob stören könnte. Unsere Beziehung ist schon lange nicht mehr das, was sie einmal war. Ich liebe ihn, ja. Aber ich denke, wir sind beide nur noch aus Bequemlichkeit miteinander zusammen. »Baby, es tut mir so leid! Es wird alles wieder gut«, sagt er und Hunter lässt mich runter, da er bemerkt hat, wie ich mich bei Jacob's Worten verkrampfe. *Zack! Da waren sie, die Worte, die nichts bedeuten!* »Nichts wird wieder gut! Meine Mom ist heute gestorben! Sie kommt auch nicht wieder, so dass alles wieder gut werden kann!«, brülle ich Jacob an. »Ich verstehe dich Baby, aber was soll ich sonst sagen? Du kommst mit einem fremden Typen, der eindeutig auf dich steht, hier an und verlangst von mir, dich auch noch auf Händen zu tragen, nur weil deine

Mom gestorben ist.« *Fragt er mich das gerade wirklich?* In diesem Moment bin ich so wütend auf ihn, dass ich mich an ihm vorbeischiebe und ins Haus gehe. Bevor ich die Tür schließe, drehe ich mich um. »Geh einfach, Jacob! Hunter, kommst du?« Okay, das war jetzt nicht die feine Art jemanden abzuservieren, aber ich kann nicht mehr mit jemanden zusammen sein, der mir auch noch Vorwürfe macht, wenn MEINE Mom gerade gestorben ist. »Baby!«, ist das Letzte, was ich höre, bevor ich die Türe zuknalle. Ich lasse Hunter im Flur stehen und gehe ins Bad, um zu duschen. Eine Weile später, als das Wasser schon kälter als meine Tränen ist, wird die Tür geöffnet. Ich starre aus tränennassen Augen in Hunter's Gesicht. Er sagt kein Wort, stellt das Wasser in der Dusche ab und wickelt mich in ein weiches Handtuch, nimmt mich wieder in die Arme und trägt mich in mein Zimmer. Keine Ahnung woher er weiß wo es sich befindet, aber ich bin zu müde, um ihn zu fragen. Er legt mich in mein Bett, deckt mich zu und will wieder aus dem Zimmer gehen. »Kannst du bitte bei mir bleiben?«, frage ich ihn leise. Er kommt wieder zum Bett und legt sich neben mich. Ich rutsche näher an ihn ran und bette meinen Kopf auf seine Brust. Ich schließe meine Augen und male mit einem Finger Kreise auf seine Brust. »Kleines, auch ich habe Grenzen und wenn du nicht aufhörst, dich an mir zu reiben, haben wir ein Problem.«, murmelt er. *Scheiße, habe ich mich an ihm gerieben? Jap, das könnte durchaus sein.* Meine Wangen beginnen schon wieder zu glühen, wie so oft in letzter Zeit. Ich murmele ein »Sorry« und verhalte mich ruhig.

Als ich aufwache, bemerke ich einen harten Körper unter mir. »Guten Morgen, Kleines«, raunt er in mein Ohr. Verdammt, ich habe mich, als ich geschlafen habe, noch enger an ihn gepresst. »Guten Morgen. Tut mir leid, dass ich dich als Kissen missbraucht habe.«, meine ich verschlafen. »Kein Problem, ich bin gerne dein Kissen.« Ich rolle mich über ihn und bemerke etwas hartes an meinem Bauch. *Holla, die Waldfee!* Schnell stehe ich vom Bett auf und bemerke zu spät, dass ich noch immer nackt bin. »Kleines, alles ist in Ordnung. Aber du kannst wirklich nicht von mir verlangen, dass du dich mit deinem nackten – sehr schönen nackten – Körper an mich presst und nichts geschieht«, grinst er. Ich drehe mich schnell um und suche mir Klamotten, die ich mir rasch überziehe. Er setzt sich auf und streckt sich, wodurch ein kleiner Streifen seines Bauches sichtbar wird und – oh Mann – ein kleiner feiner Streifen schwarzer Haare, der in seiner Hose verschwindet, ist zu sehen. »Und, gefällt dir, was du siehst? Soll ich mich ganz ausziehen? Gleiches Recht für alle. Ich sehe deins und du siehst meins!?«, fragt er verschmitzt. Wie sollte es auch anders sein, ich wurde rot. *Verräterischer Körper! Reagiert auch ohne Befehl! DANKE!* »Mir gefällt es, wenn du meinetwegen rot wirst.« »Mir gefällt, wenn du einfach die Klappe hältst!«, fauche ich ihn an. Ich drehe mich um und gehe in die Küche. Ohne Kaffee funktioniere ich nicht richtig. Nachdem ich meine erste Tasse getrunken habe, klingelt mein Telefon. Es ist Jacob, ich drücke ihn weg, denn er hat mich mit seinen Worten gestern mehr verletzt als ich zugeben will. Außerdem erinnerte er mich an meine Mom. An die Zeit, in der er für mich da war, als es niemand sonst war. An die Zeit, in der sein Dad gestorben ist. Und ich will mich jetzt nicht damit beschäftigen. Stöhnend reibe ich mir meine Schläfe, als mein Vater die Küche betritt und sich ohne ein Wort eine Tasse eingießt. »Guten Morgen, Dad«, begrüße ich ihn. »Guten Morgen, Schatz.« Er sieht mich aus müden Augen an. »Du fährst heute mit Hunter in die Uni und bleibst im Wohnheim. Hier ist es nicht mehr sicher für dich!« Gerade, als ich zur Antwort ansetzen will, kommt Hunter ins Zimmer und gibt meinem Vater recht. »Kleines, dein Dad hat Recht! Wir packen jetzt deine Sachen und holen Vicky in der Villa ab. Sie freut sich, dich zu sehen.« Ich starre beide an und seufze. »Dad, muss das sein? Ich will dich nach gestern nicht allein lassen, und was soll das heißen, ich bin hier nicht mehr sicher?« »Sobald du in Karnstein bist, kann ich dir alles erklären, hier ist es zu gefährlich dafür. Bitte Engel, vertrau mir einfach!«, beschwört er mich. Resigniert gehe ich in mein Zimmer und weine stumme Tränen, während ich packe. Nachdem ich fertig gepackt habe, schleppe ich mich und meinen Koffer die Treppe nach unten. Ich verabschiede mich von meinem Dad und gehe wortlos an Hunter vorbei in Richtung Auffahrt, wo der Camaro parkt. Hunter steigt auf der Fahrerseite ein und sieht mich einige Sekunden von der Seite an, runzelt die Stirn und schüttelt den Kopf. Ich habe das Gefühl, dass er mir etwas sagen will, doch mein trauriger Gesichtsausdruck lässt wohl darauf schließen, dass ich keine Lust habe zu reden. Wir verbringen die Autofahrt mit einvernehmlichem Schweigen. Bei der Villa angekommen, steige ich aus dem Auto und gehe nicht auf das Haus zu, sondern bewege mich Richtung Flussufer. Plötzlich erhellen erklingen spitze Schreie aus dem Inneren der Villa. »Versteck dich hinter dem Wagen, Liz!« Ich tue wie geheißen und versuche, so ruhig wie möglich zu atmen. Vielleicht hat mein Vater doch Recht, dass es hier nicht mehr sicher für mich ist. Nachdem ich mich einige Zeit hinter dem Camaro versteckt habe und keine Kampfgeräusche oder ähnliches vernehmen kann, luge ich um die Motorhaube des Wagens. In diesem Moment hält mir jemand von hinten den Mund zu, so dass ich nicht nach Hilfe rufen kann. »Na, wen haben wir denn da?«, fragt mich eine rauchig melodische Stimme. Ich versuche, mich aus dem Griff zu winden, und beiße dem Angreifer in die Hand. Er lässt mich los. »Immer ruhig mit den jungen Pferden.« Er schüttelt seine Hand aus. »LIZ!«, brüllen Hunter und Vicky, laufen aber in verschiedene Richtungen. Da Hunter weiß, dass ich mich am Wagen versteckt habe, kommt er direkt auf uns zu. »Lass' sie los, Evan!« Evan lässt mich los und verschränkt lässig die Hände hinter dem Kopf. »Locker bleiben, Hunter! Deiner kleinen Maus wird nichts passieren. Ich will nur wissen, wie sie an eine

Einladung gekommen ist!« *Hat der Typ ein paar Schrauben locker? Das könnte er mich ja auch einfach so fragen und muss mich deswegen nicht versuchen zu kidnappen.* »Ähh, ich habe keine Ahnung, wie ich an eine Einladung komme. Aber falls es dich interessiert, ich weiß auch erst seit gestern, dass ich von einer Familie aus der zehnten Kaste abstamme!« Ich rede mich gerade richtig in Rage, als dieser Kerl mir einfach die flache Hand entgegenstreckt, um mir zu signalisieren, dass ich die Klappe halten soll. *Ich bring' diesen Kerl um! Was soll das? Mir einfach den Mund verbieten! Pffff!* »Wir wissen es auch nicht! Find' dich damit ab, dass sie ab heute eine von uns ist. Und Evan, bevor ich es vergesse, wenn du sie noch einmal anfasst, breche ich dir beide Arme!« Evan schaut Hunter nur gelangweilt an. »Keine Sorge ich nehme dir dein Spielzeug schon nicht weg! Wir sehen uns im Wohnheim.« Ich bin komplett durcheinander. In der Zwischenzeit ist auch Vicky zu uns gekommen und blickt zwischen Hunter und mir hin und her. Hunter guckt Evan hinterher, der sich bereits vom Anwesen entfernt. »Alles in Ordnung bei dir?«, fragt Vicky besorgt. »Ja alles klar! Er hat mich nur erschreckt.« Erleichtert atmet Vicky aus. Sie kniet sich zu mir auf die Straße der Einfahrt und umarmt mich. Nach einiger Zeit erheben wir uns und bemerken, dass Hunter bereits ihre gesamten Koffer von der Villa geholt und im Wagen verstaut hat. Wir steigen zu ihm ins Auto, er startet den Motor und wir fahren in mein neues Leben an der Karnstein University. »Wer war das und was wollte er?«, frage ich in die Runde. »Sich wichtigmachen, wie immer.«, knurrt Hunter und sieht weiter stur auf die Straße. Mehr Antwort werde ich wohl nicht bekommen.

Fünf Stunden, zwei Boxenstopps und drei Iced Coffee später, sind wir endlich am Gelände der Karnstein University angekommen. Das weiß ich aber auch nur, weil wir ein verschnörkeltes, schmiedeeisernes Tor mit dem Logo der Universität passieren. Denn von hier sieht man genau nichts! Nach einigen Kilometern erkennt man schöne Bungalows. »Das sind die Studentenunterkünfte. Sie werden immer von zwei Personen bewohnt.« Mein Mund steht offen, denn diese Bungalows sind größer als unser ganzes Haus. Wir fahren an der von Blumen gesäumten Straße entlang und parken auf dem für Studenten vorgesehenen Parkplatz. Als wir ausgestiegen sind, kommen auch schon zwei junge Männer – etwa in meinem Alter – auf uns zu. »Guten Tag! Können wir Ihr Gepäck bereits in Ihre Unterkünfte bringen?« Ich starre die beiden mit großen Augen an. Ich weiß ja noch nicht einmal, welche meine Unterkunft ist. Gott sei Dank werde ich von einer Antwort verschont. »Wir haben die Häuser fünf und zwanzig. Vielen Dank!« Hunter drückt jedem von den beiden fünfzig Cubits in die Hand und geht, ohne die Dankesworte abzuwarten, weiter. Folgsam traben Vicky und ich ihm hinterher. Wir gehen einen gepflasterten Weg entlang und ich entdecke ein weiteres Gebäude, das merkwürdiger Weise Ähnlichkeiten mit einem Fünf-Sterne Hotel aufweist. Ich klopfe Vicky auf die Schulter und deute mit einem fragenden Blick auf das Gebäude. »Ohh, ja das ist das Wohnheim für die Studenten der Kasten Sieben und Acht. Du bist in meiner Unterkunft untergebracht. Erstens, weil ich deine Patin bin, zweitens, weil du Dank deiner Mom auch irgendwie der Kaste Zehn angehörst und drittens, weil ich dich mag!«, meint Vicky vergnügt und stapft weiter auf das Verwaltungsgebäude zu. Ihr schwarzer Pferdeschwanz wippt von einer Seite zur anderen. In der Zwischenzeit ist auch das Hauptgebäude sichtbar geworden. Ich denke zumindest, dass es das Hauptgebäude ist, da es so imposant wie ein altes Schloss ist. Ich bleibe stehen – irgendetwas erinnert mich an diesen Ort. Mir kommt es vor, als wäre ich schon mal hier gewesen, ich kann es aber einfach nicht benennen. Vicky muss bemerkt haben, dass ich stehengeblieben bin. Sie kommt auf mich zu und sieht mich besorgt an. »Alles in Ordnung bei dir? Das war ja heute ganz schön viel auf einmal!«, fragt sie mich vorsichtig. Sie denkt bestimmt, dass ich mich wegen meiner Mom so komisch verhalte, aber um ehrlich zu sein, verwirrt mich dieser Ort mehr. Versteht mich nicht falsch, ich habe meine Mom geliebt – liebe sie immer noch – aber wenn eine geliebte Person so schwer krank wie meine Mutter ist und nur noch an ganz wenigen Tagen wirklich anwesend ist, bereitet man sich auf diesen Tag vor. Ich bin mir nicht sicher, wie ich auf ihre Frage reagieren soll. »Ja, alles in Ordnung. Ich bin nur überwältigt von dem Gelände.« Vicky sieht mich an und zieht eine Augenbraue skeptisch in die Höhe. *Großartig Alice, du vergraulst die einzige weibliche Person, die annähernd deine Freundin sein will!* »Können wir in unserem Bungalow darüber sprechen? Hier ist es mir etwas unangenehm«, sage ich und deute auf ihren Bruder, der weiter vorne stehengeblieben ist, um auf uns zu warten. Ihr Gesicht hellt sich auf und sie nickt verstehend. Wir kommen am Haupttor an, auf dem wieder das Logo der Universität – ein großes, geschwungenes K und im Hintergrund verschnörkelte Blumenranken –prangt. Als wir hineingehen, schlägt mir der Geruch von altem Papier entgegen. Ich blicke mich ehrfürchtig in der eindrucksvollen Eingangshalle um. Auf dem Weg zur freistehenden Treppe hängen wunderschön verzierte Banner von der Decke. Auf ihnen wird ein Ball angekündigt. »Hey Vicky, was ist das für ein Ball? Ist das sowas wie Homecoming?«, frage ich sie neugierig. »Ah, ja das ist der Ball der Sakura, oder auch Kirschblütenball genannt. Der findet immer am Anfang des neuen Schuljahres statt, um den Gründungstag der Uni zu feiern.« Sie bemerkt anscheinend meinen verwirrten Blick und klärt mich auf: »Der heißt schon immer so. Außerdem werden die Erstsemester offiziell an der Schule angenommen. Dafür müssen wir, die Neuner und Zehner, mit den extra dafür bereitgestellten Roben den Ritus auf der Einladung vollziehen.« »Also, so etwas wie ein Maskenball?« »Ja, so etwas«, murmelt sie in sich hinein, so dass ich es gerade noch verstehe.

Merkwürdig! Ich denke, ich werde sie in unserem Bungalow dazu mal genauer befragen, genauso wie nach ihrem Bruder, der auch jetzt nach einer fünfstündigen Autofahrt wie ein beschissenes Model von Abercrombie aussieht. Wie macht der Typ das nur? Ich sehe mit meinen langen wirren roten Haaren bestimmt wie eine durchgevögelte Hexe aus. »Keine Sorge Kleines, durchgevögelt steht dir«, bemerkt Hunter an. Ich reiße die Augen auf. *Habe ich das gerade laut gesagt? Bestimmt nicht!* »W..Woher...?« Weiter komme ich gar nicht, als Hunter hinterherschiebt: »Mach' dir nicht in dein Spitzenhöschen, man hat es dir an der Nasenspitze angesehen, dass du dir sowas in die Richtung gedacht hast!« Er lacht, dreht sich um und geht weiter. Vicky läuft ihrem Bruder hinterher und flüstert ihm sehr energisch in sein Ohr. Ich höre Fetzen wie ‚Bist du irre!' und ‚Tarnung', kann mir aber keinen Reim darauf machen, was sie damit meinen könnte.

ZEHNER UND NEUNER

Vor der Tür des Dekans angekommen, bemerke ich,
dass meine Hände schweißnass sind. Ich bin nervös. Da
ich nie gedacht hätte, studieren zu können, habe ich
mir nie wirklich Gedanken darüber gemacht, was ich
studieren möchte. Das naheliegendste wäre wohl
Musik und Gesang, aber ich weiß ja nicht mal, ob diese
Fachrichtung hier überhaupt angeboten wird.
Ansonsten bin ich ganz schön am Arsch! Meine Noten
in den restlichen Fächern waren immer nur
durchschnittlich, weil ich mich nie für etwas anderes
als Musik begeistern konnte. Hunter klopft an die Tür
und wir hören ein gedämpftes: »Herein!«. Ohne zu
zögern öffnet er die Tür und betritt den Raum. Ich
sehe mich ehrfürchtig um. Auf der
gegenüberliegenden Seite des Raumes befindet sich
eine riesige Glaswand. Man merkt, dass das Gebäude
schon einige Jährchen auf dem Buckel hat – immerhin
stammt es noch aus der alten Zeit – aber es ist noch
immer wunderschön. Vor der imposanten Glaswand

mit den Glasmalereien steht ein großer Mahagonitisch, vor dem zwei bequeme moderne Lederstühle stehen. Hinter dem Tisch steht passend zu den beiden Ledersesseln ein Schreibtischstuhl aus Leder mit hoher Lehne. Hunter und Vicky gehen bereits auf die beiden Stühle zu, als wäre es das normalste auf dieser Welt und der Dekan keine Autoritätsperson. Ich folge ihnen und Hunter bietet mir einen Stuhl an. Er bleibt hinter mir stehen, eine Hand auf meiner Schulter. Der Stuhl mir gegenüber dreht sich langsam in unsere Richtung und mir blickt ein nicht ganz so altes Gesicht, wie ich es erwartet habe, entgegen. *WOW! Ich war ein böses Mädchen. Muss ich jetzt nachsitzen? Alice! Schlampe einpacken, sofort!* Der Dekan ist nicht wie erwartet steinalt, sondern maximal Mitte dreißig. Wie funktioniert das? Er zuckt zusammen. Komisch. »Alice, schön dich kennenzulernen! Mein Name ist Dr. James Miller. Haben deine Paten sich gut um dich gekümmert?«, fragt er mit ehrlichem Interesse. »Äh… Ja, sie haben sich gut um mich gekümmert.«, antworte ich wenig eloquent. Dieser Mann bringt mich völlig durcheinander. Seine Ausstrahlung ist überwältigend und am liebsten würde ich mich auf seinen Schoß setzen, mich wie ein Kätzchen an ihm reiben und dabei schnurren. *Ich sollte wirklich dringend mit jemanden schlafen. Oder?* Tief einatmend setze ich mich aufrecht hin und sehe in das Gesicht des Dekans. Er ist heiß! Er hat ein ebenmäßiges Gesicht, das Haar trägt er an den Seiten kurz und oben länger, welches er zurückgegelt hat. Der Anzug, den er trägt, verbirgt seine athletische

Statur nicht. Die Ärmel des Hemds spannen sich, wenn er seine Arme bewegt. Ich werde jäh aus meinen Gedanken gerissen. »Und, Alice, hast du dich schon entschieden, was du gerne studieren möchtest? Politik, Medizin, Geologie?« *Fragt er mich gerade ernsthaft, ob ich Geologie studieren möchte? Sehe ich so aus, als würde es mir Spaß machen, im Dreck zu wühlen?* »Also, um ehrlich zu sein würde ich sehr gerne Geschichte im Hauptfach und Musik im Nebenfach studieren, aber ich weiß nicht, ob diese Studienrichtungen in Ihrem Haus angeboten werden.«, erkläre ich schüchtern. Für einen kurzen Augenblick wackelt sein Pokerface. Bevor er sich wieder fängt, räuspert er sich. »Also, das ist für eine Dame aus der zehnten Kaste natürlich ungewöhnlich und natürlich bieten wir diese Richtung an. Aber wollen Sie wirklich Geschichte studieren?« »Doktor, bei allem Respekt, Alice ist zwar erst seit kurzem in der zehnten Kaste, aber damit im Stand über Ihnen, also wird sie auch selbst wissen, was sie studieren möchte!«, herrscht ihn Hunter an. Was meint er schon wieder mit höherem Stand? Schön langsam blicke ich in dieser ganzen Sache nicht mehr durch. »Mister van Lose, ich weiß genau, in welcher Position ich mich befinde und welchen Rang ich innehabe. Dass Miss Foster im Stand über mir steht, ist mir bewusst. Aber ich bin immer noch der Dekan dieser Universität und darf mich nach der Fachrichtung meiner Studenten erkundigen und weshalb sie diese einschlagen. Da Miss Foster noch kein Bewerbungsgespräch absolviert hat, sondern aufgrund ihrer Großeltern eine Einladung erhalten hat, würde es mich schon brennend interessieren, was sie studieren möchte und aus welchem Grund.«, echauffiert sich der Dekan. »Und Mister van Lose, Sie sollten nie vergessen, dass ich im Stand immer noch über Ihnen stehe. Sollten Sie also weiterhin dieses Gespräch stören, werde ich Sie des Raumes verweisen und dann dürfen Sie und Ihre Schwester gerne vor der Tür warten, bis ich das Gespräch mit Miss Foster für beendet erkläre.« *Wow! Dieser Mann kann ja doch autoritär sein!* »Ich verstehe, Sir. Ich werde mich zurückhalten. Verzeihen Sie meinen Beschützerinstinkt, ich nehme meine Aufgabe sehr ernst«, bemerkt Hunter bestimmt. Ich habe das Gefühl, dass er mich am liebsten über seine Schulter werfen und aus diesem Zimmer tragen möchte. Ich weiß, dass Hunter es nur gut meint, aber das war wirklich überzogen. Der Dekan hat Recht und ich denke auch, dass es besser wäre, wenn Hunter und Vicky den Raum verlassen. »Leute, könnt ihr bitte draußen auf mich warten!? Ich bin mir sicher, der Dekan wird gut auf mich achtgeben, so dass mir nichts geschieht.« Vicky erhebt sich ohne ein Wort von ihrem Platz und zieht ihren mürrisch dreinblickenden Bruder mit nach draußen. Ich habe ein paar Fragen, die ich Dr. Miller stellen möchte. »Was meinten Sie damit, dass ich aufgrund meiner Großeltern hier bin? Ich kenne diese Leute ja nicht mal!« Dr. Miller sieht mir tief in die Augen, als wollte er prüfen, ob ich lüge. Aber es ist die reine Wahrheit – ich kenne diese Personen nicht!

»Alice – ich darf Sie Alice nennen?« Ich nicke. »Also gut Alice, von vorne. Ihre Großeltern sind eine der wichtigsten Familien und gehören zum alten Adel der Reform. Als Ihre Mutter damals mit einem Mann niedrigen Standes abgehauen ist, war das ein Skandal.« »Ja, aber laut Reform ist es erlaubt außerhalb seiner eigenen Kaste zu heiraten. Also verstehe ich nicht ganz, warum es ein Skandal gewesen ist!«, halte ich entgegen. »Das ist auch vollkommen korrekt und legitim. Jedoch ist es in den älteren Familien weit verbreitet, seine Kinder untereinander zu verheiraten, um die Stärke der Familie zu wahren. Ihre Mutter hätte eine Woche nachdem sie verschwunden ist heiraten sollen.«, gibt er preis. Mir fällt nach diesem Geständnis die Kinnlade runter. Meine Mom war schon mal verlobt? Warum hat mir nie jemand etwas erzählt? Wahrscheinlich aus den Gründen, die mein Vater mir noch nicht genannt hat. Ich nehme mir fest vor, ihn noch darüber auszuquetschen. So leicht kommt er mich nicht davon, auch wenn ich hunderte Meilen von ihm entfernt bin. mir noch etwas ein: »Halt! Ich muss hier mal einhacken. Was meinen Sie damit, dass meine Großeltern mich angemeldet haben? Sie wussten ja auch nichts von mir, oder?« Ich ziehe eine Augenbraue nach oben. »Ach Alice, natürlich wussten sie von dir. Sie haben euch nie aus den Augen verloren, haben sich aber dem Willen deiner Mutter gebeugt, dass du ganz ohne ihren Einfluss aufwachsen sollst. Diese Übereinkunft hatte aber den Hacken, dass du, sobald du achtzehn bist, auf dieses College gehst und deinen rechtmäßigen Platz an der Seite deiner Großeltern einnimmst. Deswegen fragte ich auch nach deinem Fach, da deine Großeltern sich etwas in Richtung Medizin oder Politik wünschen würden.« »Erstens: Es ist mir scheißegal was diese Alten, mir noch dazu völlig Fremden, von mir erwarten oder wollen. Und Zweitens: Woher wissen Sie so viel über meine Mutter und meine angeblichen Großeltern?«, frage ich ihn aufgebracht. Er sieht mich an und ein Lächeln erscheint auf seinen Lippen. »Alice, deine Mom ist meine große Schwester! Leider habe ich nicht viel Zeit mit ihr verbringen können, daher bist du im Rang auch höher als ich. Weil du das Erbe meiner Eltern antrittst!« *Kommando zurück! Der Typ ist nicht mehr heiß! Er ist mein Onkel! Kotz würg!* Ich starre ihn an und beginne, Ähnlichkeiten zwischen Mom und ihm zu finden. Die gleichen ausdrucksstarken Augen und auch manche Gesten sind sehr ähnlich. Wie konnte mir das nicht früher auffallen? »Ich weiß, das ist jetzt etwas schockierend, aber ich würde mich sehr darüber freuen, wenn wir uns näher kennenlernen könnten. Vielleicht kann Scarlet auch zu uns ins College kommen?« Als er den Namen meiner Mutter erwähnt, zucke ich zusammen. Der Schmerz überrollt mich und Tränen sammeln sich in meinen Augen. Er weiß es also noch nicht. »M..Mom i..ist tot«, stammele ich und beginne vollends zu weinen. Er sieht mich geschockt an und auch ihm stehen Tränen in den Augen. »Das tut mir leid. Ich wusste nichts davon und auch meine

Eltern haben keine Kenntnis darüber.« Ich versuche mich zu sammeln, aber immer mehr Tränen fließen über meine Wangen und ich schniefe. Ich habe durch die vielen Ereignisse des letzten Tages keine Zeit, richtig um meine Mom zu trauern. Und auch wenn ich gewusst habe, dass dieser Tag kommen wird, hat es mich doch getroffen. »Alice, ich weiß, es muss schwer für dich und deinen Dad sein, aber wäre es für dich in Ordnung, wenn ich meinen Eltern Bescheid gebe? Ich denke, sie haben ein Recht zu erfahren, dass ihre Tochter gestorben ist.« Ich bringe nur ein verhaltenes Nicken zustande. Immerhin sind sie ihre Eltern und sie haben, wie von ihm erwähnt, ein Recht darauf. Ich weiß zwar nicht, was vorgefallen ist, aber ich denke mal, sie wollen es wissen. Mein Onkel – es ist komisch , ihn in Gedanken so zu nennen – merkt mir an, dass ich heute nicht mehr aufnahmefähig bin, denn er drückt mir einen dünnen Ordner in die Hand. »Hier ist der Lageplan der Universität und dein Stundenplan mit deinen Pflichtfächern. Du musst dich anhand der Broschüre auch noch für ein Wahlfach entscheiden. Alle sind in diesem Ordner aufgelistet. Geh' jetzt am besten in deine Unterkunft und rufe deinen Vater an, um mit ihm über die Ereignisse zu sprechen.« Ich stehe auf, drehe mich um und steuere die Tür an. »Alice?« »Ja?« »Wenn du etwas brauchst, und sei es nur um mit jemandem zu reden, oder Geschichten über deine Mom zu hören, zögere bitte nicht, zu mir zu kommen.«, beschwört er mich. Ich wische mir die Tränen mit den Handrücken ab, schniefe und nicke.

Mehr bringe ich gerade nicht zustande, ohne komplett zusammen zu brechen.

Als ich die Tür öffne, schauen mir Vicky und Hunter entgegen. Vicky eilt sofort auf mich zu und nimmt mich in die Arme. Hunter knurrt etwas vor sich hin, ich kann es aber nicht verstehen. Vicky entlässt mich aus ihrer wohltuenden Umarmung und stellt mich zwischen sich und ihren Bruder. In dieser Formation verlassen wir das Hauptgebäude. Schweigend gehen wir in unseren Bungalow. Ich bemerke zwar, wie schön dieser ist, kann mich aber nicht wirklich darauf einlassen, da ich emotional noch immer am Ende bin. Vicky löst sich von meiner Seite und sieht ihren Bruder fragend an. Scheinbar weiß sie auch nicht, was sie mit mir machen soll. Hunter hebt mich wieder in seine starken Arme und bringt mich in mein Zimmer, in dem auch schon mein Koffer bereitsteht. Ich wundere mich gar nicht darüber, sondern zerfließe regelrecht in Selbstmitleid. Hunter setzt mich auf meinem Bett ab. Er sieht mich an. »Soll ich bei dir bleiben? Oder willst du allein sein?« Ich möchte nicht allein sein, nicht jetzt. »Bitte bleib!«, hauche ich. Er setzt sich zu mir auf das Bett und nimmt mich in seine Arme. Wir sitzen schweigend da. Irgendwann muss ich eingeschlafen sein, denn als ich erwache, ist es draußen bereits stockfinster. Hunter atmet gleichmäßig und hat die Augen geschlossen. Er schläft und sieht dabei so süß aus. Ich versuche, mich aus seiner Umklammerung zu lösen, um in die Küche zu schleichen und ein Glas Wasser zu holen. Als ich zurück in mein Zimmer gehe, schläft Hunter noch immer und ich beschließe, ihn schlafen zu lassen und mich dazu zu legen.

Am nächsten Morgen wache ich gerädert auf und meine Augen brennen vom vielen Weinen. Ich habe mich wieder an ihn geklammert, wie eine Ertrinkende. Es hat sich wirklich gut angefühlt, alle meine Gefühle rauszulassen. Ich schaue auf Hunter's ebenmäßiges Gesicht. Ich drehe mich gerade wieder zur Seite, um noch etwas zu schlafen, als er munter wird. »Guten Morgen, Kleines. Das wird zur Gewohnheit, hmm?«, raunt er in meinen Nacken und meine Härchen stellen sich auf. Dieser Kerl hat eine Wirkung auf mich, die ich selbst noch nicht verstehe, aber ich beschließe, sie nicht zu hinterfragen. »Was, dass ich dich als Kissen missbrauche? Ich dachte, das stört dich nicht!« Ich drehe mich wieder zu seinem Gesicht um und wir sind uns unglaublich nah. Hunter starrt einen Moment auf meine Lippen und ich hoffe, er will mich küssen. Er bewegt sich aber keinen Zentimeter, sondern sieht mich einfach weiter an. »Geht es dir heute besser?« *Ich könnte den Kerl küssen.* »Ja, danke, dass du gestern bei mir geblieben bist.« Ich lehne mich nach vor, um ihm ein Küsschen auf die Wange zu geben. Er bemerkt, was ich vorhabe, und dreht seinen Kopf blitzschnell, so dass meine Lippen auf seine treffen. Ich bin wie erstarrt. Leicht stupst er mit seiner Zunge gegen meine Lippen und verlangt Einlass. Ich öffne meinen Mund und unser Kuss wird schnell leidenschaftlicher. Seine

Zunge umkreist meine und erkundet meinen Mund. Ich stöhne in den Kuss hinein und vergrabe meine Hand in seinem noch vom Schlaf zerzausten Haar. Er zieht mich enger an sich und neckt mich weiter mit seiner Zunge. Seine Hand bahnt sich gerade einen Weg unter mein Shirt, als es an der Tür klopft. Wir lassen voneinander ab, ich richte mein Top und schaue zu Hunter, der mich schief angrinst. »Verschwinde Vicky, wir haben hier zu tun!«, ruft er nach draußen. Ich laufe knallrot an wie eine Tomate. Bevor er auf die Idee kommt, er würde es auf die zweite oder dritte Base schaffen, rufe ich ein schnelles: »Komme gleich!«, hinterher. Es ist ziemlich heiß geworden und ich muss mich definitiv abkühlen. Ich bin noch nicht bereit, mit jemandem zu schlafen. Ich weiß, ich sollte es nicht tun, aber ich vermisse auch Jacob. Nicht, weil ich noch verliebt in ihn bin, sondern weil er ein Leben lang an meiner Seite war, ob als Freund oder Geliebter. Ich glaube, dass ich Jacob schon länger nicht mehr liebe, zumindest nicht auf die romantische Art. Er ist, seit ich mich erinnern kann, mein bester Freund und Wegbegleiter. Irgendwann hat sich daraus mehr ergeben, aber es hat schon lange nicht mehr so zwischen uns geknistert, wie mit Hunter. Und ja, es funkt ganz schön. Ich bin aufgeregt und hibbelig und steige umständlich von seinem Schoß. Ich will mich schon umdrehen, als mir die große Beule in Hunter's Schritt auffällt. *Holy Shit!* Schnell schaue ich weg, damit er nicht merkt, dass ich ihn angestarrt habe. »Kleines, dir läuft da etwas Sabber aus dem Mund.

Wie bereits erwähnt, mein Angebot steht noch. Wir wissen beide, dass es passieren wird, aber ich kann warten.« Ich renne mit brennenden Wangen ins Bad und widme mich meiner morgendlichen Hygiene.

BEWEGUNGSLEGASTHENIKER

Ich sehe mir gerade den Ordner, den ich von James –
ja, ich bin in meinen Gedanken per du mit meinem
Onkel, obwohl wir es noch nicht geklärt haben –
bekommen habe, an und studiere die Wahlfächer, von
denen ich eines belegen muss. Zu meinem Entsetzen
sind es nur Sportkurse. Ich hatte eher auf sowas wie
Kunst gehofft. *Nichts da! Pustekuchen. Wer hat sich
diesen Blödsinn ausgedacht?* Lacrosse, Yoga,
Kickboxen, Reiten und noch viele andere Sportarten,
die ich nicht kenne. *Wollen die mich verarschen?* Ich
bin Bewegungslegastheniker. Bedeutet, ich bewege
mich nur weil ich es muss. Meine schlanke Figur habe
ich, Gott sei Dank, von meiner Mom vererbt
bekommen. Ich starre den Ordner mit dem
Sportprogramm an, in der Hoffnung, er würde sich in
Luft auflösen. Vicky betritt den offenen Wohnbereich
des Bungalows, in dem sich auch ein offener Kamin
befindet. »Und, hast du dich schon entschieden? Ich
würde dir rhythmische Sportgymnastik empfehlen,

dafür habe ich mich auch angemeldet.« Verdutzt sehe ich sie an. »Ich bin, denke ich, nicht geeignet, Gymnastik zu machen. Wenn ich schon Sport machen muss, würde ich lieber etwas machen, wo ich Ärger und Frust abbauen kann. Deswegen denke ich, dass ich mich für Kickboxen anmelden werde.« »Schade, wir hätten immer gemeinsam gehen können. Aber vielleicht haben wir noch ein paar der Pflichtfächer gemeinsam.« Gemeinsam schauen wir unseren Stundenplan durch und bemerken, dass wir einige Fächer gemeinsam besuchen werden. Wir reden gerade darüber, ob wir uns am Gelände nach heißen Jungs umsehen wollen, als mein Telefon ein Klingeln von sich gibt. Es ist Jacob. Wütend denke ich darüber nach, ihn einfach wegzudrücken, aber er ist seit fast achtzehn Jahren mein bester Freund. »Sorry, da muss ich ran gehen.« Ich gehe mit dem Handy in der Hand zurück in mein Zimmer. »Baby?«, fragt Jacob zögerlich, so, als wäre er sich nicht sicher, ob ich tatsächlich abgehoben habe. »Nenn' mich nicht so! Ich bin richtig wütend auf dich! Wie konntest du nur so etwas zu mir sagen?«, brülle ich ins Telefon. »Ba.. Liz, Es tut mir so leid. Ich weiß nicht, was in mich gefahren ist. Du kennst mich doch und ich will nicht von dir getrennt sein. Können wir nicht wieder zusammen sein? Ich vermisse dich so sehr.« Ich dachte mir schon, dass er so etwas sagen würde. »Jake, ich liebe dich, aber ich denke nicht so, wie du es dir wünscht. Ich will dich als Freund nicht verlieren, du warst immer mein Fels, aber das Knistern zwischen uns ist schon länger nicht mehr da. Und das weißt du auch. Natürlich hatten wir großartigen Sex, aber das ist nicht das, was ich mir von einer Beziehung wünsche. Deswegen denke ich, es ist besser, wenn wir wieder nur Freunde sind.«, beende ich meinen Monolog. Da er nichts erwidert, schaue ich auf mein Handy und sehe, dass er noch dran ist. »Jake?«, frage ich vorsichtig. »J..Ja, ich bin noch da. Ich… Ich wusste, du würdest wütend sein, aber ich habe nicht damit gerechnet, dass du mich nicht mehr auf diese Weise liebst. Ich denke, ich brauche Zeit, um die Sache zu verarbeiten. Es tut mir so leid, alles, vor allem das, was ich über den Tod deiner Mom gesagt habe. Ich liebe dich, ich will dich nicht verlieren. Ich denke, ich werde etwas Zeit brauchen, um das zu verdauen, aber um ehrlich zu sein, fühle ich dieses Knistern und das Herzrasen noch immer. Auch, wenn ich nur an dich denke. Ich hoffe, wir schaffen es eines Tages, aber im Moment brauche ich Zeit.«, murmelt er in sein Telefon. »Jacob. Bitte versprich mir, mein Freund zu bleiben, so wie du es immer warst.«, bettle ich ihn an. »Ich versuche es. Ich liebe dich, Liz.« Damit legt er auf und mir laufen einzelne Tränen über die Wange. Ich bin noch immer unfassbar wütend darüber, was er zu mir gesagt hat, aber ich kann ihn nicht als Freund verlieren. Er war schon immer da, hat mich aufgefangen, wenn ich gefallen bin und mir immer wieder hoch geholfen. Ich hoffe nur, dass wir das wieder hinkriegen, aber ich werde ihn nicht drängen. Denn wenn ich eines weiß, dann, dass man Jacob seinen Freiraum geben muss, wenn er darum bittet. Ich gehe zurück ins Wohnzimmer und sehe mir mit Vicky kitschige Filme aus der alten Zeit an.

Am nächsten Tag klingelt mich mein Wecker aus dem Bett. Also erhebe ich mich voller Elan aus meiner Schlafstätte, denn ich bin etwas aufgeregt. Heute ist mein erster Tag am College und den will ich pünktlich beginnen. Ich ziehe mich ungefähr dreimal um, bis ich mich für Skinny Jeans und ein petrolfarbenes Top entscheide. Ich liebe diese Farbe, denn sie beißt sich nicht so wie andere mit meinem roten Haar. Ich betrachte mich im Spiegel und befinde das Outfit für sehr gut. Die enge Jeans betont meine schlanken Beine und das Top hebt meine Haare noch hervor. Ich war noch nie ein Kind von Traurigkeit und mit meinen roten Haaren habe ich schnell gelernt, mit Aufmerksamkeit umzugehen. Freudig begebe ich mich in den Wohnbereich und warte auf meine neue Mitbewohnerin und Freundin. Vicky und ich treten gemeinsam vor die Tür unseres Heims und warten auf Hunter, der uns gerade entgegenkommt. Meine erste Stunde habe ich gemeinsam mit Vicky. Wir laufen zu dritt auf das Hauptgebäude zu. Wir haben zusammen Literatur und verabschieden uns vor unserem Kursraum von Hunter. Der Kurs ist wahnsinnig langweilig. Was vielleicht daran liegt, dass ich Literatur noch nie mochte. Wie ich den Kurs bestehen soll, ist mir neunzig Minuten später noch immer schleierhaft. »Du schaffst das schon. Ich werde dir helfen.«, meint Vicky. Sie hat mir meine Verzweiflung wohl angemerkt.

»Danke. Wenn ich die Credits von diesem Kurs nicht bräuchte, würde ich ihn abwählen.« Vicky lächelt mich aufmunternd an, was aber auch daran liegen könnte, dass ihr Bruder gerade auf uns zukommt. Langsam übertreibt er mit dem beschützerischen Getue. Ich bin ein eigenständiger, selbstdenkender Mensch und brauche keinen Babysitter, verdammt nochmal. »Du wirst mir noch dankbar sein, wenn dich jemand überfällt und ich bin hier, um dich zu beschützen!«, bellt er mich an. *Huch… Wo kam das denn her? Kann der Kerl meine Gedanken lesen, oder was?* »T'schuldige Kleines. War nicht böse gemeint. Komm', ich bring' dich zu deinem nächsten Kurs. Du hast jetzt Reform Geschichte, oder?« *Woher weiß der Typ immer alles*? Vermutlich hat Vicky ihm meinem Stundenplan gezeigt. Sie will mir seit unserem gestrigen Mädelsabend klar machen, wie toll es wäre, wenn Hunter und ich ein Paar wären. Ich habe ihr dann verklickert, dass ich erstmal mit Jake abschließen müsste. Das war ein klein wenig geflunkert, aber ich wusste nicht was ich sonst darauf antworten sollte. Vor dem Geschichtsraum angekommen, gibt mir Hunter erstaunlicher Weise ein Küsschen auf den Mundwinkel und lächelt mich verschmitzt an. Ich will ihn gerade fragen, was das sollte, als sich Evan genau zwischen mich und Hunter hindurchschiebt. *Was macht denn der hier?* Hunter sieht ihn an und beginnt, irgendetwas Unverständliches zu knurren. »Na na, Hunterlein. Deine Kleine ist hier sicher bei mir und du kannst wo anders nach einem Knochen graben.«

Hunter steht kurz vor einer Explosion, also nehme ich seine zur Faust geballten Hand in meine und schaue ihm tief in die Augen. »Ich hasse den Typen! Wäre er nicht ein Zehner, würde ich ihn verprügeln!«, murrt Hunter. »Ich hole dich hier wieder ab, wenn der Kurs vorbei ist«, sagt er, dreht sich um und geht. Nichts ist mehr von der süßen Art von vorhin vorhanden. Als ich den Raum betrete, bemerke ich, dass schon alle Plätze bis auf einen vergeben sind. Natürlich ist es der neben *Arschloch*-Evan. Ja, in Gedanken nenne ich ihn so. Schnaubend lasse ich mich auf meinen Platz sinken. Entschlossen, Evan zu ignorieren, warte ich gespannt auf den Beginn der Vorlesung. Ich liebe Reform-Geschichte einfach und habe mich auch deshalb dafür entschieden. Musik ist eine Leidenschaft, aber Geschichte meine Passion. Gerade, als der Professor den Raum betritt, dreht sich Evan zu mir und flüstert: »Pass gut auf, wen du dir als Freunde suchst. Du stammst aus einer einflussreichen Familie und bist damit ein gutes Ziel.« »Danke für den Tipp. Ich bin aber schon groß und kann mir meine Freunde selbst aussuchen.«, zische ich zurück. *Was denkt sich dieser Kerl nur?* Er ist derjenige der immer überheblich und selbstgefällig ist. »War nur ein Ratschlag Alice. Du und ich sind aus den einflussreichsten Familien der Reform, nach Sarutobi natürlich. Nur bin ich in dieser Welt aufgewachsen und habe dadurch einen geübten Blick, wer nur deinen Status oder dich will! Und eines weiß ich genau, denn ich kenne Hunter mein ganzes Leben. Er will nicht dich!« Evan dreht sich wieder um und beginnt irgendwas auf seinem Block zu notieren, trotzdem hält mich das nicht von meinem Konter ab. »Es ist ja ganz süß, dass du dir Sorgen um mich machst, obwohl ich dich nicht kenne, aber halt einfach die Klappe. Oder war es Hunter, der mich fast zu Tode erschreckt hat wie ein scheiß Psychokiller? Nein, das warst ja du! Also, wenn du jetzt so nett wärst und mich einfach in Ruhe dem Unterricht folgen lassen würdest, wäre ich dir sehr verbunden!« Der Professor referiert gerade über den Börsencrash vor der Gründung der Reform, als Evan mir einen kleinen gefalteten Zettel zuschiebt. *Sind wir hier im Kindergarten?* Ich nehme das kleine Blatt und stecke es ungeöffnet in meine Tasche. Evan sieht mich an und schüttelt leicht den Kopf. Denkt er, nur weil er scharf ist – ja, er ist mit seinen verwuschelten, dunkelblonden Haaren und den engen T-Shirts, die sich um seinen athletischen Körper spannen, überdurchschnittlich scharf – fällt jedes Mädchen ins Koma, wenn er ihm Aufmerksamkeit schenkt? *Nicht mit mir, Beauty. Ich habe schon etwas Heißes an der Angel und er sieht aus wie der Prinz aus der Hölle persönlich. Genauso heiß!* Ich verfolge weiterhin den Unterricht und bin verwundert, wie schnell neunzig Minuten vergehen können. »In guter Gesellschaft vergeht Zeit immer wie im Fluge.« Jetzt fängt er auch schon an. Vielleicht habe ich es auch einfach laut gesagt und habe es nicht mitbekommen. Kopf schüttelnd gehe ich weiter in Richtung Tür und ignoriere ihn einfach. Was leichter gesagt ist als getan. »Komm' schon, rede doch einfach mit mir Beauty! Ich bin gar nicht so übel.«, bemerkt er an und grinst schief. Etwas ist hier definitiv seltsam. Jetzt nennt er mich so, wie ich ihn in meinen Gedanken nenne. Und ich bin mir sicher, dass nicht laut gesagt zu haben! Hunter wartet wie versprochen vor der Tür und starrt auf Evan und mich. Wie macht er das, immer pünktlich vor meiner Kurstür zu stehen? Er sieht heute wieder verdammt gut aus und steht Evan in puncto Schönheit nichts nach, doch er hat etwas Dunkles an sich, was mich einfach anzieht. Ich gehe mit einem Lächeln auf ihn zu und stelle mich auf meine Zehenspitzen, als ich ihm einen unschuldigen Kuss auf die Lippen hauche. Ich löse mich von Hunter und strahle ihn an. »Hast du jetzt einen Kurs? Ich habe eine Freistunde und anschließend noch einen Musikkurs. Danach bin ich für heute fertig.« Er verneint und begleitet mich in die ultramoderne Kantine, die eher nach einem Restaurant aussieht. Hier gibt es nämlich keine Essensausgabe, sondern Tische mit einem Platzanweiser und Kellner, die einem das bestellte Essen an den Tisch bringen. »Mist, ich habe nicht so viel Geld dabei, um mir so ein Essen leisten zu können.« »Du hast doch deine Studentenkarte. Darauf wird der Betrag gebucht und am Ende des Schuljahres abgerechnet.«, meint Hunter augenzwinkernd. Ich kann nicht mit Geld bezahlen? Wie soll ich hier einen Überblick über meine Kosten behalten? Wie soll ich das finanzieren? Ich habe kein Auto, um mir einen Job zu suchen. Panisch sehe ich mich um, um unauffällig von hier zu verschwinden und mir draußen ein

Sandwich aus dem Automaten zu holen. »Kleines, deine Großeltern bezahlen dir die Ausbildung und die damit verbundenen Kosten. Und glaub' mir, es tut ihnen nicht mal weh.«, belächelt Hunter meinen Panikanfall. Ich bin es einfach nicht gewohnt, über so viel Geld zu verfügen, und nehme mir fest vor meinen Onkel zu fragen, ob ich meine Großeltern kennenlernen kann und ihnen zu danken.

Nachdem ich meinen letzten Kurs hatte, zu dem mich natürlich Hunter begleitet hat, bringt er mich nach Hause. Zum Abschied bekomme ich noch einen Kuss. Mir fällt auf, dass Hunter sehr viel Nähe sucht und ich bin mehr als bereit, ihm diese zu geben. Ich bin dabei, mich in den mürrischen dunklen Prinzen zu verlieben, der anscheinend eine Phobie vor Farben hat, denn er trägt generell schwarz. Tagträumend verschwinde ich ins Haus. Mein Handy gibt ein Läuten von sich, mein Dad ruft endlich an. Zeit, ihm einige Fragen zu stellen. »Hallo mein Engel. Hast du dich gut eingelebt?«, fragt mein Dad. »Wusstest du, das Mom einen Bruder hat, der mein Dekan ist und dass meine Großeltern, die ich anscheinend doch besitze, mir das College finanzieren? Und warum habt ihr mir nie etwas erzählt?«, fahre ich ihn an. Dad schluckt hörbar. »Setz dich mein Engel. Diese Geschichte dauert etwas länger.« Also setze ich mich in meinem Zimmer auf mein bequemes und noch dazu wunderschönes Himmelbett und danke dem Innendesigner dafür. Er beginnt zu erzählen: »Ja, ich weiß das alles und wir haben es dir nicht erzählt, weil das der Deal war. Wir wollten nicht, dass du so aufwächst wie deine Mom. Sie war immer isoliert von normalen Menschen und durfte nur mit Menschen verkehren, die deine Großeltern für gut genug erachtet haben. Mich befanden sie für nicht gut genug. Ich habe deine Mom auf dem Ball von Karnstein kennengelernt. Bevor du fragst – nein, ich war kein Student. Jedes Jahr stellt das College junge Leute an, um zu kellnern oder ähnliches. Man wird dafür gut bezahlt und darf bei einer Kastenprüfung antreten. So habe ich meine erste Prüfung abgelegt. Wir haben uns auf den ersten Blick verliebt und Scarlet wollte mit mir zusammen sein. Deine Mutter war aber bereits verlobt und wir mussten unsere Beziehung geheim halten. Ich dachte, wir würden es nie schaffen, aber an dem Tag, als deine Mom das College beendet hat, hatte ich bereits die Prüfung für die fünfte Kaste abgeschlossen und wir haben beschlossen, heimlich zu heiraten. Danach konnten uns deine Großeltern nicht mehr trennen, denn das Gesetz stand auf unserer Seite. Sie hatten kein Recht mehr, über sie zu bestimmen, also haben sie uns in Ruhe gelassen. Aber nie ganz, denn als Scarlet mit dir schwanger wurde, haben sich deine Großeltern wieder eingeschaltet. Wir haben ihnen erklärt, dass du nicht in so einer Welt groß werden sollst und sie sich raushalten sollen. Sie haben dem zugestimmt und wollten dafür nur, dass du an dieses College gehst, welches sie auch finanzieren. Es schien für uns die beste Lösung. Du hast ein schönes Leben und später eine gute Ausbildung und steigst ohne weiteres in die Kaste zehn auf. Sei also nicht wütend auf mich, ich wollte nur dein Bestes. Auch deine Mutter wollte das.«, erzählt mein Vater ausführlich. »Ich bin nicht sauer, Dad. Nur überrascht, weil ihr mir nie davon erzählt habt, obwohl der Plan war, dass ich hier studiere.«, erwidere ich ruhig. »Wir hatten gehofft, dass deine Großeltern auf den Deal verzichten, da sie dich auch nur einmal gesehen haben, als wir deinen Onkel James nach einem Unfall in Karnstein besucht hatten. Ich vermisse dich ganz schrecklich. Es ist so ruhig ohne dich, aber Jacob leistet mir gute Gesellschaft.« »Offensichtlich haben sie es nicht vergessen und um ganz ehrlich zu sein freue ich mich. Du weißt, es war immer mein Traum zu studieren und der hat sich nun erfüllt.« Ich erzähle Dad alles was ich bisher erlebt habe, und so telefonieren wir noch mindestens eine Stunde. Es tut gut, mit meinem Vater über all das zu sprechen.

Ich begebe mich gerade auf die Suche nach etwas Essbarem in der Küche, als die Haustür geöffnet wird und Vicky mit einer Tüte voll chinesischem Essen das Haus betritt. »Wir hatten nichts zu essen hier, deswegen dachte ich mir, wir machen heute Abend einen chinesischen Abend. Heißt, wir ziehen uns schick an, sitzen am Boden um den Couchtisch und stopfen uns voll.« Sie sieht mich abwartend an. Ein strahlendes Lächeln erscheint auf meinem Gesicht. Vicky ist ein verrücktes Huhn und genau das mag ich an ihr. Sie stellt das Essen in den Ofen, um es warm zu halten, und wir begeben uns in ihr Zimmer. »Also, willst du einen Kimono oder einen Qipao?« Ich sehe sie verwirrt an. »Was zum Teufel ist ein Qipao?«, frage ich. »Ohh, das ist ein traditionelles chinesisches Kleid. Ich habe eines in blau und der Kimono ist lachsfarben.« Wir alle wissen, dass ich niemals das lachsfarbene Kleid anziehen würde, deswegen entscheide ich mich für das blaue Kleid – und es ist wunderschön. Es besteht aus blauer Seide, auf der bunte Blumen aufgestickt sind und hat eine Knopfreihe an der Seite, um es zu schließen. Danach schminken wir uns noch und gehen zurück in die Küche, um unser Essen zu holen. Wir schnappen uns je ein Kissen, welches wir auf den Boden legen, starten Netflix und beginnen zu essen. Nachdem wir uns den Bauch vollgeschlagen haben, wandern wir auf die Couch. Irgendwann werde ich von meinem Handy geweckt und ich merke, dass ich allein auf dem riesigen Sofa bin. Vicky muss, als ich geschlafen habe, auf ihr Zimmer gegangen sein. Mein Handy gibt erneut einen Laut von sich. Ich sehe nach und bin verwirrt.

Evan: Bist du noch wach? E.

Ich: Woher hast du meine Nummer du Arsch? L.

Evan: Teilnehmerliste von unserem Kurs.

Ich: Was willst du?

Evan: Ich denke wir hatten heute einen schlechten Start und ich wollte mich dafür entschuldigen und dir versichern, es nur gut gemeint zu haben.

Liz: Danke, aber wie bereits erwähnt, kann ich auf mich selbst achten. Also gute Nacht.

Evan: Gute Nacht!

Danach kommt keine Nachricht mehr und ich finde es mehr als merkwürdig, dass er mir deswegen extra schreiben musste. Er hätte es auch einfach morgen am Campus sagen können, aber vermutlich hätte ich ihm nicht mal zugehört. Ein erneutes Klingeln reißt mich aus meiner Trance. Ich starre auf das Display und erwartet Evan's Namen zu lesen, aber dort steht Hunter's Name. Ich drücke auf das grüne Symbol, um abzuheben. »Hey Kleines, schläfst du schon?« »Wie es aussieht nicht, sonst könnte ich nicht mit dir telefonieren. Willst du etwas bestimmtes?«, frage ich aus reiner Neugier. »Ich wollte fragen ob ich bei dir pennen kann? Mein Mitbewohner ist ein Soziopath und quält mich mit lauter Punkmusik aus der alten Zeit.« »Echt? Welche Band, welches Lied?«, frage ich aufgeregt. Ich dachte nicht, dass hier jemand solche Musik hört, und ich liebe diese Musik. Er schnaubt ins Telefon: »Keine Ahnung, ich höre keine alte Musik von früher und wenn, dann nur etwas Elektronisches. Aber zurück zu meiner Frage – kann ich bei dir pennen?« »Klar komm rüber, auf der Couch hast du auch genügend Platz, um deinen Schönheitsschlaf zu bekommen.«, witzele ich herum, weiß aber genau, dass er in meinem Bett schlafen möchte. »Bin in fünf Minuten bei dir.« Ich erhebe mich vom Sofa und renne in mein Zimmer, um mich aus dem Qipao zu schälen und ziehe mir mein kurzes Schlaftop und knappe Harry Potter Schlafshorts an. Nerdmodus – an. Ich liebe Dinge aus der alten Welt einfach und bin froh, dass man sie noch immer kaufen kann, zumindest in Secondhand-Läden. Kurz darauf höre ich ein leises Klopfen an der Tür. Ich stürme in den Flur und öffne Hunter die Tür. Er tritt ein und beäugt mich von oben bis unten. Sein Blick bleibt für einen Moment an meinen Brüsten hängen. Er zieht mich blitzschnell an sich und flüstert: »Willst du mich umbringen?« Ich kichere, nehme seine Hand in meine und wir gehen in mein Schlafzimmer. Dort angekommen, zieht er sein Shirt aus und eine Reihe definierter Bauchmuskeln sind zu sehen. Er beugt sich nach vor, um seine Trainingshose auszuziehen. Ich starre ihn ehrfürchtig an und habe Angst, dass ich zu sabbern beginne. An seiner Hüfte verläuft ein spitzes V, welches in seiner Boxershorts verschwindet. Ich muss mich zusammenreißen, um nicht auf ihn zu gehen und ihn abzuschlecken. *Ich habe es abgeschleckt! MEINS!* »Wenn du dann fertig bist, mich zu einem Sexobjekt zu degradieren, könntest du dich zu mir ins Bett legen.« Ich komme seiner Aufforderung nach und lege mich neben ihm ins Bett. Er dreht mich auf die Seite, so dass ich mit meinem Rücken an seine Brust gepresst daliege. »Gute Nacht, Kleines.«, raunt er in mein Ohr.

Meine Nackenhärchen stellen sich auf. Wie soll ich jetzt nur einschlafen? Er beginnt mit seinem Finger kleine Kreise auf meinem Arm zu malen und küsst vorsichtig meinen Nacken. Ich erschaudere und in mir beginnt ein Feuer zu brennen. Ich drehe mich zu ihm um und küsse ihn auf den Mund. Er öffnet bereitwillig seinen Mund für mich und gewährt mir Zutritt. Unsere Zungen umkreisen sich mit einer bisher nicht gekannten Leidenschaft. Unsere Hände begeben sich auf Wanderschaft und unsere Küsse werden stürmischer. Langsam schiebt Hunter seine Hand unter mein Top und beginnt meine nackten Brüste zu liebkosen. Ich keuche auf. Er löst seine Lippen von meinen und beginnt meinen Hals zu küssen, wandert mit seinem Mund tiefer. Als er die empfindliche Stelle an meiner Halsbeuge küsst, stöhne ich leise auf. Ein schiefes Grinsen erscheint auf seinem Gesicht und er zieht mir mein Top über den Kopf. Danach rutscht er tiefer, beginnt meinen Bauch zu küssen und mit einer Hand knetet er meine empfindliche Brust. Er bahnt sich mit seiner Zunge einen Weg zu meinem Hosenbund, zieht sie mir aus und küsst mich dort, wo bereits ein Feuer in mir brennt. Mit geschickten Zungenbewegungen bringt er mich immer näher an den Abgrund. Als er auch noch einen Finger in mich hineinschiebt, ist es um mich geschehen und ich springe über den Rand der Klippe. Danach schiebt Hunter seine Shorts über seinen knackigen Arsch und entblößt seine stattliche Männlichkeit. Ich sehe ihn an und mir läuft das Wasser im Mund zusammen, als ich seine seidige weiche Haut berühre. Ich klettere auf ihn und nehme seinen Schwanz in den Mund. Er stöhnt gequält auf, nimmt meine Haare in seine Faust, um meinen Kopf zu fixieren, und fickt meinen Mund. Kurz bevor er mir in den Abgrund folgen kann, löst er seine Faust um mein Haar und entzieht sich meinem Mund. Er streckt sich vom Bett, um nach seiner Hose zu greifen, und fischt daraus ein Kondompäckchen hervor. Er reißt es mit den Zähnen auf und zieht es sich über. Langsam drückt er mich zurück in die Laken. Er dringt langsam in mich ein. Mir entkommt ein Keuchen, als mein Körper versucht, sich an seine Größe zu gewöhnen. Gemächlich schiebt er sich weiter in mich und fängt endlich an, sich zu bewegen. Seine Stöße sind hart und schnell, er nimmt sich was er braucht. Als er anscheinend bemerkt, dass ich kurz vor meinem zweiten Höhepunkt bin, drückt er seinen Daumen auf meine empfindliche Stelle und ich gehe ab wie eine Rakete. Er folgt mir. Schwer atmend lösen wir uns von einander und küssen uns nochmal. Danach steht Hunter auf und entsorgt das Kondom. Ich stehe ebenfalls auf und verschwinde im Bad, um mich zu säubern und krieche danach zurück zu Hunter ins Bett. »Glaubst du, Vicky hat uns gehört?«, frage ich leise. »Wenn sie das nicht gehört hat, ist sie vermutlich tot.«, lacht Hunter. Ich gebe ihm einen Klaps auf den Hinterkopf, bette meinen Kopf auf seine Brust und schlafe ein.

CHEERLEADER IM ANMARSCH

Es ist Freitag und der letzte Schultag dieser Woche beginnt. Leider ist dies auch der Tag, an dem ich am Nachmittag an dem Sportprogramm teilnehmen muss. Ich habe mich tatsächlich für Kickboxen entschieden. Hunter spielt Lacrosse und Vicky macht rhythmische Sportgymnastik. Sie hat versucht, mich doch noch dort anzumelden, und hat mich am Mittwoch einfach zum Training mitgeschleppt. Als ich da so saß und ihr zuschaute, war ich froh, dass ich mich nicht dafür gemeldet habe, denn dafür war ich einfach nicht grazil genug. Mit Evan gab es auch keine weiteren Zwischenfälle. Er verhält sich auffällig unauffällig. Unser Professor hat uns für Referate in Gruppen eingeteilt und wie sollte es anders sein, bin ich mit Evan in einer Gruppe – sehr zum Missfallen von Hunter.

Hunter: Kann euch heute leider nicht zu den Kursen begleiten, habe Training.

Ich: Kein Problem :)

Hunter: Sehen wir uns am Abend auf der Party?

Ich: Wenn du mich abholst vermutlich schon. Denn ich weiß nicht, wo ich hin soll.

Hunter: Sorry Kleines! Ich komme mit dem ganzen Team. Aber halte dich an Vicky. Was Partys betrifft, ist sie wie ein Spürhund.

Ich: Schade. Aber wir sehen uns ja dort.

Ich will nicht wie die klammernde Freundin wirken, da ich noch nicht mal weiß, was Hunter und ich sind, aber es enttäuscht mich schon etwas. Vicky wartet bereits mit einem Kaffee für mich an der Tür. Sie ist ein Engel. Mittlerweile kennt sie mich schon so gut, um zu wissen, dass ich vor meinem ersten Kaffee nicht betriebsbereit bin. Wir gehen gerade an der von Bäumen und Blumen gesäumten Straße entlang, als sich eine Gruppe Mädchen nähert. Vicky zieht eine Schnute, flüstert nur: »Cheerleader« und verdreht die Augen. *Vorsicht. Nuttenparade!* Alle tragen ihre Uniform die mehr zeigt, als sie sollte. »Die sind wie Hyänen. Zeig' keine Angst, dann sind sie irritiert.« *Ich liebe diese Frau einfach.* Ein blondes Mädchen stolziert auf mich zu. Ich sehe sie an und warte ab, was geschieht. »Hallo, mein Name ist Brooke Sanderson und ich will, dass du dich von Hunter fernhältst. Nur weil du eine Zehn bist, gehört er noch lange nicht dir!«, keift sie mich an. »Wann kapierst du endlich, dass Hunter nur mit dir gevögelt hat, Brooke.«, greift Vicky ein. Sie muss mich aber nicht verteidigen. »Süße, wenn du es nicht kapiert hast, dass du nur sein Bett wärmst, tust du mir leid.« Ich gehe näher auf sie zu, bevor ich weitersprecche: »Aber wenn du mir noch einmal drohst, werde ich ungemütlich. Ich bin eine Zehn, also setz' dich auf deinen Platz und halte die Klappe.« Sie schluckt und ich merke, dass sie nicht damit gerechnet hat, dass ich ihr Kontra gebe. *Sorry, Süße. Aber ich hatte einen äußert begehrten Freund und musste mich schon öfters mit Leuten wie dir befassen.* Ich nehme Vicky an der Hand, drehe mich um und lasse die Cheerleader einfach stehen. »Was ist das eigentlich zwischen dir und meinem Bruder?«, fragt sie mich. Ich schnaube: »Keine Ahnung V. Aber ich mag ihn verdammt gerne. «Das habe ich die letzten Nächte gehört«, sagt sie und prustet los. Mir steigt sofort die Röte ins Gesicht. Ich mag Hunter wirklich gerne und denke, ich bin gerade dabei, mich in ihn zu verlieben. Was nicht nur an unserem heißen Sex liegt, sondern an der Art, wie er sich um mich kümmert und mich immer beschützen will. Manchmal übertreibt er es etwas und benimmt sich wie ein Höhlenmensch, aber im Großen und Ganzen finde ich es süß. Vicky und ich trennen uns vor der Treppe, die in die oberen Hörsäle führt, in denen ich heute meinen ersten Kurs habe.

Nachdem ich meine Kurse heute absolviert und eine Kleinigkeit gegessen habe, begebe ich mich in die

Sporthalle, die – wie sollte es anders sein – ein eigenständiges Gebäude ist. Ich gehe in die Umkleiden und ziehe mir meine Sportklamotten an. In der Halle angekommen, staune ich nicht schlecht, wie groß sie tatsächlich ist. Ich sehe mich gerade um, als ich ein vertrautes Gesicht erblicke. Er kommt direkt auf mich zu. »Ich hätte dich eher für den Gymnastik-Menschen gehalten.«, kommentiert Evan. *Werde ich diesen Typen nie mehr los?* Der Lehrer betritt die Halle und brüllt: »Also gut Leute, lasst uns mit dem Aufwärmen beginnen und suchen Sie sich alle einen Partner, mit dem Sie den Rest des Semesters trainieren werden.« Ich blicke mich suchend um und entdecke niemanden mehr, der allein im Raum steht, außer Evan und einen schmächtigen kleinen Kerl, den ich nicht kenne. »Miss Foster, sie werden mit Mister Thompson trainieren.«, erklärt der Trainer gelassen. »Aber ich denke, dass ich mit ihm«, ich deute auf den kleinen Kerl, »besser trainieren könnte. Evan wird mich vernichten! Haben Sie diese Oberschenkel gesehen?«, frage ich entsetzt. *Und welche Oberschenkel! Man sieht die Muskeln auch ohne, dass er sie bewegt! Böse Libido! Du solltest durchwegs befriedigt sein, also halt die Klappe!* »Sie sind eine Zehn, er ist eine Zehn. Ergo sind Sie Sparringspartner.« Er zwinkert Evan zu und beginnt die ersten Übungen zu erklären. »Das war deine Idee, oder?« »Na ja, vielleicht hat es ihm ein Vögelchen gezwitschert. Und da ich im Rang mit dir auf einer Stelle bin, hat er nicht weiter nachgebohrt.«, erklärt Evan ruhig. Ich schnaube und beginne mit den

Dehnübungen. »Gehst du heute auf die Party?« »Ja, ich gehe mit Vicky und Hunter.« Als er Hunter's Namen hört, zuckt sein Gesicht. »Was ist eigentlich dein Problem mit Hunter?« Ich würde tatsächlich gerne wissen, was zwischen den beiden vorgefallen ist. »Wenn ich es dir erzähle, glaubst du mir sowieso nicht. Also frag ihn! Falls du ihn heute ohne einem Mädchen in jedem Arm antriffst.«, murrt er angesäuert. Wir absolvieren alle Stationen des Trainings und auch am Boxsack, den wir treten sollen, reden wir nur das nötigste miteinander und ich habe das Gefühl, etwas Falsches gesagt zu haben. Nachdem ich in der Kabine wie eine Irre geduscht habe, haste ich aus der Umkleide vor die Tür und hoffe, dass Evan nicht vor mir fertig war. Ich hasse solche passiv aggressiven Verhaltensweisen und wenn ich das Gefühl habe, sie auch noch ausgelöst zu haben, will ich das klären. Ich warte eine ganze halbe Stunde, bis die Teilnehmer für den nächsten Kurs bereits in die Kabinen verschwinden, und sehe ein, Evan verpasst zu haben. Also spaziere ich mit meinem Handy bewaffnet zu unserem Bungalow.

Ich: Es tut mir leid, wenn ich dir zu Nahe getreten bin. Aber ich würde wirklich gerne mit dir befreundet sein. Wir werden ja auch mehr Zeit miteinander verbringen. Wenn du nicht willst, musst du es mir auch nicht erzählen. Also was muss ich tun, dass du mir verzeihst? L.

Es dauert keine zwei Minuten, als er antwortet.

Evan: Du brauchst dich nicht zu entschuldigen, ich war nur sauer. Hunter und ich kennen uns schon ein Leben lang und wir waren auch mal richtig gute Freunde. Lange Geschichte, ich sage nur so viel, dass ich dachte, Hunter wäre mein bester Freund und er hat meinen Rang ausgenutzt. Den Rest soll er dir erzählen. Seit diesem Vorfall ist unser Verhältnis recht angespannt. Und dass er unseren Eltern immer noch glauben macht wir wären Freunde, damit mein Dad seinen nicht feuert, macht es auch nicht besser. Das ist aber völlig absurd, mein Vater ist zwar ein knallharter Geschäftsmann, aber er hat ein Herz. Außerdem wohnen wir zusammen, weil unsere Mütter es so eingefädelt haben.

Ich lese seine Nachricht zweimal und verdaue das ganze immer noch, als eine weitere Nachricht aufploppt.

Evan: Lass mich raten – er hat dir nichts davon erzählt, sondern dir weiß gemacht ich bin der Psycho, weil ich ihn mit meiner Musik ärgere? Und ich hätte gerne jeden Tag Frühstück ans Bett, damit ich dir verzeihe.

Ich starre auf das Display und beschließe, ihn einfach anzurufen und wähle seine Nummer. Nach dem ersten Läuten hebt er ab. »Ist dir das Schreiben zu blöd geworden und du wolltest meine Stimme hören?«, lässt er vernehmen. »Ja und nein. Und nein, er hat es mir nicht erzählt, deswegen bin ich etwas perplex. Und dass du zu deinem Frühstück kommst wird nicht passieren!« Er lacht ins Telefon und ich muss feststellen, es ist ein sehr schönes Lachen. »Ja ich dachte mir schon, dass er es nicht erwähnt hat. Das Frühstück ist eine Bedingung für meine überaus loyale und bedeutsame Freundschaft.« »Gegenangebot: Ich lade dich zum Essen bei mir ein und koche für uns.«, knicke ich ein. »Du kannst kochen?«, fragt er skeptisch, »Woher soll ich wissen, dass du mich nicht vergiftest?« »Kannst du nicht wissen, aber du weißt, dass ich aus der fünften Kaste bin. Und dort habe ich das Kochen von meiner Mom gelernt. Also das oder gar nichts.« Er überlegt nicht lange, sondern antwortet sofort: »Gekauft.« Mich lässt es trotzdem nicht los, was Evan vorhin geschrieben hat. »Meinst du wirklich, dass Hunter mit anderen Mädchen auf der Party rummachen wird?«, frage ich vorsichtig, denn ich fürchte mich vor der Antwort. »Ich weiß es nicht Liz. Wenn ihr zusammen seid, hoffe ich für ihn, dass er es nicht tut. Aber ich traue ihm alles zu.« Diese Antwort beunruhigt mich noch mehr als sie sollte. »Wir sind nicht offiziell zusammen. Denke ich zumindest. Ich meine, wir schlafen miteinan...« Bevor ich den Satz beenden kann, unterbricht er mich: »Woah, Liz. Ich will diese Dinge nicht wissen. Es reicht, wenn ich sie mir denken kann. Mein Tipp, vertraue ihm nicht zu sehr. Er wird dich verletzen. Es tut mir leid dir das jetzt zu sagen, aber ich kenne Hunter besser als mir lieb ist und er macht seinem Namen alle Ehre. Er ist ein

Jäger.« Ich schlucke meine Tränen hinunter und beschließe, nicht den Teufel an die Wand zu malen. Ich bin auch nicht sauer auf Evan – er hat sich ehrlich besorgt angehört. »Vicky und ich wollen uns vor der Party bei uns hübsch machen und danach schon etwas Vorfeiern. Möchtest du kommen? Oder hast du mit V auch ein Problem?« »Nein, Vicky ist in Ordnung. Wir verstehen uns immer noch, sehen uns seit der Sache nur seltener. Ich komme gerne.« Danach verabschieden wir uns von einander und legen auf.

Zu Hause angekommen dröhnt die Musik bereits aus den Lautsprechern. V hat anscheinend meine Musiksammlung gefunden. Da ich bereits in der Sporthalle geduscht habe, ziehe ich mich nur mehr für die Party um. Ich entscheide mich für ein enges schwarzes Kleid. Vorne ist es hochgeschlossen, aber der Rückenausschnitt hat es definitiv in sich, er verdeckt gerade so den Ansatz meines Po's. Dazu ziehe ich meine schwarzen Pumps an und drehe mir große Locken in mein Haar. Weil mein Kleid schon genug Aufmerksamkeit erregen wird, lege ich nur ein ganz dezentes Makeup auf. Ich begebe mich in unser Wohnzimmer. »Heilige Mutter Gottes, siehst du scharf aus! Hunter wird jeden Typen, der dich auch nur falsch ansieht, töten!«, kommentiert Vicky mein Outfit. Lächelnd drehe ich mich langsam im Kreis, denn das Beste an dem Kleid hat sie noch nicht gesehen. Vicky sieht ebenfalls total heiß aus. Sie trägt hautenge Hotpants und ein graues Trägertop. »Kann ich nur zurück geben. Aber denkst du, dass er es ernst meint? Ich habe Angst, er spielt nur mit mir, so wie mit Brooke.« Es klopft an der Tür und V verkneift sich eine Antwort. Trotz meiner Angst, Hunter könnte mich nur verarschen, stiehlt sich ein Grinsen auf mein Gesicht. Ich freue mich auf Evan, will aber nicht weiter darüber nachdenken. Ich öffne die Tür und wie erwartet steht Evan davor. Er sieht erst mich und dann V an. »Wow, ihr seht beide einfach fabelhaft aus. Ich werde euch heute nicht aus den Augen lassen können«, schmeichelt er uns. Er begrüßt uns jeweils mit einem Küsschen auf die Wange. Die beiden sehen sehr vertraut miteinander aus.

Als wir unser Haus verlassen, machen wir uns zu dritt auf den Weg zur Party. Man hört sie schon von Weitem. Wir begeben uns ins Innere des Hauses und steuern die Küche an. Evan füllt uns etwas in rote Plastikbecher und wir stoßen an. Nach einiger Zeit habe ich Evan und Vicky verloren und kehre zurück in die Küche, um mehr von dem leckerem roten Zeug zu trinken. »Ich würde nicht zu viel von der Bowle trinken. Die hat es in sich, obwohl man es nicht schmeckt!« Ich drehe mich zu der Stimme um und starre den Typen hinter mir an. Ich kenne ihn nicht, aber er wirkt nett. Ob ich das dem Alkohol zuschreiben muss oder nicht bleibt abzuwarten. »Hallo, mein Name ist Liz.«, stelle ich mich höflich vor. »Ich weiß. Jeder kennt deinen Namen und ich denke auch deinen Stammbaum. Mein Name ist Tyler.« Ich ziehe eine

Augenbraue nach oben. Vielleicht hat Evan recht und manche haben es wirklich auf meinen neuen Status abgesehen. Er bemerkt anscheinend meine Reaktion. Schnell rudert er zurück: »Sorry, so war das nicht gemeint. Also von vorne. Mein Name ist Tyler Hudson, aber alle Welt nennt mich Ty. Ich bin der Veranstalter dieser, wie ich anmerken darf, gelungenen Party und studiere hier im zweitem Semester Psychologie.« Also, den nenn' ich mal aufgeschlossen! Erzählt mir in einem Satz sein ganzes Leben. Wir unterhalten uns noch weiter, als die Stimmung plötzlich umschwingt. Alle sind ruhig. Ty stöhnt und ich sehe ihn fragend an. »Die Sportler sind da.« Ich drehe mich sofort Richtung Tür und entdecke Hunter. Brooke ist an seiner Seite und klammert sich an ihm fest. Er flüstert ihr etwas ins Ohr, streicht mit seinen Fingern an ihrem Hals entlang und sie kichert. *Will der Scheißkerl mich eigentlich verarschen? Das kann der Penner doch nicht bringen!* Ich straffe meine Schultern und gehe auf die beiden zu. In meinem Augenwinkel sehe ich Evan und Vicky, sie zieht scharf die Luft ein und ihr Blick wird finster. Als mich Hunter entdeckt, versteift er sich und nimmt Abstand zu Brooke. Er will gerade beginnen zu sprechen, aber ich strecke ihm meine Hand entgegen. »Deswegen«, ich deute mit einem abwertenden Blick auf Brooke, »konntest du mich nicht abholen?« »Liz, es ist nicht so, wie es aussieht!«, beteuert er. »Kein Problem Hunter, du willst nicht exklusiv sein? Dann sag mir sowas gleich, denn ganz ehrlich, ich habe es nicht nötig auf dich zu warten, bis du es ernst meinst. Ich bin eine Zehn!«, schnauze ich ihn an. Die Menge um uns beobachtet uns genau und wartet auf seine Reaktion auf meine harschen Worte. »Liz, sag' so etwas nicht! Ich würde jeden Kerl umbringen, der dir zu nahe kommt!«, haucht er verzweifelt. »Tja, Pech. Dieses Privileg hast du soeben abgegeben.« Ich drehe mich von ihm weg, so dass er meinen Rücken sieht und sich selbst in den Arsch beißen kann. Denn verdammt, ich sehe heute Abend wirklich gut aus! »Also, wer möchte mir einen Drink bringen?« Ich bekomme einige volle Becher vor die Nase gehalten, auch Ty hält mir einen entgegen. Da ich ihn schon kenne und mich der Alkohol mutig gemacht hat, nehme ich ihm den Becher ab und küsse ihn. Ty wird jäh von mir weggezerrt und knallt auf den Boden. Ein paar Sekunden zu spät erfasse ich die Situation. Hunter sitzt auf Tyler und prügelt auf ihn ein. Ich reiße mich aus meiner Starre und versuche, Hunter von Ty zu zerren. Evan schiebt mich zur Seite und reißt mit einer Kraft, die ich ihm nicht zugetraut hätte, Hunter von Tyler runter, redet auf ihn ein und bringt ihn nach draußen. Vicky sieht mich mitleidig an und folgt ihnen. Ich kniee mich zu Ty auf den Boden. »Es tut mir so leid, Ty!« »Hey, nicht deine Schuld! Das wird ein paar blaue Flecken geben, aber nichts, was nicht heilen würde. Mir geht es gut. Ich trinke einfach mehr, dann spüre ich heute nicht mehr so viel.«, beteuert er. »Es tut mir wirklich wahnsinnig leid. Soll ich dir etwas Eis bringen, oder möchtest du aufstehen?«, frage ich ihn und begutachte sein Gesicht. Tyler ist groß gewachsen, aber er ist eher schlaksig gebaut. Er sieht gut aus, bis auf den blauen Bluterguss, der sich um sein linkes Auge bildet. Aber er reicht nicht an Hunter und Evan ran. Ich helfe ihm hoch und wir gehen in die Küche, ich reiche ihm einen Eisbeutel. »Liz, alles ist gut. Ich bin bisexuell. Ich wurde schon öfters verdroschen. Und wenn mich Hunter verprügelt, nehme ich das gerne in Kauf, damit der Typ mal auf meinem Schoß sitzt.« und lächelt mich spitzbübisch an. *So etwas haut er einfach so raus!?* »W..Wie bitte?« »Ich bin bi, Süße. Aber ich habe deinen Kuss auf jeden Fall genossen. Und jetzt geh' und beruhige den großen Brummbären, bevor er zurückkommt und dich bei mir sieht. Noch einen Schlag auf meine Nase kann ich nicht gebrauchen.« Ich entschuldige mich nochmal für Hunter und begebe mich nach draußen. Jede einzelne Person in diesem Haus weicht mir aus. Draußen sehe ich mich um und entdecke die drei auf einer Parkbank. Als ich auf sie zugehe, höre ich sie reden: »Ich habe es kommen gesehen. Warum machst du so was nur? Du magst sie doch.« »Was hast du noch gesehen?«, fragt Evan. Bevor Vicky antworten kann, entdecken sie mich und verstummen. Hunter steht von der Bank auf und kommt auf mich zu. »Können wir reden?« Evan sieht mich an und nickt mir zu. Er gibt mir zu verstehen, dass er, egal wie ich mich entscheide, unterstützt. »Ja, aber nicht hier.« Ich drehe mich um und marschiere einfach drauf los. Als ich erkenne, dass in ein paar Metern unser Bungalow auftauchen wird, steuere ich darauf zu und öffne die Tür. »Rede!«, blaffe ich ihn an und setze mich mit verschränkten Armen auf die Couch. »Ich weiß wie das ausgesehen hat, aber ich habe nichts mehr mit ihr und auch mit keiner anderen. Die interessieren mich nicht mehr! Als ich dich mit Hudson gesehen habe ist eine Sicherung bei mir durchgebrannt. Niemand fasst mein Mädchen an!«, erklärt er sich. *SEIN Mädchen? Bin ich das denn?* »Wenn ich dein Mädchen bin, warum hast du ihr dann über den Hals gestrichen?« Ich kann ihren Namen nicht aussprechen. Keine Ahnung, ob ich überreagiere, aber er hat mich mit seinem Verhalten verletzt. Auch wenn er geknickt aussieht, lasse ich ihn noch zappeln. Ich will nicht, dass er denkt, er kann sich alles erlauben und kommt damit davon. »Es war Gewohnheit. Wir haben getrunken, viel getrunken. Ich weiß, das ist keine Entschuldigung! Als sie sich an meinen Arm gehängt hat, habe ich nicht nachgedacht. Ich verabscheue mich selbst dafür, dir wehgetan zu haben. Aber Kleines, ich will nur dich.«, haucht er. Er rutscht näher an mich ran und nimmt mein Gesicht in seine starken Hände. »Bitte glaube mir. Es tut mir aufrichtig leid und ich werde nie wieder jemanden außer dich so berühren!« Wenn er mich so ansieht, kann ich nicht länger böse auf ihn sein. »Was heißt das genau?« Er lächelt mich an. »Alice Foster, möchtest du meine Freundin sein?«

LIZ WIRD ACHTZEHN

Am Montag nach der Party nimmt das Collegeleben wieder seinen Lauf. Hunter bringt mich und Vicky zu unseren Kursen und beachtet keine anderen Mädchen außer uns. Brooke musste mir das am Sonntag unbedingt nochmal unter die Nase reiben, dass sie ihn noch immer haben kann, aber Hunter kam gerade dazu, als sie sich mir erklärt hat. Er hat ihr dann verklickert, dass sie nur für sein Bett und nie mehr war oder mehr sein wird. Seitdem ist sie ruhig und lässt mich und vor allem Hunter in Ruhe. Heute habe ich wieder Literatur und Vicky freut sich total darauf. Im Gegensatz zu mir liebt sie Literatur. Wir setzen uns auf unsere Plätze und ich lasse diese qualvollen neunzig Minuten über mich ergehen. Irgendwann stupst mich Vicky an der Schulter an. »Du hast doch am Samstag Geburtstag. Was hältst du davon, eine Party bei uns zu schmeißen?« Eigentlich keine schlechte Idee. Da ich für einen Tag nicht nach Hause fahren kann, um mit meinem Dad zu feiern, befürworte ich ihren Vorschlag. Also nicke ich mit einem Lächeln im Gesicht. Vicky zieht sofort ihr Handy hervor und beginnt zu tippen. Als sie fertig ist, hält sie mir ihr Telefon entgegen.

Hallo, am Samstag Party bei uns! Kommt vorbei! Liz wird ACHTZEHN!

Mehr steht nicht. »Musst du meinen Geburtstag unbedingt erwähnen? Reicht es nicht, einfach nur Party zu schreiben?« »Natürlich müssen wir deinen Geburtstag erwähnen. Hallo!? Das wird super!« Vicky ist etwas zu laut und zieht die Aufmerksamkeit unseres Professors auf sich. »Haben Sie uns etwas mitzuteilen, Miss van Lose?«, fragt er etwas gereizt. »Ja, wenn Sie so fragen. Leute, am Samstag schmeißen wir eine Party bei uns. Alice hat Geburtstag, also kommt vorbei. Es gibt keine Liste!« Der ganze Hörsaal beginnt zu tuscheln und Vicky setzt sich wieder auf ihre vier Buchstaben. Danach hat der Professor alle Hände zu tun, um wieder Ruhe einkehren zu lassen. Vicky verschickt die Nachricht an gewisse Personen, von denen sie meint, dass sie nicht aufhören darüber zu reden, bis es alle wissen. Nachdem der Kurs endlich zu Ende ist, verschwinde ich so schnell wie möglich. Vor dem Saal wartet wie immer Hunter auf mich und zieht mich in seine Arme, um mich zu küssen. »Wann wolltest du mir von der Party erzählen?«, fragt er mich. »Woher weißt du davon? Vicky hat gerade eben erst die Nachricht verschickt!« Er zieht sein Handy aus der Hosentasche und zeigt es mir. Es war keine Nachricht! Sie hat es auf die Schulhomepage gestellt.

Gott sei Dank, haben nur Studenten Zugriff darauf. *Na großartig! Jetzt wird tatsächlich das ganze College kommen!* Ich vergrabe stöhnend mein Gesicht in Hunters T-Shirt. »Ist doch nicht so schlimm, Kleines. Wir kriegen das schon hin. Vicky wird ein paar Anrufe tätigen und fertig. Mehr müssen wir nicht machen«, versucht mich Hunter zu beruhigen. »Alice Foster, bitte zum Dekan!«, hallt es durch die Lautsprechereinrichtung. Ich sehe Hunter fragend an. Er zieht die Schultern nach oben und lässt sie schnell wieder sinken. Keine Ahnung, was mein Onkel von mir möchte, aber ich hoffe, er weiß nichts von der Party. Wir begeben uns auf den Weg in sein Büro. Die Sekretärin erwartet mich bereits vor der Tür und bittet Hunter, draußen zu warten. Ich betrete das Büro meines Onkels und setze mich auf einen der beiden Ledersessel. »Hallo Alice. Hast du dich gut eingefunden?«, fragt er mich. Er trägt wieder einen Anzug und sieht gut aus. »Ja, danke. Möchtest du etwas bestimmtes von mir? Ich denke nämlich nicht, dass du mich nur deswegen hast rufen lassen.« Ein leichtes Lächeln stiehlt sich auf sein Gesicht. »Gewiss nicht. Ich wollte dich eigentlich fragen, ob du mich am Freitagabend zu deinen Großeltern begleiten möchtest. Sie würden gerne an deinem Geburtstag mit dir dinieren. Da du Samstag aber schon anderweitig verplant bist, habe ich den kommenden Freitag vorgeschlagen.« Etwas beschämt, dass er von der Party erfahren hat, schaue ich ihn an. »Ich schwöre, die Party wird nicht ausarten!«, versuche ich mich zu

retten. »Keine Panik, Alice. Die Party ist in Ordnung.«
Erstaunt blicke ich ihn an. »Ihr seid Teenager auf dem
Weg, erwachsen zu werden. Mir ist klar, dass ihr Partys
feiert und die dürfen auch mal ausufern. Solange ihr
euer Studium nicht vernachlässigt, ist alles in Ordnung.
Also, würdest du mit uns zu Abend essen?« „Ja, sehr
gerne sogar. Ich freue mich darauf, die beiden
kennenzulernen. Muss ich etwas Besonderes
anziehen?«, frage ich. »Zieh' dir einfach etwas Schickes
an, sei einfach du selbst und das wird schon
funktionieren. Zur Not bin ich auch noch da und halte
dir den Rücken frei. Gut, da wir das nun geklärt haben,
ab mit dir in den Reform-Geschichtskurs.« »Danke,
Onkel James.« *Shit!* »Tut mir leid. Ich wo…« »Alles gut,
Alice! Ich freue mich sogar darüber und du kannst
mich gerne so nennen«, unterbricht mich James.
»Okay. Ciao, Onkel James.« Es fühlt sich
komischerweise vertraut an, ihn so zu nennen. Auf
dem Weg zu meinem Kurs treffen wir Vicky und ich
erzähle ihnen von dem Essen mit meinen Großeltern.
Vor der Tür verabschiede ich mich von den beiden und
begebe mich in den Kursraum. Evan sitzt bereits auf
seinem Platz und hat zwei Kaffeebecher auf seinem
Schoß. Ich nähere mich ihm und er hält mir einen
Becher entgegen. Dankend nehme ich den Becher an.
»Wolltest du mich nicht persönlich zu deiner Feier
einladen?« »Woher weißt du davon? Halt! Ich weiß,
von der Homepage. Vicky hat das geplant, nicht ich.
Aber du bist natürlich recht herzlich eingeladen.« *Er
sieht heute wieder umwerfend aus.* Er trägt beige

Chinos, die bestimmt seinen perfekten Hintern betonen und ein weißes Button-Down Hemd, bei dem er die Ärmel nach oben gestrickt hat. Evan sieht mich intensiv an und schüttelt den Kopf. Ich versuche, mich auf den Unterricht zu konzentrieren, aber Evan blickt mich immer wieder verstohlen an. »Was ist? Habe ich was im Gesicht?«, frage ich und wische in meinem Gesicht herum. »Nein, nichts.« Da Evan nicht aufhört mich anzustarren, ziehe ich meine Kette unter meinem blauem Top hervor und spiele nervös an ihr herum. Als der Kurs endlich vorbei ist – ich konnte mich heute dank Evan nicht konzentrieren – erhebe ich mich von meinem Platz und eile aus dem Kursraum. Ich habe keine Ahnung, warum Evan sich so merkwürdig verhält. Mein Telefon gibt ein Pling von sich und kündigt eine neue Nachricht an.

Hunter: *Sorry, spontane Sitzung mit dem Team. Kann dich leider nicht abholen. Komme dann zu dir.*

Schnaubend stecke ich mein Handy wieder in meine Tasche und gehe in die Cafeteria. Dort angekommen, entdecke ich einen wuscheligen Blondschopf. »Ty!«, rufe ich durch den Raum und er dreht sich um. Als er mich erblickt, erhellt ein Grinsen sein Gesicht. Er deutet mir an, sich zu ihm zu setzen, also gehe ich auf den Tisch zu, an dem auch noch andere Kommilitonen sitzen. Er steht auf, zieht mich in eine kurze Umarmung, und stellt mich den beiden anderen Kerlen vor. „Leute, das ist Alice. Vermutlich wisst ihr das aber schon. Alice, das ist George,«, er deutet auf den kleineren der beiden, der eine Brille und ein Star Wars Shirt trägt, »und das ist Isaac.« Isaac ist größer als George und besitzt schöne, weiche Gesichtszüge, so als wäre er eigentlich noch nicht alt genug, um zu studieren. »Ich bin auch erst fünfzehn«, erwidert er gelassen. Ich sehe ihn an. Vermutlich hat er mir meine Frage bereits angesehen oder er wird das öfters gefragt. »Isaac!«, schnauzt Ty ihn an. Isaac sieht entschuldigend in meine Richtung. »Sorry, aber ich habe es noch nicht ganz im Griff!« »Isaac!« Erneut brüllt Tyler ihn an. »Was denn, ich habe mich doch entschuldigt.« »Wir reden später darüber, und jetzt halt' die Klappe, sonst rufe ich Mom an, dass du dich unmöglich benimmst.« Tyler steht auf, nimmt meine Hand in seine und zerrt mich aus der Kantine. Wir gehen in die Bibliothek, in die Abteilung mit den okkulten Sachen. »Was meinte er mit ‚er hat es nicht im Griff'?«, frage ich Ty. Er sieht mich lange an und überlegt anscheinend, was er mir sagen soll. »Ich kann dir nicht alles erklären, dass steht mir nicht zu, aber mein Bruder ist ein Schlaukopf und deswegen studiert er auch schon. Er hat es nicht böse gemeint, Liz.« »Ich verstehe gar nicht, wofür er sich entschuldigt hat. Kannst du mir das bitte erklären?«, bitte ich ihn eindringlich. Tyler ringt mit sich selbst, ob er es mir erzählen soll oder nicht, das kann ich ihm ansehen. Aber ich brauche Antworten. Immer wieder komische Andeutungen über meine Gedanken und Vicky hat etwas ‚gesehen'. Langsam glaube ich verrückt zu werden. »Ich darf es dir nicht erzählen Liz. Nur so viel: Nimm' an deinem Geburtstag deine Kette ab und warte, was passiert. Mehr darf ich dir nicht sagen. Ob du dann verstehst, weiß ich nicht. Aber danach kannst du Antworten verlangen. Nur bitte nicht von mir. Es würde meine Familie in Schwierigkeiten bringen. Spätestens beim Initiationsritus müssen sie es dir sagen.« Da er mich so eindringlich ansieht, verschiebe ich meine Fragen auf meinen Geburtstag, weil ich nicht möchte, dass Ty oder Isaac Schwierigkeiten bekommen. »Okay, Ty. Ich frage dich nicht weiter aus. Aber eines musst du mir sagen – ist es schlimm, wenn ich meine Kette abnehme?« Er sieht mich lange stumm an, bis er endlich antwortet. »Für mich war es nicht schlimm, aber ich wurde mein ganzes Leben darauf vorbereitet. Du nicht. Also kann ich dir leider nicht sagen, wie du reagieren wirst. Aber denk daran, du bist nicht allein damit. Allen Neunern und Zehnern geht es so.« Ich nicke, obwohl ich nicht verstehe, was er meint. Tyler geht zurück in die Kantine, aber um ehrlich zu sein, ich möchte jetzt lieber etwas allein sein, bis Hunter kommt. Vielleicht bekomme ich aus ihm ein paar Antworten raus.

Lippen streifen über meinen Mund und ich beuge mich dem Kuss von Hunter entgegen. »Hey, Kleines, aufwachen.« Ohne ihm zu antworten, ziehe ich ihn näher an mich ran und küsse ihn. Er kommt mir entgegen und beginnt, seine Hände auf Wanderschaft zu schicken. Er streift ganz sachte über meine Brust und folgt seinen Händen mit dem Mund. Bei meiner Brust verweilt er und nimmt meinen Nippel in den Mund, saugt und knabbert an ihm. Seine Hand findet einen Weg in mein Höschen und berührt mich an meiner empfindlichen Stelle. »Mhm. So bereit für mich«, haucht er, als er einen Finger in mich schiebt. Stöhnend hebe ich ihm mein Becken entgegen, um die Berührung zu intensivieren. Er lässt von meiner Brust ab und zieht mir meine Hose samt Slip runter, so dass ich nur noch in meinem Top, das ebenfalls nach oben gerutscht ist und meine Brüste freigibt, vor ihm liege. Quälend langsam küsst er sich nach unten. Er schiebt zwei Finger in mich und stößt fest mit ihnen zu. Er küsst meine empfindlichste Stelle und lässt mich in andere Sphären gleiten. Noch immer stößt er mit seinen Fingern in mich und sieht mich lasziv an. »Du bist so bereit für mich«, knurrt er mehr zu sich selbst als zu mir. Ich befreie mich aus seinem Griff und ziehe ihn aus. Ich greife in meine Schublade und fische ein Kondom heraus, reiße die Packung auf und streife es ihm über. Langsam setze ich mich auf seinen Schoß und gleite an seinem steifen Schwanz hinunter. Er füllt mich komplett aus und nachdem ich mich an seine Größe gewöhnt habe, reite ich ihn in meinem Tempo. Er kommt mir mit seinen Hüften entgegen und wir küssen uns stürmisch. Als sich mein Orgasmus ankündigt, bemerkt er meinen Gesichtsausdruck und kommt mir mit seinen Hüften von unten entgegen. Er stößt in mich und treibt mich immer weiter auf die Klippe zu. Er nimmt seine rechte Hand von meiner

Hüfte und legt seinen Daumen auf meinen empfindlichen Punkt. Danach explodiere ich. Er folgt mir mit einem rauen Knurren. »Das war der Wahnsinn!«, eröffne ich ihm schwer atmend. Er grinst mich schief an. Da es schon spät ist, hüpfen wir nur noch unter die Dusche und legen uns schlafen. Ich beschließe, mein Verhör auf morgen zu verschieben.

Sonnenstrahlen kitzeln meine Nase und ich werde langsam wach. Hunter liegt noch immer unter mir und ich küsse ihn auf die Nasenspitze, um ihn zu wecken. »Guten Morgen«, flüstere ich in sein Ohr. Er öffnet die Augen. »Guten Morgen, Kleines«, raunt er schlaftrunken. Ich klettere über ihn und verschwinde ins Badezimmer. Heute ist Dienstag und Hunter und ich haben in der Früh keinen Kurs, deswegen können wir uns heute Zeit nehmen, um miteinander zu frühstücken. Seit dem Vorfall am Freitag verhält sich Hunter vorbildlich, das einzige, was ich merkwürdig finde, ist, dass er immer öfter Besprechungen im Lacrosseteam hat. Wir haben uns Frühstückseier gemacht, sitzen am Tisch und essen gerade, als Hunter's Handy läutet. Er zieht es aus seiner Hosentasche, blickt darauf und sagt schnell: »Sorry, da muss ich ran gehen.« Er steht auf und marschiert in mein Zimmer. Meine gute Laune ist soeben in den Keller gesunken. Warum kann er nicht wie jeder normale Freund vor mir telefonieren? Entschlossen stehe ich auf und folge ihm. Meine Zimmertür ist einen spaltbreit offen, so dass ich zumindest Hunter's

Antworten hören kann. »Nein, Sir. Alles ist gut, ich werde alles wie gewünscht vorbereiten.« – »Nein, Sir. Sie trägt die Kette noch.« Also, jetzt ist es amtlich, er telefoniert nicht wie er mir nachher sagen wird mit dem Coach und es geht auch bestimmt nicht um Lacrosse, sondern um mich. Mit wem spricht er da nur? »Sir, ich darf doch bitten. Sie vertraut mir.« – »Ja, das vorige Woche war ein Ausrutscher, aber sie hat mir verziehen! Ich habe alles im Griff. Sie wird es nicht erfahren.« Ich habe genug gehört und gehe zurück zum Esszimmer. Irgendwas ist hier faul, aber ich werde weiterhin mitspielen. Er kommt zurück und setzt sich zu mir an den Tisch. »Sorry Kleines, das war der Coach. Ich muss dann gleich los, wir haben ein vorverlegtes Training.« Er trinkt seine Tasse Kaffee im Stehen aus, kommt auf mich zu, küsst mich auf die Stirn und geht aus dem Haus. Allein sitze ich in der Küche und frühstücke zu Ende.

Am Nachmittag habe ich wieder Reform-Geschichte und treffe mich mit Evan vor der Tür. Hunter hat sich bis jetzt noch nicht gemeldet, obwohl ich ihm schon mehrere Nachrichten geschickt habe. »Hey, Liz. Gehen wir rein?« Ich nicke und folge Evan zu unseren Plätzen. Heute bekommen wir unsere Projekte für dieses Semester zugeteilt und ich bin schon gespannt, welches Thema wir bekommen. Momentan behandeln wir gerade die Zeit, als Sarutobi die Reform durchplante, und haben dazu schon informative Tagebucheinträge gelesen. Ich muss gestehen, dass ich gerne dieses Thema hätte. Bevor wir unsere Themen bekommen, referiert der Professor noch über Sarutobi. Etwa dreißig Minuten vor Schluss teilt er uns die jeweiligen Themen zu. Evan und ich müssen über Sarutobi's Aufstieg und Leben recherchieren. Dafür haben wir zwei Wochen Zeit, danach müssen wir unser Werk vor dem gesamten Kurs präsentieren. Nachdem uns der Professor entlassen hat, holen Evan und ich uns noch schnell einen Kaffee. »Treffen wir uns heute Abend, um das Konzept grob durch zu besprechen?« »Klar, wollen wir das bei mir machen? Ich habe heute keine Lust, Hunter zu sehen«, stelle ich klar. »O..Okay. Ich bin um sieben bei dir, ich habe vorher noch eine Lerngruppe.« Zu Hause angekommen, ist das Haus vollkommen leer. Ich beschließe, die Zeit zu nutzen und für Literatur zu lernen, da ich in diesem Fach ansonsten nie bestehen werde. Ich bin zwar kein Streber, aber ich möchte nicht schon im ersten Semester ein Fach versemmeln. Ich hätte Literatur auch abwählen können, aber dann hätte ich es in einem anderen Semester machen müssen, um genügend Credits für die Abschlussprüfung zu sammeln. Ich bin so ins Lernen vertieft, dass ich das Läuten der Tür beinahe überhöre. Hastig stehe ich auf und öffne Evan die Tür. Nur, dass es nicht Evan, sondern Hunter ist, der vor meiner Tür steht. »Was willst du hier? Ich bin verabredet!« Er zieht seine Augenbrauen zusammen und mustert mich. »Wen muss ich schlagen?«, knurrt er mich an. »Niemanden«, seufze ich, »Evan und ich haben ein gemeinsames

Projekt und wir wollen heute damit beginnen.« Hunter zieht mich fest an sich. »Ich kann den Kerl nicht leiden! Er will so offensichtlich was von dir. Und das nervt mich! Du gehörst mir!« *Ist er jetzt völlig durchgedreht? Ich bin doch nicht ein Ding, das man in Besitz nehmen kann! Vor allem, wenn derjenige dann auch noch Geheimnisse vor einem hat!* »Erstens: Ich mag Evan! Wir sind jetzt Freunde, denn ER hat mir nicht verheimlicht, wer sein Mitbewohner ist. Und zweitens: Ich bin nicht dein verdammtes Eigentum!«, brülle ich ihn an. Er will gerade beginnen, sich zu erklären, aber ich bin so sauer, dass ich ihm jetzt nicht zuhören kann. Ich trete einen Schritt zurück, schließe die Tür, drehe mich um und gehe zurück in mein Zimmer. Hunter hämmert weiter an der Tür und brüllt unverständliche Dinge. Es ist mir egal. Ein Klingeln reißt mich aus meiner Trance – Evan ruft an. »Liz, weißt du, dass ein angesäuerter Pitbull an deine Tür hämmert?«, fragt er. »Ja. Er hat mich als ,sein Eigentum' bezeichnet und deswegen darf er jetzt Leiden und dann zu Kreuze kriechen!« „Super. Aber kannst du mich dann bitte über die Terrasse reinlassen? Nicht, dass es mich stört, wenn er mich sieht. Aber ich glaube, er würde dann die Tür eintreten und alles zu Kleinholz verarbeiten, weil er mich nicht anrühren darf, außer ich schlage zuerst zu.« Ich tapse aus meinem Zimmer und öffne die Terassentür, vor der Evan bereits wartet. Er gibt mir das vertraute Küsschen auf die Wange und wir schleppen uns gemeinsam in mein Zimmer, wo wir beginnen zu Lernen. Plötzlich kommt mir ein Gedanke

– wenn Hunter schon etwas vor mir verheimlicht, rückt Evan vielleicht mit der Wahrheit raus. »Darf ich dich was fragen?« »Immer«, antwortet er, ohne zu zögern. Ich erzähle ihm von dem Vorfall mit Isaac und Tyler und als ich geendet habe, warte ich auf seine Reaktion. »Zu allererst möchte ich festhalten, dass dieses Gespräch nie stattgefunden hat. Ansonsten müsste ich Tyler verpfeifen und das möchte ich nicht, denn ich mag den Kerl und seine legendären Partys. Aber er hat schon Recht mit dem, was er sagt. Du triffst am Freitag doch deine Großeltern, oder?« »Woher weißt du davon? Nicht mal Hunter habe ich davon erzählt«, frage ich ihn. »Deine Großmutter ist die beste Freundin meiner Großmutter und die beiden reden über alles – meine Granny erzählt mir alles brühwarm weiter«, grinst er mich an. »Ich schlage dir einen Deal vor: Wenn deine Großeltern oder dein Onkel dir am Freitag nichts von deinem Erbe erzählen, erzähle ich es dir. Und glaub mir Li, ich bin einer der Wenigen, der es dir erzählen darf, weil wir in derselben Kaste sind.« Ich nicke und stimme dem Abkommen zu. Danach konzentrieren wir uns wieder auf unser Projekt.

DU HAST EINEN MAYBACH?

Heute Abend treffe ich meine Großeltern und bin schon mehr als nervös, davor muss ich aber noch den ganzen Tag überstehen. All' meine Kurse habe ich bereits hinter mir, jetzt steht nur noch das Kickboxtraining mit Evan an. Wir sind inzwischen wirklich gute Freunde geworden, was Hunter um ehrlich zu gar nicht gut findet. Er bittet mich ständig, nicht mehr mit Evan zu reden, denn er will mich nur für sich und so weiter… Aber ich fühle mich bei Evan wohl und geborgen, er fängt mich auf, wenn ich zu fallen drohe und am aller Wichtigsten – er lügt mich nicht an. In der Sporthalle schlüpfe ich in meine kurze Tights und meinen Sport-BH. Heute mache ich nicht den Fehler und ziehe ein Shirt darüber. Das letzte Mal bin ich so ins Schwitzen gekommen, dass ich das Top auswringen musste, bevor ich es in meine Tasche gesteckt habe. Sobald ich angezogen bin, bandagiere ich meine Füße und meine Hände, unser Trainer kombiniert nämlich immer Tritte mit Schlägen. Er meint, so sei das Training intensiver, und er hat verdammt recht damit. In der Halle wartet Evan bereits vor dem Zirkeltraining auf mich. Mister Jones erklärt uns das heutige Zirkeltraining und zeigt auch die Übungen am Boxsack vor. Wir absolvieren problemlos das Zirkeltraining. *Moment! ER absolviert es problemlos. Ich schnaufe wie eine alte Dampflock!* Evan schwitzt nicht mal, als wir an den Boxsack treten. Er hält ihn für mich fest, damit er nicht immer wegschwingt, und ich versuche die Übungen von Mister Jones umzusetzen. »Rufst du mich an, wenn du wieder zu Hause bist und erzählst mir von dem Dinner?«, fragt Evan. »Ich hätte dich spätestens angerufen, wenn sie mir nichts von meinem *Erbe* erzählen«, schnaufe ich. Nachdem ich alle Übungen gemeistert habe, wechseln wir unsere Positionen. Nach eineinhalb Stunden beendet Mister Jones das Training und entlässt uns ins wohlverdiente Wochenende. Ich verabschiede mich von Evan und verspreche ihm nochmals, mich bei ihm zu melden, egal, wie der Abend verlaufen wird. Daheim angekommen, betrete ich den großen Wohnbereich und rieche etwas sehr Leckeres. »Kleines, bist du das? Ich habe uns etwas zu Essen gekocht, da wir Morgen kaum Zeit zu zweit finden werden!«, ruft Hunter aus der Küche. Jetzt habe ich ein schlechtes Gewissen, ihm nichts von meinem Treffen mit meinen Großeltern erzählt zu haben. Schnell schlüpfe ich aus meinen Sneakers und folge dem Duft in die Küche. Hunter steht vor dem Herd und rührt in irgendwelchen Töpfen herum. »Hunter,«, beginne ich zögerlich, »wir können heute nicht gemeinsam Essen. Ich habe dir da etwas verschwiegen, weil ich so sauer auf dich war. Ich bin heute bei meinen Großeltern eingeladen.« Der Kochlöffel knallt auf den Boden. Er sieht mich kurz an und verschwindet dann aus der Küche. »Hunter, warte!«, rufe ich und renne ihm nach. Als ich ihn am Arm festhalte, bleibt er stehen. »Was!?«, brüllt er mich an. »Dir ist schon klar, dass ich das sicher nicht für jeden mache?! Verdammt! Ich wollte mich für mein Verhalten in letzter Zeit entschuldigen, aber anscheinend ist dir unsere Beziehung nicht gleich viel Wert wie mir! Ich hau' jetzt ab, vielleicht kann Evan dich ja trösten.« Seine Worte verletzen mich, aber ich verstehe seine Wut durchaus. So habe ich mich gefühlt, als ich sein Telefonat belauscht habe. Als mir diese Erinnerung wieder einfällt, explodiere ich förmlich. »Jetzt mach' mal halblang! Du belügst mich schon die ganze verdammte Woche! Du erzählst mir die ganze Zeit was von Lacrosse und dem Coach, aber ich habe dich neulich gehört. Du hast mit einem Mann gesprochen, der definitiv nicht dein Coach ist. Also, Hunter, wer von uns beiden hat mehr Scheiße gebaut?« Geschockt sieht er mich an. »Du belauscht meine Telefonate? Bist du irre?« »Nein, ich bin nicht irre, du Arsch! Du hast dich die ganze Woche total seltsam benommen, also habe ich dich einmal belauscht. Also, verrate du mir mal lieber, was du mir verheimlichst, denn um ehrlich zu sein habe ich dir nur ein beknacktes Essen mit meinen Großeltern verheimlicht und sonst nichts!« Hunter sieht mich aus großen Augen an. »Ich habe für dich deine Party organisiert und wollte dich damit überraschen, Kleines. Ich wollte dir nur ein schönes Fest bereiten und nicht mit dir streiten. Es sollte wirklich eine Überraschung für dich werden, du kannst Vicky fragen, sie hat auch geholfen.« Er sagt mir das völlig sachlich und jetzt komme ich mir bescheuert vor, dass ich so überzogen reagiert habe. »Es tut mir leid, dass ich dich belauscht habe, aber du hast dich wirklich seltsam verhalten. Und es tut mir auch leid, dass ich heute nicht mit dir essen kann, aber ich möchte wirklich zu diesem Dinner gehen.« Ich hoffe wirklich, er versteht meinen Standpunkt und kann mir verzeihen. Mit schnellen Schritten ist er bei mir und nimmt mich in seine starken Arme. »Kleines, es tut mir auch leid, dass ich mich so seltsam verhalten habe. Kannst du mir bitte noch ein letztes Mal verzeihen? Ich muss den ganzen Beziehungskram erst lernen.« Er küsst mich auf den Kopf. Glücklich darüber, dass er mir verziehen hat, kuschle ich mich enger an ihn. »Danke und ja, ich vergebe dir«, schmunzle ich, »aber ich muss mich jetzt wirklich umziehen.« Ich verabschiede mich von Hunter und begebe mich in mein Zimmer. Aufgeregt wühle ich durch meine Sachen, kann aber kein Kleid finden, das für diesen Anlass geeignet wäre. Seufzend lasse ich mich auf mein Bett fallen und schnaube in das Kopfkissen. *Ich bleibe einfach hier, denn mit den Fetzen in meinem Schrank tauche ich sicher nicht dort auf. Ich sollte Vicky mal fragen, ob sie mit mir shoppen möchte.* Wenn man vom Teufel spricht – Vicky steckt ihren schwarzen Lockenkopf durch die Tür. Resigniert schaue ich sie an. »Findest du nichts?«, fragt sie mich. Ich schüttele meinen Kopf und drehe ihn wieder ins Kissen. »Komm', du kannst was von mir anziehen und ich mache dir deine Haare.«

Vicky hat wahre Wunder an mir vollbracht, ich sehe aus wie eine vornehme Dame. Ich trage ein petrolfarbenes Cocktailkleid aus Satin und Chiffon. Das Oberteil ist mit Pailletten bestickt, sie lassen das Kleid funkeln. Dazu trage ich silberne Peeptoes und eine silberne Clutch, in der ich mein Handy und meine Schlüssel verstaue. Gott sei Dank haben Vicky und ich dieselben Größen. Meine Haare hat sie zu großen Locken gedreht, die mir sanft auf die Schultern fallen. »Danke, V.« freudestrahlend falle ich ihr um den Hals. Eine Hupe reißt uns aus unserer Umarmung und ich flitze zur Tür. Vor unserem Haus steht ein schwarzer Maybach. Ich gehe auf das Fahrzeug zu und mein Onkel steigt aus. Er öffnet mir die Tür, lässt mich einsteigen und folgt mir ins Wageninnere. »Alfred, wir können nun zum Anwesen fahren. – Du siehst wunderschön aus. Wie deine Mutter«, sagt James zu mir. »D..Danke. Du aber auch.« Und das tut er wirklich. Er trägt einen schwarzen Smoking – bestimmt maßgeschneidert – und eine schwarze Fliege. »Bist du nervös?« Ich nicke verhalten und starre aus dem Fenster. Eigentlich war es bis jetzt immer leicht, sich mit James zu unterhalten, aber ich bin so nervös, dass ich keinen Ton rausbringe. Wir fahren vom Campus und steuern auf den Highway zu. Jetzt erst fällt mir ein, dass ich nicht mal weiß, wo wir hinfahren. »Wo leben deine Eltern überhaupt?« »Stimmt, das hatte ich ja noch nicht erwähnt. Sie wohnen etwa eine halbe Stunde vom College entfernt auf unserem Anwesen.« »Ihr habt ein Anwesen?«, frage ich erstaunt. »Nein Alice, *wir* haben ein Anwesen. Auch du gehörst zur Familie und wirst dieses Anwesen eines Tages erben. Ich erbe ein anderes.« Meine Kinnlade klappt runter. Mit Mühe gelingt es mir, diese zu schließen. Ich ziehe mein Handy aus meiner Clutch und checke meine Nachrichten. Hunter fragt, ob alles in Ordnung ist, was ich natürlich bejahe. *Ich sitze immerhin in einem verdammten Maybach.* Vicky fragt mich dasselbe und auch ihre Frage bejahe ich.

Evan: *Gefällt dir der Wagen? Richte Alfred bitte meine schönsten Grüße aus.*

Liz: *Das ist dein Wagen? Du hast einen Maybach?*

Evan: *Honey, einen Maserati, einen Aston Martin und noch viele mehr. Such' dir einfach einen aus und er fährt dich für einen Tag herum. Der Wagen deines Onkels ist in der Werkstatt, also hat er mich gebeten auszuhelfen.*

Liz: *Danke Beauty. Und was, wenn du den Wagen nicht besitzt, den ich gerne hätte?*

Evan: *Ahh, sind wir jetzt wieder bei dem blöden Chauvi-Spitznamen? Okay, kannst du haben, Liebes. Dann kauf ich ihn einfach.*

Mein Mund bleibt offen stehen.

Liz: *Na dann hätte ich gerne einen Bentley. Aber eine Limousine, Beauty.*

Evan: *Du wirst dich wundern, Süße.*

Evan wird immer mehr zu einem festen Bestandteil meines Lebens und ich habe ihn wirklich gern. Aber ich weiß nicht was ich machen soll. Hunter und ich sind zusammen und ich bin auch wirklich verliebt in ihn. Ob das aber reicht, kann ich nicht sagen. Ich komme erst aus einer langjährigen Beziehung und war eigentlich noch nie allein. Ich bin ein Beziehungstyp, ich mag einfach alles daran. Das Kuscheln, die Insiderwitze, das Reden, das Gefühl, jemand ist immer an deiner Seite, und nicht zu guter Letzt den Sex. Aber Hunter und ich haben von dieser Liste irgendwie nur den Sex. Keine Ahnung, was das bedeuten soll. Ich werde mich morgen weiter damit beschäftigen, denn wir passieren gerade ein schmiedeeiserenes Tor. »Willkommen zu Hause Alice«, sagt James. *Zu Hause.* Klingt merkwürdig, ich verbinde nichts mit diesem Ort. Mein zu Hause ist bei meinem Dad und Jacob, es ist nämlich nicht an ein Haus oder einen Ort gebunden. Ein zu Hause sind die Menschen, die dich lieben und mit dir Erinnerungen teilen. Seufzend steige ich aus dem Auto und staune über das Anwesen. Wir stehen vor einem pompösen Eingang, davor stehen zwei ältere Herrschaften, die vermutlich meine Großeltern sind. Alfred schließt gerade die Tür des Maybachs und ich verabschiede mich von ihm. »Komm, Alice«, sagt James und nimmt meine Hand in seine. Er führt mich über die gewundene Treppe zum Eingang. Er lässt meine Hand los und geht auf die beiden zu, reicht seinem Vater die Hand und küsst seine Mutter auf die Wange. »Vater, Mutter. Darf ich vorstellen, Alice Foster«, kündigt er mich an. Ich gehe ein Stück auf die beiden zu und bleibe unschlüssig vor den beiden stehen. »Alice, Darling. Du siehst aus wie deine Mutter«, sagt mein Großvater. Ein trauriges Lächeln erscheint auf seinem vom Alter gezeichneten Gesicht. Er kommt auf mich zu und drückt mich an seine Brust. »Es ist so schön, dich endlich wieder zu sehen.« Komischerweise fühlt es sich nicht falsch an, dass er mich umarmt, sondern, ich weiß auch nicht, vertraut. Nachdem er mich aus seiner Umarmung entlassen hat, kommt meine Großmutter auf mich zu, sieht mich von oben bis unten an und verzieht abschätzend den Mund. »Das Kleid ist unpassend für den heutigen Anlass. Ein Kostüm wäre besser gewesen. An deiner Garderobe müssen wir anscheinend noch arbeiten. Wie ich sehe, hat es deine Mutter nicht für nötig empfunden, dir zumindest unsere Standard's beizubringen. Meinetwegen. Mein Name ist Elisabeth Miller und das ist mein Mann Henry Miller. Wir sind deine Großeltern.« Ich sehe sie an und lege mir gerade ein paar Sätze zu Recht, als meine Gedanken von James unterbrochen werden. »Mutter, sei nicht so streng zu Alice. Sie wird sicher schnell unsere Etikette erlernen«, verteidigt mich Onkel James. *Diese alte*

Schachtel hat sie doch nicht mehr alle. »Was erlauben Sie sich, so über meine verstorbene Mutter zu sprechen? Haben Sie etwas Respekt vor den Toten«, bringe ich mühsam hervor und unterdrücke die Tränen, die sich bereits in meinen Augen füllen. Diese Genugtuung werde ich ihr nicht geben. Elisabeth sieht mich an und nickt. »Immerhin hat sie Biss. Lasst uns Essen.« Sie dreht sich um und wir folgen ihr stumm in das Innere des Hauses. Onkel James läuft seiner Mutter emsig hinterher, aber mein Großvater lässt sich ein Stück zurückfallen und geht neben mir her. »Nimm' es ihr nicht übel, Darling. Deine Großmutter hat den Tod ihrer Tochter nicht gut überwunden. Vor allem, nachdem wir nicht mehr Teil ihres Lebens waren. Ich vermisse sie auch.« Er nimmt mich an der Hand und wir gehen schweigend weiter in das Esszimmer. Ich mag den Mann, der neben mir hergeht. Um ihm zu zeigen, dass ich verstehe, drücke ich kurz seine Hand. Wir spazieren durch einen langen breiten Gang, an dessen Wänden Gemälde hängen. Ich vermute, sie sind größtenteils aus der alten Zeit. Als wir das Esszimmer endlich erreichen, lotst mich mein Großvater zu einem Stuhl auf der rechten Seite der langen Tafel. Der Tisch ist genau für vier Personen gedeckt. Er zieht den Stuhl für mich hinaus. Ich setze mich und sehe, dass die anderen warten, bis sich meine Großmutter gesetzt hat. Sie sieht mich mit finsterem Blick an, schüttelt den Kopf, setzt sich dann aber endlich hin. *Dumme Kuh. Woher soll ich diese Benimmregeln kennen? James hätte mir im Auto noch einen Crashkurs geben sollen.* Mein Großvater trinkt gerade, verschluckt sich und sieht mich grinsend an. Nachdem alle Platz genommen haben, wird auch schon der erste Gang serviert. Ich traue mich erst zu essen, nachdem Elisabeth den ersten Löffel ihrer Suppe heruntergeschluckt hat. Es ist eine Champagnerschaumsuppe und schmeckt nicht annähernd so gut, wie es klingt. Trotzdem würge ich sie hinunter und hoffe, dass die anderen Gänge besser werden. »Was studierst du?«, fragt mich Elisabeth. »Ich studiere Reform-Geschichte im Hauptfach und Musik im Nebenfach«, antworte ich höflich. Nun ist sie es, die sich verschluckt. »Das ist kein angemessenes Studium. James, wieso hast du das zugelassen?« Sie sieht Onkel James wütend an. »Es war ihr ausdrücklicher Wunsch, dies zu studieren und wie du weißt, unterstütze ich meine Studenten in allen Belangen, Mutter.« »Achte auf deinen Tonfall, James Henry Miller!«, belehrt ihn seine Mutter. »Ich habe mich für dieses Studium entschieden, weil es mich interessiert. Tut mir leid, aber Politik oder Medizin ist nicht unbedingt mein Fall«, unterbreche ich den Kampf, den die beiden mit ihren Augen austragen zu scheinen. »Das ist doch hervorragend«, meint Henry. Verwirrt sehe ich über den Tisch zu ihm. Er scheint meine unausgesprochene Frage zu verstehen. »Ich habe ebenfalls Reform-Geschichte studiert. Ich war lange Zeit Professor an Karnstein. Deine Großmutter hat Politikwissenschaften studiert und war lange Zeit im Reformrat tätig«, erklärt mir Henry geduldig. Der

Reformrat ist unsere Regierung. Mich würde interessieren, welche Funktion sie dort innehatte, aber ich will sie nicht danach fragen. Vielleicht ist das wieder nicht richtig. Die alte Lady macht mir Angst und sie ist sehr respekteinflößend. Henry hingegen ist, wie es mir scheint, ein sehr liebenswerter Mann. Deswegen verstehe ich nicht, wie er mit meiner Großmutter zusammen sein kann.

Nachdem wir das Essen beendet haben, führt uns einer der Bediensteten nach draußen auf die Terrasse, wo wir noch einen Drink zu uns nehmen wollen, bevor wir wieder fahren. Der Abend war lang und ich bin müde. Ich habe jedoch nicht vergessen, dass sie mir noch nichts über mein *Erbe* verraten haben. Nach einer Weile steht Onkel James auf, holt etwas aus dem Haus nach draußen und überreicht mir ein Päckchen mit einer roten Schleife dran. »Herzlichen Glückwunsch zum Geburtstag, Alice. Dies ist von deinen Großeltern und mir«, strahlt er mich ehrlich an. Ich nehme das Geschenk entgegen, bedanke mich bei allen und öffne es. In der kleinen Schachtel befindet sich eine kleine, schön gearbeitete Dose. Ich nehme sie hinaus und öffne vorsichtig den Deckel. Es beginnt eine leise Melodie zu spielen. Diese Melodie kommt mir seltsam vertraut vor, aber ich kann nicht einordnen, woher. »Sie hat deiner Mutter gehört. Sie unterstützt deine Macht«, sagt mein Großvater. »Was meinen Sie mit Macht?«, frage ich erstaunt. »Du kannst mich gerne duzen und Opa, Großvater oder Henry nennen,

wie es dir beliebt. Aber um beim Thema zu bleiben –
wir, die Kasten Neun und Zehn, sind nicht einfach so
an die Spitze gekommen. Wir stammen von
besonderen Wesen ab, denen wir unsere Macht
verdanken. Und dann gibt es Gegenstände, wie die
Spieldose deiner Mutter, die die Macht kanalisieren,
damit man sie leichter lenken kann. Diese Wesen
haben viele Namen, aber die bekanntesten sind wohl
Kitsune oder Trickster-Geister. Die männlichen
Nachkommen haben die Macht, Gedanken zu hören
und gegebenenfalls zu manipulieren. Die weiblichen
Nachkommen haben die Macht, in die Zukunft zu
sehen und gegebenenfalls zu lenken. Deswegen hat
der Rat auch immer eine Frau aus der Kaste zehn in
seinen Reihen, um die Zukunft so zu beeinflussen, wie
sie es für nötig empfinden«, endet mein Großvater mit
seiner Erklärung. Mein Mund klappt immer wieder auf
und zu, wie bei einem Fisch. *Hat er einen Schlaganfall?*
Denn das kann unmöglich sein Ernst sein! »Wie bitte?
Das ist ein Scherz, oder? Wo sind die versteckten
Kameras?« Ich blicke mich suchend um. Mein Onkel
spricht leise mit meiner Großmutter und Henry sieht
mich einfach nur mitfühlend an. »Das ist kein Scherz,
Darling. Deswegen wollten wir es dir erst morgen
eröffnen, aber dein Onkel meinte, du feierst dann mit
deinen Freunden.« »Was hätte das für einen
Unterschied gemacht?«, frage ich ihn. »Wenn du
morgen dein Beschützeramulett abnimmst, wird sich
deine Kraft entfalten und wir sind leider nicht bei dir,
um dir alles zu erklären. Darum haben wir dir die

Spieldose deiner Mutter geschenkt, da es dann nicht zu unfreiwilligen Ausbrüchen deiner Macht kommen kann«, erläutert er ruhig. »Wie würden diese Ausbrüche aussehen und wie lerne ich diese zu kontrollieren? Nicht, dass ich mich schon an den Gedanken gewöhnt hätte, aber ich würde es besser finden zu wissen, was auf mich zukommen könnte.« Denn mal ganz ehrlich – so richtig glauben kann ich das Ganze noch nicht, obwohl einige Situationen mehr Sinn ergeben. Plötzlich erinnere ich mich an meinen ersten Tag am College in James' Büro. Ich drehe mich hektisch zu ihm um. »Du hast es gehört, oder? An meinem ersten Tag meine ich. Du hast so seltsam gezuckt. Und auch Hunter hat es schon öfters getan, oder?«, frage ich aufgebracht. »Ja. Aber eigentlich nutze ich meine Macht nicht so einfach aus, sondern nur in Situationen, in denen ich es moralisch vertreten kann. Deine Gedanken haben mich an dem Tag aber regelrecht angeschrien. Es tut mir leid. Für Herrn van Lose kann ich jedoch leider nicht sprechen«, beeilt sich James zu sagen. Ich bin tatsächlich sprachlos. Mein Freund hat wahrscheinlich alle meine Gedanken gehört, die absolut nicht für ihn bestimmt waren. »Kann er auch meine Gedanken manipulieren?«, frage ich in die Runde. »Wo denkst du hin? Er ist nur eine Neun und lediglich dein Pate. So etwas können nur Zehner. Über deine Liaison zu Mister van Lose sollten wir uns ohnehin noch unterhalten«, beginnt meine Großmutter. »Na, na, Beth. Sie ist doch noch jung. Lass sie doch ihre eigenen Erfahrungen machen. Wir haben gesehen, wie Scarlett auf deinen Beschützerinstinkt reagiert hat. Sie hat uns verlassen und wir konnten nicht am Leben unserer Enkelin teilhaben«, versucht mein Großvater zu vermitteln. Ich mag den alten Mann immer mehr. Er scheint mich zu verstehen und auch er hat Reform-Geschichte studiert. Die alte Schachtel hingegen – ich versuche, so leise wie möglich zu denken – kann ich nicht ab. Kein Wunder, dass meine Mom so ein Leben nicht für mich gewollt hat. Bevor die gehässige alte Frau noch was sagen kann, stehe ich auf und sehe in die kleine Runde. »Ich würde nun gerne fahren. Großvater, es war mir ein Vergnügen dich kennenzulernen«, ich lächle ihn an, »Elisabeth, auf wiedersehen.« Sie lächle ich nicht an. Sie bekommt ein knappes Nicken und ich begebe mich ins Innere des Hauses. Dort warte ich, bis Onkel James hinter mich tritt und wir uns zum Wagen begeben. »Musste das sein, Alice? Ich weiß, meine Mutter war nicht sehr liebenswert zu dir, aber das, was du eben gemacht hast, war auch nicht gerade eine Glanzleistung«, maßregelt er mich. Prompt bekomme ich ein schlechtes Gewissen. »Tut mir leid. Aber es war wirklich viel für einen Abend, und sie hat damit angefangen. Ich möchte nun wirklich einfach nur noch nach Hause.« Wir steigen in den Maybach und schweigen den Rest der Fahrt.

KITSUNE

Der luxuriöse Wagen lässt mich direkt vor meinem Bungalow aussteigen. Drinnen ist es ganz ruhig, anscheinend ist Vicky mal wieder auf irgendeiner Party. Ich bin aber noch zu aufgekratzt, um schlafen zu können. Ich zücke mein Handy und wähle Hunter's Nummer, um ihm mitzuteilen, dass er aufhören muss, meine Gedanken zu lesen. Es läutet, aber irgendwann geht die Mailbox dran. Schnaubend lege ich auf. Ich lege mein Handy gerade auf mein Nachtschränkchen, als eine Nachricht ankommt.

Evan: *Alles gut? Redest du noch mit mir?*

Liz: *Ja, außer du hast meinen Gedanken unerlaubt gelesen!?*

Evan: *Einmal! Damals in der Sporthalle, mit dem blöden Spitznamen. Aber normal habe ich das sehr gut im Griff. Bist du schockiert?*

Liz: *Natürlich! Ich habe das heute zum Ersten Mal gehört.*

Evan: *Soll ich rüber kommen. Dann können wir uns in Ruhe unterhalten.*

Liz: *Gerne. Bis gleich!*

Ich lege mein Handy weg und begebe mich ins Bad, um mir etwas Bequemeres anzuziehen. Als ich aus dem Bad komme, sitzt Evan bereits auf meinem Bett. »Hey. Jetzt erzähl, wie geht es dir damit?«, fragt er neugierig. »Du meinst, dass ich anscheinend hellsichtig bin, so wie alle Menschen der neunten und zehnten Kaste? Naja, ich bin schockiert! Warum hat mir das nie jemand erzählt? Du kannst Gedanken lesen. Es ist merkwürdig«, erzähle ich ihm hastig. Er sieht mich ruhig an und holt tief Luft, als er zu erzählen beginnt. »Also, die Geschichte kennst du ja. Aber was in der Story verschwiegen worden ist, ist, dass Sarutobi ein Kitsune war. Also ein japanischer Fuchsgeist, ein Trickster. Er hat die Gedanken der Menschen manipuliert, um die Reform zu gründen. Natürlich weiß ich auch, dass das moralisch fraglich ist, aber so war es. Er hat seinesgleichen gesucht und gefunden und mit ihnen die Kasten gegründet. Sie haben beschlossen, dass nur die beiden obersten Kasten davon erfahren dürfen. Ebenso, dass zwar Frauen aus den höheren Kasten, aber nie die Männer aus höheren Kasten in eine niedrigere Kaste einheiraten dürfen, weil nur die Männer das Gen weitervererben. Warum du es auch bekommen hast, ist bisher nicht bekannt.«

Damit endet er mit seiner Erklärung und ich sehe ihn stumm an. Mir fällt nichts ein, was ich dazu sagen soll. Er sieht mich mit seinen rauchgrauen Augen an und erwartet anscheinend eine Reaktion von mir.

»Was? Ich finde das äußerst befremdlich. Ich habe mit vielem gerechnet, nachdem sich alle so merkwürdig verhalten haben. Aber doch nicht damit.«

»Hast du Angst?«, fragt er vorsichtig.

»Wovor? Dir? Uns? Dem, was wir anscheinend sind? Nein verdammt, ich habe keine Angst. Ich verstehe nur nicht, warum so etwas – also das Gedanken lesen,«, ich fuchtele mit meinen Händen in der Luft herum, »zu verstecken. Das ist doch nicht normal, oder? Ich meine, die Reform ist nun hundertzwanzig Jahre her, und nie hat jemand etwas bemerkt. Entschuldige, aber wenn Hunter anscheinend meine Gedanken gelesen hat, hat er immer gezuckt, als würde er in eine Steckdose fassen«, beende ich meine Rede.

Evan's Miene verzieht sich kein einziges Mal während meiner Ansprache, er hört mir aufmerksam zu.

»Du hast heute sehr hübsch ausgesehen in dem Kleid«, haut er einfach ohne jeglichen Zusammenhang raus.

Ich starre ihn an. »D..Danke. Aber das ist gerade nicht das Thema, Freundchen«, antworte ich ihm schnell.

Er sieht auch verdammt gut aus. Heute trägt er eine graue Chino-Hose, die seinen Hintern perfekt zur Geltung bringt, und ein blaues Shirt. Wenn er dann auch noch mit seiner rauchigen Stimme zu sprechen beginnt, um mir solche Sachen zu sagen, dann erwacht in mir das Fangirl und möchte ihr ganzes Zimmer mit seinem Poster zu tapezieren.

Alice!? Du bist mit Hunter zusammen! Der nie für dich Zeit hat, dich anlügt und laut deiner Großmutter kein angemessener Partner ist.

Okay, das Letzte ist definitiv egal. Aber die beiden anderen Dinge werden mir erst jetzt so richtig bewusst. Ich fühle mich immer mehr von Evan angezogen, aber nicht nur wegen seines Äußeren, sondern vor allem wegen seiner aufgeschlossenen und ehrlichen Art. Er hat mich noch nie angelogen, auch wenn die Wahrheit noch so hässlich war. Ich habe Gefühle für Hunter, aber langsam entwickle ich auch Gefühle für Evan.

Geht das denn? Gefühle für zwei Typen zu haben? Schluss jetzt! Reiß dich zusammen und entscheide dich. Sei kein Flittchen! Mein Inneres hat Recht, ich muss mich entscheiden, aber davor muss ich dieses Thema noch klären.

»Was kannst du noch?"«, wechsle ich – wie ich finde – geschickt das Thema. Er braucht ein paar Sekunden, um sich zu sammeln, bevor er antwortet.

»Ich bin kein Superheld, Alice. Ich kann Gedanken lesen und lerne gerade, sie zu manipulieren. Wobei ich sagen muss, dass es ziemlich schwer ist, einen Geist zu kontrollieren. Was ich aber kann ist, dass ich auch meine Gedanken übermitteln kann. Zumindest habe ich es schon versucht und auf kurzer Distanz ist es mir bei meiner kleinen Schwester Ophelia in den Sommerferien gelungen. Sie ist aber auch erst sechs und leicht zu beeinflussen. Bei meinem Bruder Spencer ist das schwieriger gewesen, was auch daran liegen könnte, dass ich nicht mal seine Gedanken lesen kann, weil er sie so gut verschließt.«

»Lerne ich das auch? Ich meine, meine Gedanken zu verschließen?«, frage ich ihn. *Dann könnte Hunter auch nicht mehr unerlaubt in meinem Kopf lauschen...*

»Natürlich lernst du es, das ist ein Grundkurs. Mein Bruder hat das bis zur Perfektion trainiert, deswegen ist er so gut. Er sitzt im Reformrat und lässt sich dabei nicht in die Karten schauen. Nach dem Initiationsritus bekommst du deinen zusätzlichen Stundenplan, welche Fächer du noch besuchen musst. Um deinen Abschluss zu schaffen, zählt eigentlich nur, dass du diese Kurse bestehst. Die anderen sind nur Tarnung und für dein Allgemeinwissen. Je nachdem, welchen Abschluss du schaffst, wirst du in der Gesellschaft der Obrigen eingeteilt. Also die der Kasten neun bis zehn.«

»Ich quäle mich also umsonst durch das Kickboxtraining?«, frage ich aufgebracht.

»Klar, dass du nur das rausgehört hast. Aber nein, du brauchst die körperliche Betätigung als Ausgleich zu deinen mentalen Fähigkeiten. Umso besser du in Sport bist, desto besser kannst du deine Kraft gezielt einsetzen«, erklärt er mir geduldig.

Ich merke, wie mir mein Kopf zu rauchen beginnt und ich müde werde. »Evan, können wir morgen weiter über das Ganze reden? Ich bin wirklich müde und würde mich gerne hinlegen.«

Er antwortet nicht, sondern steht auf, kommt auf meine Seite des Bettes und küsst mich auf die Stirn. Ich drehe mich auf die Seite und schaue Evan dabei zu, wie er mein Zimmer verlässt.

Als ich am nächsten Morgen erwache, spüre ich einen harten Körper unter mir. *Halt! Stopp! Wir sind allein eingeschlafen!* Ich öffne langsam meine Augen und sehe, dass Hunter sich anscheinend in der Nacht in mein Zimmer geschlichen hat. Ich stupse mit einem Finger gegen seine Wange und hoffe, ich kann ihn damit wecken. Er öffnet die Augen und grinst mich schief an.

»Guten Morgen, Kleines. Wir waren auf einer Party und ich habe mein Telefon nicht gehört. Deswegen dachte ich, ich komme mit Vicky nach Hause und überrasche meine Freundin an ihrem Geburtstag in ihrem Bett. Also, alles Gute zum Geburtstag.«

Ich kann nicht glauben, dass ihm eine verdammte Party wichtiger war als ich. Obwohl er genau gewusst haben muss, was mich bei meinen Großeltern erwartet.

»Du warst auf einer scheiß Party!? Ist das dein Ernst? Du wusstest über alles Bescheid und wartest nicht auf mich, um mir vielleicht beizustehen?«, brülle ich ihn an.

Ich rutsche aus dem Bett und gehe bereits ins Bad, als Hunter nach meiner Hand greift.

»Kleines, wenn sie dir nichts gesagt hätten, hätte ich es dir auch nicht sagen dürfen. Und ich wusste nicht, wie ich dir das erklären sollte, ohne zu viel zu verraten. Bitte sei nicht sauer auf mich. Ich habe es wirklich nicht böse gemeint.«

Der Kerl macht mich gerade so sauer, dass ich kotzen könnte. Ich drehe mich zu ihm um und sehe in seine haselnussbraunen Augen.

»Hunter, ich weiß nicht, ob ich noch mit dir zusammen sein kann. Ständig versetzt du mich und lügst mich an. Das kann und will ich nicht mehr.« Er sieht mich an. Seine Augen werden schmaler und sein Blick dunkler.

»Du machst mit mir Schluss? Sorry Süße, aber das wird nichts! Ich mache nämlich mit dir Schluss! Dein ständiges ‚Wo bist du?' und so weiter nerven!«, schreit er mich an.

Mit schnellen Schritten verlässt er mein Zimmer und ich sinke auf dem Boden zusammen. Eine Träne löst sich aus meinem Augenwinkel.

Ich habe keine Ahnung, wie lange ich schon hier sitze, aber ich blicke auf als ich eine Hand auf meiner Schulter spüre.

»Er ist ein Vollarsch«, meint V einfühlsam. Ich drehe mich um und schmiege mich an sie. Nun kann ich meine Tränen nicht mehr zurückhalten. »Ich wollte ihm doch nur eine Pause vorschlagen, damit wir beide Zeit haben, um zu sehen, ob wir beide überhaupt eine Beziehung wollen«, schluchze ich.

Vicky streichelt beruhigend über meinen Rücken. »Er wird sich wieder einkriegen und merken, was für einen Fehler er gemacht hat«, flüstert sie in mein Ohr.

»Aber er macht das immer, mich wegstoßen meine ich. Er lügt mich an, verheimlicht mir Dinge und ist so gut wie nie für mich da. Trotzdem habe ich starke Gefühle für ihn.« Langsam kann ich mich beruhigen und sehe in Vickys Gesicht. Sie sieht mich mitfühlend an und streichelt weiter über meinen Rücken.

»Aber du liebst ihn nicht.« Das war eine Feststellung und kein Vorwurf. Ich schüttle langsam meinen Kopf. Nein, ich liebe ihn nicht. Ich bin zwar verliebt in ihn, aber Liebe ist es nicht.

»Süße, vielleicht ist es besser so. Mein Bruder ist kein einfacher Mensch und kann auch nicht damit umgehen, dass wir nur Neuner sind.« Bei dem Wort ‚nur‘ malt sie mit ihren Fingern Krähenfüßchen in die Luft.

»Was meinst du damit?«, frage ich nach.

»Das kann nur er dir beantworten, denn ich verstehe es selbst nicht. Wir haben eine gut situierte Familie und alles, was wir uns wünschen können. Aber irgendwann, als Hunter noch mit Evan befreundet war, ist ihm der Unterschied zwischen den beiden Kasten immer mehr aufgefallen. Nicht, weil Evan ihn von oben herab behandelt hat – das würde Evan nie tun – sondern weil Evan viel mehr Rechte hatte als Hunter. Das hat ihn wütend gemacht, deswegen hat Hunter auch angefangen, Evan's Rang auszunutzen. Er hat Leuten gesagt was sie tun sollen, weil Evan das so wollen würde, und es wurde hässlich. Irgendwann hat Evan dann die Reißleine gezogen und hat Hunter die Freundschaft öffentlich vor allen anderen Kindern gekündigt. War nicht schön, aber Hunter hat es wirklich übertrieben.«

Erstaunt über diese Offenbarung sehe ich Vicky an.

»Danke, dass du es mir erzählt hast, V. Das bedeutet mir viel.«

Ich drücke sie nochmal fest, bevor ich mich vom Boden erhebe und sie mit mir ziehe.

»So, Schluss mit Trübsal blasen, wir müssen uns für eine Party fertig machen. Apropos – Herzlichen Glückwunsch zu deinem achtzehnten Geburtstag!«, quiekt sie mir freudig ins Gesicht.

»Danke, Vicky.« Wir gehen in unsere Badezimmer und kultivieren uns für den Abend. Wir treffen uns geduscht im Schrank von Vicky und denken gerade darüber nach, was wir tragen wollen. Als ich nach meiner Kette greife, hält sie inne.

»Ich würde sie an deiner Stelle erst morgen abnehmen. Eventuell überkommt dich deine Fähigkeit und du kannst es nicht kontrollieren, dann könntest du in die Zukunft abdriften und in eine Art Koma fallen. Bitte warte damit, bis du ein paar Stunden Sehen hattest«, bittet sie mich eindringlich.

»Oh. Aber ich dachte, die Spieldose meiner Mutter absorbiert die überschüssige Macht irgendwie, oder so.«

»Du hast einen Fuchsschwanz?«", fragt Vicky mich.

Jetzt schnappt sie über. »Nein, keinen Fuchsschwanz. Eine Spieldose. Sie gehörte meiner Mom, ich habe sie von meinen Großeltern bekommen«, erkläre ich ihr nochmal.

»Ich vergesse immer wieder, dass du nichts von deinen Gaben wusstest und du noch nicht mit allem vertraut bist. Keine Sorge, lernst du noch.« Ich sehe sie auffordernd an.

»Ja, ja schon gut. Ich meine tatsächlich einen Fuchsschwanz. Wir stammen von Kitsune ab, japanischen Fuchsgeistern. Umso älter ein Fuchsgeist, desto mächtiger ist er und er besitzt mehr als einen Schweif. Diese Schweife verwandelt er in einen Alltagsgegenstand, der seine überschüssige Macht absorbiert und speichert. Damit lässt sich seine Macht einerseits besser kontrollieren, andererseits kann man den Gegenstand für längere Reisen in die Zukunft als Kraftspender benutzen, oder als Energievorrat, sollte man seine Energie aus irgendwelchen Gründen komplett aufgebraucht haben, dann kann man die Energie des Schweifes nutzen. So ein Ding ist wahnsinnig selten. Bitte verstecke es gut und erzähl sonst niemandem davon. Menschen sind ein eifersüchtiges Pack und du willst nicht, dass es dir gestohlen wird.«

Also verspreche ich ihr, das Ding gut zu verstecken und niemandem – auch ihr nicht – davon zu erzählen. Sie erklärt mir ebenfalls, dass ein Fuchsschweif immer nur einer Person ‚dienen' kann und nur wirklich sehr alte Füchse das können. Diese Technik wird immer nur an eine, vom Rat auserwählte Person weitergegeben, da diese Dinge wahnsinnig machtvoll sind. Kein Wunder, dass meine Familie so etwas besitzt. »Heißt das wir sind unsterblich?« frage ich aufgebracht Vicky bricht in schallendes Gelächter aus und schüttelt ihren Kopf. »Nein Dummerchen. Aber wir können sehr alt werden, ohne dass wir so aussehen.« Wahrscheinlich besitzt Evans Familie auch einen Schweif. Ich nehme mir fest vor, ihn das nächste Mal darauf anzusprechen.

Nachdem wir endlich damit fertig sind, uns Klamotten für die Party rauszusuchen, gehen wir ins Wohnzimmer, wo ich beginne, meine Musikstation aufzubauen. Ich mixe die ersten Tracks und Vicky beginnt, sich dazu zu bewegen. Sie trägt einen weich fallenden Rock, der in der Mitte ihrer Oberschenkel endet. Dazu trägt sie ein enges, hochgeschlossenes rotes Top. Sie dreht sich zur Musik und ich lasse den Beat schneller und lauter werden.

Wir sind so beschäftigt mit Feiern, dass wir die ersten Gäste nicht bemerken. Erst als sie uns anstupsen, um mir zu gratulieren, hören wir auf, miteinander zu tanzen und begrüßen unsere Gäste. Manche von ihnen bringen sogar kleine Geschenke mit, die ich immer gleich in mein Zimmer bringe, welches ich danach wieder verschließe. Nicht, dass jemand von unseren Partywütigen auf die Idee kommt und in meinem Bett vögelt, darauf kann ich gern verzichten.

Kurz vor Mitternacht schließen sich starke Arme von hinten um mich.

»Alles Gute zum Geburtstag, meine Hübsche«, lallt Evan in mein Ohr. Er ist sowas von betrunken. Und auch wenn ich leicht beschwipst bin, hat er mir einiges voraus. Ich drehe mich um, um den ganzen Umfang seiner Betrunkenheit zu sehen. *Ja! Definitiv betrunken!* Er schwankt gefährlich hin und her.

»Danke, Evan«, antworte ich ihm. Er sieht mir in die Augen und blickt kurz auf mein Dekolleté, an dem mein Amulett baumelt. »Du trägst es noch, gut.« Er nickt, so als ob er sich seine Frage selbst beantwortet hätte.

»Trinken wir was?«, fragt er mich. Ich denke zwar, dass er für heute genug hat, und auch ich vertrage nicht mehr allzu viel, aber verdammt nochmal, heute ist mein Geburtstag und ich betrinke mich nie! Ich beachte immer meine Grenzen, aber nicht heute. Also beschließe ich, mich bei Evan einzuhängen und wir schlendern gemeinsam in die offene Küche, die wir zur Bar umfunktioniert haben. Vicky hat sogar ein paar von den Kellnern aus der Kantine bezahlt, damit sie bei uns ausschenken und diverse Cocktails mixen.

»Zwei Alice', bitte«, bestellt Evan. Ich sehe ihn verwirrt an, der Barkeeper beginnt jedoch schon emsig, einen Cocktail zu mixen. *Das kann nur Vickys Idee gewesen sein.* Bevor wir unsere Drinks vernichten, stoßen wir gemeinsam auf uns an und gleichzeitig ordert Evan noch zwei Alice'.

Wir trinken noch drei weitere Cocktails und auch ich merke, dass mein Verstand nicht mehr mit meinen Gedanken mitkommt.

»Du siehst sooo schön ausch", wispere ich in Evans Ohr. Er dreht sich zu mir um und betrachtet mich eingehend.

»Wills' du mit in mein Tschimmer, Evan?«, frage ich gerade heraus. Der Alkohol macht mich mutiger. Er antwortet nicht, sondern nimmt nur meine Hand in seine.

Vor meiner Zimmertür angekommen, ziehe ich umständlich meinen Schlüssel aus meiner engen Jeanstasche und sperre die Tür auf. Drinnen wiederhole ich die Tortur nochmal, um die Tür wieder zu versperren. Evan hat es sich bereits auf meinem Bett bequem gemacht. Ich lege mich zu ihm auf das Bett und schmiege mich eng an ihn.

»Isch mag disch«, gestehe ich ihm.

»Ich dich auch«, antwortet Evan. Er ist zwar gleich betrunken wie ich, kann aber noch immer normal sprechen. Ich rücke näher an ihn ran und betrachte sein wunderschön markantes Gesicht, mit seinen ausgeprägten Wangenknochen und den wahnsinnig rauchgrauen Augen, die manchmal wie ein wilder Sturm aufleuchten.

»Bitte hör auf, so über mich zu denken. Wenn ich betrunken bin, kann ich meine Fähigkeit nicht gut kontrollieren.« Genau aus solchen Gründen mag ich Evan. Er sagt mir immer die Wahrheit.

»Ich habe auch Grenzen und wenn du mir weiter auf meine Lippen starrst, kann ich mich nicht mehr zurückhalten, Liz«, bettelt er mich förmlich an. Also bemühe ich mich, besonders laut und deutlich zu denken. *Dann halte dich nicht zurück!* Er hat es gehört, denn es dauert keine Sekunde, bis er mich zu sich zieht und mich küsst. »Ich habe so lange darauf gewartet, das zu tun.«

Als ich am nächsten Morgen aufwache, kitzeln mich die ersten Sonnenstrahlen auf meinem Gesicht. Ich drehe mich in meinem Bett um und bemerke, dass ich nicht allein im Zimmer bin. Evan liegt neben mir in meinem Bett. Er liegt zusammengerollt auf der anderen Seite und sieht aus wie ein kleiner Junge. Angestrengt denke ich darüber nach, was gestern passiert ist. Er trägt nämlich kein Shirt. Vorsichtig luge ich unter die Decke und entdecke aber, dass wir beide nicht ganz nackt sind. Erleichtert stoße ich die angehaltene Luft aus meinem Mund. *Puhh! Schwein gehabt!* Mein Schädel bringt mich fast um und ich beschließe ins Bad zu huschen, zu duschen und mir was Richtiges anzuziehen. Ich habe das Bett noch nicht vollständig verlassen, als Leben in Evans Körper kommt.

»Guten Morgen«, raunte er noch verschlafen in meine Richtung. Ich bleibe stehen, drehe meinen Kopf in seine Richtung, murmle ein »Guten Morgen« und husche nur in meiner Unterwäsche bekleidet in mein Bad. Hastig verschließe ich die Tür und lehne mich dagegen.

Fuck! Alice! Er ist dein Freund verdammt nochmal. Du musst deine Libido in den Griff bekommen! Fakt ist: Ich finde Evan heiß. Sehr heiß, um genau zu sein! Ich muss runterkommen, denn die Trennung von Hunter ist noch zu frisch und ich muss wirklich mal allein sein. Ich meine jetzt nicht so wie ein Einsiedler, sondern einfach mal keine Beziehung zu haben. Für mich selbst einstehen und nicht immer von anderen bevormundet werden. Ich steige gerade aus der wohltuenden Dusche, als es an der Tür klopft. »Liz?« Er klingt verletzt und ich hoffe, dass die gestrige Nacht nicht alles zerstört hat. Denn als Freund ist mir dieser Mensch zu wichtig, um ihn verlieren zu können.

Ich öffne langsam die Tür und sehe in sein wunderschönes, von der gestrigen Nacht gezeichneten Gesicht.

»Ist alles okay zwischen uns? Ich mag dich wirklich sehr, aber...«

Bevor ich weitersprechen kann, überbrückt er die paar Schritte, die uns trennen, nimmt mein Gesicht in seine Hände und küsst mich. Verzweifelt klammere ich mich an ihn, denn ich weiß, dass dieser Kuss heute alles verändern wird. Wir können keine Freunde mehr sein. Ich genieße das Gefühl seiner weichen Lippen auf meinen und wünsche mir, ich hätte ihn zuerst getroffen. Langsam löse ich mich von ihm und schiebe ihn etwas von mir. Evan sieht mich an.

»Sag, dass dir der Kuss nicht gefallen hat! Sag, dass dir der Kuss nichts bedeutet hat! Sag, dass du mich nicht willst!«, verlangte er von mir. Denn er wusste, dass diese Worte aus meinem Mund eine Lüge wären. »Das kann ich nicht.« Verstand er denn nicht, dass ich seine Freundschaft mehr brauchte, als eine unsichere Zukunft mit ihm als Paar?

»Wieso willst du es dann nicht versuchen. Du weißt, dass ich dich niemals so behandeln würde wie er«, schreit er mich nun schon fast an.

»Weil ich, seit ich alt genug bin, immer einen Freund hatte. Ich möchte einmal Zeit haben, mich zu finden und ob ich überhaupt ohne einen Freund leben kann. Bitte sei nicht böse auf mich. Können wir bitte Freunde bleiben?«, flehe ich ihn an.

Evan grinst mich schief an, was ich überhaupt nicht verstehe. *Hat er gerade etwas anderes verstanden als ich?*

»Das war kein Nein!«, strahlt er mich triumphierend an, hebt mich hoch, wirbelt mich einmal im Kreis und küsst mich noch einmal kurz auf den Mund. Danach stellt er mich wieder auf den Boden und verschwindet aus dem Zimmer.

LESER UND SEHER

Heute ist es soweit, der Tag, an dem der
Initiationsritus stattfindet. Dafür haben wir Roben
bereitgestellt bekommen, die wir über unsere
normalen Kleider tragen. Jeder neue Student der
neunten oder zehnten Kaste trägt heute so eine Robe.
Die Studenten der achten Kaste haben das
Wochenende frei. Damit sie hiervon nichts
mitbekommen, mussten sie das Gelände verlassen.
Ihnen wurde so etwas erzählt wie ‚…einziges freies
Wochenende, besucht eure Familie noch einmal vor
den nächsten Ferien' erzählt. Vollkommener
Schwachsinn, aber niemand hinterfragte es.
Wahrscheinlich hätte ich es auch hingenommen.
Auch unsere Familien dürfen daran teilnehmen, wenn
sie denn möchten. Ich weiß, dass meine Großeltern
anwesend sein werden, aber mein Dad darf nicht
kommen, da er offiziell nichts von den besonderen
Gaben weiß.
Nachdem Evan heute gegangen ist, habe ich mich
hingesetzt und lange mit meinem Dad telefoniert. Er

hat mir erzählt, dass es Jacob schon besser geht und auch in seinem Leben wieder der Alltag eingezogen ist. Natürlich beteuert er, dass ich darin fehlen würde, aber wir werden uns leider erst wieder in den Semesterferien sehen.

»Liz! Beeil dich, wir kommen sonst noch zu spät!«, schreit Vicky von der Küche aus.

Sie ist heute noch aufgedrehter als sonst. Ich habe ihr zuliebe meine Kette immer noch nicht abgenommen. Muss sie heute aber abnehmen, weil niemand sehen soll, dass meine Kräfte blockiert waren. Meine Großmutter hat mir erklärt, dass unsere ganze Familie dadurch schwach wirken würde und bevor ich mich mit der alten Furie streite, nehme ich die vertraute Kette ab. Also habe ich das schöne Amulett in meinen Nachtschrank eingeschlossen. Dort wo ich auch die Spieldose meiner Mutter verstaut habe.

Ich gehe ins Wohnzimmer, wo auch Vicky in einer Robe gekleidet auf mich wartet. »Na endlich. Ich warte schon ewig auf dich.« Sie war schon den ganzen Tag nervös. Und um ehrlich zu sein, ich auch.

Als wir in der großen Halle ankommen, warten bereits unsere Familien, um uns zu begrüßen. Vicky und ich beschließen, getrennt zu unseren Familien zu gehen und uns dann vor der Bühne wieder zu treffen.

»Hey«, begrüße ich meine Großeltern und meinen Onkel. James. Er trägt ebenfalls einen Umhang, nur ist seiner mit Goldverzierungen bestickt. Unsere sind einfach nur schwarz.

»Hallo Darling. Bist du aufgeregt?«, erwidert mein Opa.

Ich nicke ihm zu und versuche beim Anblick meiner Großmutter nicht in Schockstarre zu verfallen. Sie trägt ein nudefarbenes Kostüm. Mein Großvater trägt einen dunkelblauen Anzug und passt perfekt zu seiner Frau. Vermutlich ist das die Absicht gewesen. Sie sieht mich einmal von oben bis unten an, aber anscheinend ist meine Kleidung heute in Ordnung.

»Bleibt ihr nach dem Ritus noch zum Essen?«

Onkel James und ich haben ausgemacht, dass wir danach gemeinsam Essen gehen würden.

»Nein danke, Alice. Henry und ich sind danach noch bei den Thompsons zum Dinner eingeladen. Aber vielen Dank für die Einladung. Zwar etwas spontan, aber immerhin«, meint meine Großmutter.

Diese Frau macht mich wirklich fertig. Bevor ich mich weiter darüber aufregen kann, werden die Studenten bereits zur Bühne gebeten.

Ich sehe sie an, nicke ihre Antwort ab und gehe in Richtung Bühne. Vicky erkennt mich schon aus der Ferne, was bei meinem feuerroten Haar keine Herausforderung darstellt, und winkt mich zu sich.

»Und, wie sind sie so? Deine Großeltern meine ich. Ich kenne sie nämlich nicht, aber man sagt sich, deine Großmutter wäre die wohl eleganteste Frau ihrer Zeit«, flüstert V mir zu.

»Elegant vielleicht. Taktvoll – kein bisschen. Ich habe sie heute zum Essen eingeladen und sie meinte nur ‚Wir haben schon was vor‘ und dass ich sie viel früher hätte einladen müssen. Sie geht mir auf den Keks. Aber mein Großvater ist voll in Ordnung.«

Bevor Vicky etwas erwidern kann, beginnt James bereits mit seiner Eröffnungsrede.

»Liebe Studenten, liebe Studentinnen, liebes Lehrkollegium und liebe Angehörigen. Wie jedes Jahr findet heute der große Initiationsritus der Erstsemester statt. Heute werden unsere Kinder in die Welt der Reform eingeführt und sind somit vollständige Mitglieder der Gesellschaft der Kasten Neun und Zehn. Nachdem sie die Karnstein University verlassen haben, werden sie in ihre, je nach Abschluss, geeigneten Berufe eingeteilt. Aber ich möchte Sie nicht zu lange aufhalten, deswegen darf ich Ihnen nun unsere Seherinnen präsentieren.«

Er beginnt, die Namen der Mädchen in alphabetischer Reihenfolge aufzusagen. Sie müssen den Eid der Schule schwören und das wars.

Deswegen machen Vicky und die Leute so ein Theater? Das verstehe ich nun mal überhaupt nicht. Kein Feuer, Blut oder eine geopferte Jungfrau? Amateure!

Als ich an der Reihe bin, schreite ich, vorsichtig, um nicht zu stolpern, die kleine Treppe nach oben, und stelle mich zu meinem Onkel. Er sagt mir die Worte vor und ich wiederhole sie: »Ich, Alice Cecilia Foster, erkenne mich hiermit der Gesellschaft der Seherinnen zugehörig. Ich schwöre feierlich, der Gemeinschaft des Rates zu dienen und seinen Entscheidungen Folge zu leisten.«

Danach gibt er mir die Hand, wünscht mir viel Glück und gibt mir ein Küsschen auf die Wange. Nachdem die Mädels nun alle auf der anderen Seite der Bühne stehen, beginnt mein Onkel wieder zu sprechen. »Und nun darf ich Ihnen die Leser vorstellen!«, sagt mein Onkel laut in das Mikrofon.

Danach folgen die Jungen. Der Letzte von ihnen ist Isaac. Nachdem auch er auf unserer Seite der Bühne steht, eröffnet James das Fest.

»Meine Damen und Herren. Ich lade Sie herzlich ein, noch ihr Glas mit uns zu heben und auf unsere Kinder anzustoßen.«

Er hebt sein Glas und die anderen folgen seinem Beispiel. Auch wir Studenten bekommen ein Glas in die Hand gedrückt und stoßen gemeinsam an.

Nachdem alle Gäste den Saal verlassen haben, kommt Hunter auf mich zu.

»Kleines? Können wir reden?«, fragt er kleinlaut.

Eigentlich würde ich mich am liebsten umdrehen und ihn einfach stehen lassen, aber er sieht wirklich traurig aus.

»Ja, aber nicht hier. Komm mit.« Ich gehe in Richtung Ausgang, ziehe mein Handy aus meiner Hosentasche und schreibe meinem Onkel, dass ich es heute vermutlich nicht mehr schaffen werde. Draußen gehe ich in den großen Park hinter der Uni und setze mich auf eine Bank. Den ganzen Weg hierher hat er mich nur verstohlen angesehen, aber kein Wort gesagt.

»Rede.«

»Ich weiß nicht, wie ich anfangen soll«, eröffnet er.

»Oh. Wie wäre es mit einer Entschuldigung?«, frage ich ihn.

Mich macht der Umstand fertig, dass er wahrscheinlich nicht mal von selbst darauf gekommen wäre. Denn Mister Ich-bin-besser-als-alle würde nicht denken, dass er etwas falsch gemacht hat.

»Ja, es tut mir leid, wie wir auseinandergegangen sind, aber du hast mich überrumpelt und mich hat noch nie ein Mädchen abserviert. Da bin ich in Panik geraten.«

Der Typ hat sie nicht mehr alle.

»Das tut mir natürlich leid, wenn ich das Ego des Herrn verletzt habe. Aber du bist nicht Gott, verdammt nochmal! Verhalte dich nicht so«, blaffe ich ihn an.

Ich meine das jetzt nicht auf die Kasten bezogen, denn daran liegt mir nichts, aber er verhält sich so arrogant, und das kotzt mich an.

»„Natürlich verstehst du das nicht. Du bist eine Zehn!«, brüllt er zurück.

Okay, das hat gesessen. Ich dachte nicht, dass das in unserer Beziehung eine Rolle spielt.

»Im Ernst? Du weißt genau, dass mir daran nichts liegt! Wieso machst du deswegen so einen Aufstand?«

Ich verstehe es wirklich nicht. Ich habe mich nie für wichtiger gehalten als er und mich auch sicher nicht so verhalten.

»Du hast mit mir Schluss machen wollen, weil deine Grandma dir gesagt hat, ich wäre nicht gut genug, oder? Wahrscheinlich würde sie sich mehr freuen, wenn Evan dein neuer Freund wäre. Er kriegt immer alles, auch wenn es mir gehört! »Ich bin doch kein

Ding, das man einfach so besitzt, du Arsch! Außerdem – ich habe dir nie erzählt, dass meine Großmutter denkt, du bist nicht gut genug für mich. Du hast also schon wieder meine Gedanken gelesen! Was stimmt nicht mit dir?«, schreie ich ihn an. *Hat der Kerl einen Dachschaden??*

»Natürlich lese ich deine Gedanken und nein, ich habe keinen Dachschaden. Erstens kann ich nur so für deine Sicherheit sorgen, zweitens solltest du als meine Freundin keine Geheimnisse vor mir haben, und drittens weiß ich, dass du Evan geküsst hast. Was sollte das? Wir sind nicht mal einen Tag getrennt und dann läufst du rum und küsst andere Kerle? Und dann ausgerechnet ihn? Aber das kann ich dir verzeihen. Wir können von vorne anfangen und dann ist alles wieder gut. Wir schließen unser Studium ab und wir werden heiraten und ich endlich in die zehnte Kaste aufsteigen, wo ich hingehöre.« Jetzt ist das Fass aber voll.

»Ich fasse mal zusammen: Ich bin dein Eigentum und du kannst mit mir verfahren, wie du möchtest. Ich darf keine selbstständigen Gedanken mehr haben und du willst mich nur wegen meinem Rang. Soweit alles richtig?«

Er nickt und will schon zu sprechen beginnen, als ich ihn mit meiner Hand zum Verstummen zwinge.

»Nun gut! Jetzt erkläre ich dir wie das Ganze laufen wird. Du wirst dich in Zukunft von mir fernhalten, mental und körperlich. Wenn du deine Schwester besuchen willst, bin ich nicht da! Wenn ich da bin, wirst du es nicht sein! Solltest du dich mir dennoch nähern, weil du es dir in deinem kranken Hirn so ausgemalt hast, werde ich zu meinem Onkel gehen und zum ersten Mal meinen Status ausnutzen, um dich fertig zu machen! Hast du verstanden Hunter? Vergiss uns! Und vor allem – vergiss mich!«

Nachdem ich mit meiner Rede geendet habe, drehe ich mich um und lasse ihn einfach stehen. Er ruft mir noch etwas nach, aber ich höre es nicht mehr. Ich hoffe wirklich, er hat verstanden, dass es genug ist. So kann er doch nicht mit einem Menschen umgehen!

Ich bin einen Umweg spaziert, um meinen Kopf frei zu bekommen, und habe deswegen länger als üblich nach Hause gebraucht. Als ich ankomme, brennt drinnen kein Licht mehr. Ich ziehe Schlüssel und Handy aus meiner Hose und öffne die Tür. Drinnen sehe ich, dass es bereits längst nach Mitternacht ist und dass James auf meine Nachricht mit einem Daumen Hoch-Emoticon geantwortet hat. Darunter ist eine weitere Nachricht von Evan.

Evan: *Hey meine Schöne. Du hast das heute sehr gut gemacht und deine Grandma hat vor meiner mit dir angegeben, wie tadellos dein Verhalten doch sei und ob ich dich schon kennengelernt habe. Aber keine Angst, ich habe nicht verraten, dass du mich betrunken gemacht und sexuell genötigt hast.*

Darunter eine weitere.

Evan: *Ich habe natürlich bejaht, dass du eine wahre Lady bist. Und ich denke, die beiden malen sich bereits unsere Hochzeit aus. Du wirst übrigens weiß tragen :) Melde dich!*

Ich starre auf das Display und sehe den kleinen grünen Punkt neben Evans Bild. Ich öffne sein Profilbild und sehe es mir nicht zum ersten Mal genauer an. Man sieht darauf nur sein markantes Gesicht und einen Teil seines T-Shirt's. Es ist grau, passend zu seinen rauchgrauen Augen.

Liz: *Hey Beauty. Es war ein langer Abend. Unsere Hochzeit wird ein Traum in weiß! Ich hoffe die Großmütter tragen nicht auch weiß.*

Evan: *Ja mit Schwänen und einem Streichorchester. Du wirst wunderschön aussehen. Wie geht es dir?*

Liz: *Ich habe heute mit Hunter gesprochen.*

Danach ruft er mich an und ich erzähle ihm die ganze Geschichte. Er lässt mich alles in Ruhe erzählen und sagt kein einziges Wort, bis ich geendet habe.
»Will der Scheißkerl mich verarschen? Du gehörst ihm? So ein Schwachsinn!«, echauffiert er sich am Telefon.
»Ich bin stolz auf dich. Das, was du ihm heute gesagt hast, war richtig.«
Ich weiß, dass es richtig war, und um ganz ehrlich zu sein, ich fühle mich deswegen auch nicht schlecht. Ganz im Gegenteil, ich fühle mich gut, frei.

Ich frage Evan, wie Hunter meine Gedanken aus der Ferne lesen kann.

»Das ist seine besondere Fähigkeit. Er kann Gedanken auch aus weiter Entfernung hören, wenn er die Person gut genug kennt. So, wie es meine ist, telepathisch kommunizieren zu können. Nicht jeder hat noch eine zusätzliche Fähigkeit, aber wenn man eine hat, sollte man sie so gut wie möglich trainieren. Wirkt sich alles auf deinen Abschluss aus. Hunter trainiert fast ausschließlich diese Gabe. Wenn er die anderen Kurse sausen lassen könnte, würde er es tun«, erklärt er mir mit sanfter Stimme.

Ich frage mich wie es wohl wäre, wenn ich seine Stimme in meinem Kopf hören könnte.

»Aber was will er mit dieser Fähigkeit, wenn er die Gedanken anderer nicht aktiv manipulieren kann? Dann ist sie ja nicht viel wert, oder?«

Hunter kann nicht in die Politik, da er ein Neuner ist. Auch, wenn er es gerne möchte, könnte er nur durch eine Hochzeit aufsteigen.

»Das stimmt so nicht ganz. Diese Fähigkeit ist sehr selten, denn wenn er sie perfektioniert hat, kann er auch aus einem Brief die Gedanken, die der Verfasser währenddessen hatte, extrahieren. Und das ist äußerst nützlich in der Politik, deswegen könnte er durchaus als Spion eingesetzt werden, um unseren Rat zu schützen. Aufsteigen wird er allerdings nur, wenn er heiratet, oder wenn er etwas Besonderes für das Land tut. So etwas wie, keine Ahnung, einem Ratsmitglied das Leben retten. Das würde ihn qualifizieren.«

Also gut, ich hoffe einfach mal, dass Hunter nicht so irre sein wird und jemanden in Lebensgefahr bringt, um ihn dann zu retten.

Am nächsten Morgen wache ich völlig gerädert auf. Evan und ich haben noch bis in die frühen Morgenstunden telefoniert und ich bin erst spät eingeschlafen. Nun bin ich richtig erledigt und mein erstes Fach heute ist auch noch Literatur. Das werde ich nicht überleben. Ich überlege, bereits heute blau zu machen, als Vicky meinen Namen ruft und mich erinnert, dass ich mich beeilen sollte.

Ich drehe mich um und stöhne laut in mein Kissen. Nachdem ich mich fertig gemacht habe, schleppe ich mich in die Küche, um noch eine Tasse Kaffee zu trinken, denn ansonsten garantiere ich heute für nichts.

»Hier, Schlafmütze! Und ich wollte mich für meinen Bruder entschuldigen. Aber ich hoffe, du hast es ihm gegeben.«

Sie reicht mir einen Coffee to go-Becher.

»Woher weißt du das? Hat er dich angerufen?«, frage ich verwirrt. Das würde mir am logischsten erscheinen, immerhin ist er ihr Bruder.

Wir gehen hinaus und machen uns auf den Weg zur Vorlesung.

»Nein. Aber kannst du dich an die Party bei Ty erinnern? Wo ich mit meinem Kreislauf Probleme hatte?« Ich nicke. »Dort habe ich dieses Gespräch gesehen. Bitte sei mir nicht böse! Aber ich habe ja auch noch nicht gelernt, mit unserer Gabe umzugehen. Und meine Ma' sagt immer, man sollte vorsichtig sein, wem man seine Visionen erzählt, denn sie könnten viel mehr verändern, als man annimmt.«

Ich bin ihr nicht böse, eher ein bisschen schockiert. Das sage ich ihr auch schnell. Dann sind wir auch schon in unserem Kursraum angekommen.

Literatur war ätzend wie immer. Wir mussten Jane Austins Stolz und Vorurteil lesen und ein dreiseitiges Essay über unseren ersten Eindruck von Mr. Darcy und Ms. Bennett verfassen. Dafür sollten wir die ersten hundert Seiten lesen. Danach sollten wir einfließen lassen, warum diese beiden Romanfiguren so tragisch waren. *Kotz Würg!* Neunzig Minuten später hatte die Qual endlich ein Ende.

Vor der Tür atme ich tief durch und Vicky schüttelt den Kopf. Das kann ich auch nicht verstehen. Sie liebt Literatur. Als der Professor heute die Hausaufgabe verkündet hat, hat sie aufgequietscht wie ein kleines Mädchen, das ihre Lieblingspuppe bekommen hat. Die restlichen Kurse vergehen wahnsinnig schnell.

Zu Mittag treffe ich mich mit James. Als Entschuldigung, weil ich gestern abgesagt habe.

Wir treffen uns in der Kantine und ich entschuldige mich circa einhundert Mal bei ihm, woraufhin er mir versichert, dass alles okay ist. Ich sollte das nur bitte nicht bei meinen Großeltern machen.

Ich bin mutig, aber nicht lebensmüde.

NEUE KURSE

Nach dem Essen mit Onkel James treffe ich mich mit
Vicky in der Bibliothek. Da wir nicht wissen, wo unsere
anderen Kurse stattfinden, haben sich alle
Erstsemester hier versammelt.

»Hallo Liz, bist du aufgeregt« Hinter mir ist Isaac
aufgetaucht.

»Hey. Ja, ein wenig und du? Übrigens – das ist Vicky.
Vicky, Isaac.«, mache ich die beiden miteinander
bekannt. Sie begrüßen sich, aber bevor wir
weiterreden können, betreten vier Personen den
Raum. Ich erkenne zwei auf Anhieb – Tyler und Evan.
Die anderen beiden Personen sind älter.

»Bitte Ruhe! Mein Name ist Professor Scott und ich
unterrichte das Lesen der ersten Stufe. Ebenfalls
erlernen Sie bei mir, Ihre Gedanken vor fremden
Blicken zu schützen.«

Professor Scott ist ein kleiner, dicklicher Mann mit
Brille auf der Nase. Er trägt einen schwarzen Anzug,
auf dessen Revers das Wappen der Uni gestickt ist.

»Guten Tag, mein Name ist Professor Cray und ich werde euch das Sehen lehren. Dies ist eine wichtige Aufgabe und nicht weniger wert als das Lesen. Lassen Sie nicht zu, dass man Ihnen etwas anderes einredet.«

Sie ist eine hochgewachsene Frau in einem schwarzen Kostüm. Auch auf ihrem Blazer findet man das Wappen der Schule wieder, wie bei allen Lehrern. Sie hat eine zierliche Figur, aber man hat trotzdem Respekt vor der Frau. Sie blickt im Raum umher, und als ihr Blick meinen findet, spricht sie weiter.

»Ms. Foster, da Sie in diesem Semester die einzige Zehn sind, werde ich Ihnen das Lenken der Zukunft im Einzeltraining beibringen.«

Hinter den vier Gestalten kommt mein Onkel hervor.

»Liebe Studenten. Sie werden nun die Kursräume, die nur für Ihre Gaben genutzt werden, kennenlernen. Damit es allen klar ist: Wo sich diese Räume befinden und was darin geschieht, darf niemals an die Studenten der achten oder siebten Kaste gelangen. Sollte es doch jemand wagen, dieses Geheimnis zu lüften, wird dieses Vergehen mit sofortiger Wirkung bestraft. Sie werden exmatrikuliert und Ihrer gesamten Familie wird der Rang entzogen. Sie werden folglich in den Kasten Eins bis Fünf untergebracht. Ich hoffe, Ihnen ist nun der Ernst der Lage bewusst, und wie wichtig es ist, stillschweigen darüber zu bewahren.«

Er sagt dies ohne Wertung oder Emotion. Es ist einfach eine Information an uns. Danach fährt er fort: »Mister Thompson und Mister Hudson sind in diesem Jahr Ihre Vertrauensschüler und Tutoren. Sie werden Sie unterstützen, Ihnen Nachhilfe geben, sollte es von Nöten sein, und bei ihren Prüfungen als Testpersonen dienen. Da Mister Thompson eine Zehn ist und damit im Rang höher als die meisten, wird er nur für Miss Foster als Testperson herhalten. Ansonsten war es Mister Thompson ein großes Anliegen, dass er gleich behandelt wird, wie alle anderen. Wollen die beiden Herren noch etwas dazu sagen?«, spricht sie mein Onkel nun direkt an.

Tyler schüttelt seinen hochroten Kopf. Evan hingegen tritt einen Schritt nach vorne.

»Mein Name ist Evan Thompson. Bitte nennt mich Evan. Falls sich jemand denkt, wieso gerade ich dieses Amt übernehme – es werden jedes Jahr Stäbchen gezogen. Ty und ich hatten buchstäblich die Kürzeren.«

Leises Gelächter flutet den Raum. James verschwindet wieder in den Weiten der Bibliothek. Auch Evan und Ty gehen in Richtung Ausgang.

»Ruf mich an, wenn du fertig bist«, flüstert er mir zu, als er an mir vorbei geht. Die Mädchen neben mir haben ihn anscheinend gehört und ziehen die Luft geräuschvoll ein. Ich überdrehe nur meine Augen. Das ist typisch Evan. Es reicht nicht, dass wir Sparring-Partner sind und gemeinsam ein Geschichtsprojekt machen – das apropos bald fällig ist –nein, jetzt ist er auch noch mein Tutor in Sachen Kitsune-Angelegenheiten.

Ich biete Vicky meinen Arm an und sie hakt sich bei mir unter. Neugierig warten wir, was nun passieren wird.

Professor Scott geht auf ein Regal zu und zieht das dickste Buch, das ich je gesehen habe, hervor. Dahinter befindet sich ein kleines, unscheinbares Knöpfchen, welches, würde man nicht danach suchen, niemand finden würde. Die Wand verschiebt sich samt Regal und gibt einen erstaunlich breiten und gut beleuchteten Gang frei. Alle sehen sich staunend um. Ungefähr alle fünf bis zehn Meter sind Türen, auf denen verschiedene Schilder prangen. Vor der Tür mit dem Schild *Blocken* bleiben wir stehen und Professor Scott betritt den Raum.

»Bitte setzen Sie sich und hören Sie zu. Sie erhalten nun von mir Ihren Stundenplan für die zusätzlichen Kurse. Sollten Sie mit Studenten der achten Kaste verkehren, sagen Sie Ihnen, dass sie Einzelunterricht bekommen. Diese Notlüge funktioniert seit Jahrzehnten.«

Nachdem alle Schüler einen Platz gefunden haben, werden die Gespräche weniger, bis sie ganz verstummen. Es handelt sich immer um eine Tischgruppe, an der vier Personen Platz finden. An unserem Tisch sitzen noch ein Mädchen und Isaac. Sie trägt die Cheerleader-Uniform des Lacrosse-Teams und ich erkenne sie als eines der Mädchen, die zu Brooke gehören. Ich verstehe noch immer nicht, wie sie zur ungekrönten Anführerin werden konnte.

»Hallo, ich bin Chloe. Du bist Alice, richtig?«, fragt sie mich direkt.

Etwas verdutzt von ihrer Direktheit nicke ich.

»Vergiss es, Chloe, Liz ist es nicht wichtig, beliebt zu sein und Brooke kann meinen Bruder haben. Er ist ein Arschloch!«, schnauft Vicky in ihre Richtung.

Noch immer perplex bringe ich kein Wort heraus, aber ich finde es wahnsinnig süß von Vicky, dass sie so zu mir steht, obwohl Hunter ihr Bruder ist. In diesem Moment weiß ich, mit ihr an meiner Seite kann nichts schief gehen.

»Bleib ruhig, Vicky. Noch immer so empfindlich wegen der High School? Ich wusste nicht, dass du auf Tyler stehen stehst, sonst hätte ich nichts mit ihm angefangen!«, verrät Chloe.

»Moment mal – unser Tyler? Tyler Hudson? Isaacs Bruder, Tyler? Wann wolltest du mir davon erzählen? Ich hatte nichts bemerkt«, gebe ich traurig zu.

Isaac schnauft und verdreht die Augen. Für ihn muss die Situation auch merkwürdig sein, er ist erst fünfzehn. Für ihn hier eine Freundin zu finden dürfte schwer werden.

Vicky zieht die Schultern hoch und versucht ihr Gesicht verstecken. Als sie meinen Gesichtsausdruck sieht, gibt sie auf.

»Ja, unser Ty. Ich mag ihn noch immer, aber er sieht mich nicht so, und damit habe ich mich abgefunden. Isaac, du musst versprechen, ihm nichts davon zu erzählen!«, erklärt sie streng.

Gerade, als ich zu einer Antwort ansetze, beginnt Professor Scott mit seinem Unterricht. Er versucht uns zu erklären, wie wir unseren Geist verschließen können.

»Hat jemand das Gefühl, seine Blockade wäre stark genug?«, fragt er in die Runde.

Ich hebe meine Hand. Als ich mich umblicke, bemerke ich, dass meine Hand die einzige ist, die in der Luft ist. Ich gehe nach vorne und sehe Professor Scott abwartend an. In Gedanken halte ich die Mauer, die ich mühsam Stein für Stein aufgebaut habe, fest. Ummantele sie noch mit Metall und Stacheldraht. Vor meinem inneren Auge sehe ich sie ganz genau und ich konzentriere mich nur darauf.

Nach ein paar Minuten sieht er mich lächelnd an.

»Sehr gut, Miss Foster. Kein einziger Gedanke ist zu mir vorgedrungen. Würden Sie mir und der Klasse bitte erklären, was sie als Blockade gewählt haben?«, bittet er mich höflich. Also entscheide ich mich, ihm zu antworten.

»Naja, ich habe an eine klassische Mauer gedacht, und wie es sich anfühlen würde, diese zu bauen. Stein für Stein. Danach habe ich sie noch mit Eisen verstärkt und oben Stacheldraht befestigt. Ich habe mir sie so bildlich vorstellen können und musste nur daran denken«, erkläre ich verlegen.

Die anderen Studenten starren mich an. Vermutlich, weil sie noch nie Einen Zeigelstein in der Hand hatten. Ich habe meinem Vater und Jacob oft geholfen, das Haus zu reparieren.

»Sehr gut, Miss Foster. Sie sind gleich begabt wie ihre Mutter und Großmutter. Nun gut, da dieser Kurs für sie anscheinend zu einfach sein wird, würde ich Sie gerne zum Blocken der zweiten Stufe schicken. Ich werde dies mit dem Dekan besprechen. Ebenfalls könnten Sie Mister Thompson von Nutzen sein, um seine Gabe zu trainieren. Sie können sich wieder setzen.«

Verlegen setze ich mich auf meine vier Buchstaben und folge dem restlichen Unterricht. Der Professor bittet vier weitere Studenten nach vorne. Leider hat es bei ihnen nicht so gut funktioniert. Nachdem der Kurs vorbei ist, schnappe ich mir Vickys Hand und ziehe sie hinter mir her. Wir haben morgen das erste Mal Sehen, für heute sind wir entlassen.

Draußen halte ich es nicht mehr aus und muss es nochmal ansprechen.

»So, und jetzt nochmal. Du stehst auf Tyler?«

Sie versucht erst gar nicht mir auszuweichen. Sie weiß, dass sie keine Chance hat.

»Ja, aber er hat es in der Highschool schon nicht bemerkt, und irgendwann habe ich mich damit abgefunden. Es ist ja nicht so, dass ich noch nie einen Freund hatte, aber immer wieder habe ich Schluss gemacht, wenn Tyler gerade keine Freundin hatte.«

Sie schnauft, bevor sie weiterredet. »Ach, ich weiß auch nicht. Können wir das Thema bitte einfach lassen? Ich möchte nicht darüber reden.«

Ich gebe nach, aber vergessen werde ich es nicht. Ich werde Tyler schon noch verklickern, dass es Vicky gibt.

»Okay, ich lass es sein. Für heute. Und ich wollte mich noch entschuldigen, dass ich ihn auf der Party vor zwei Wochen geküsst habe. Wenn ich gewusst oder nur geahnt hätte, dass du ihn magst, hätte ich es nicht getan!«, entschuldige ich mich aufrichtig bei ihr. Sie sieht mich an.

»Ach, das weiß ich ja. Ich kann es mittlerweile nur sehr gut verbergen.«

In ihren Augen erkenne ich kein bisschen Wut oder Zorn. Sie hat sich anscheinend wirklich damit abgefunden. Bevor wir weitergehen können, hält uns eine hohe Stimme davon ab.

»Wartet, Leute!«, ruft uns Chloe hinterher.

Vicky und ich schauen uns an und ziehen die Stirn kraus. *Was will die denn jetzt?* Um nicht unhöflich zu sein, bleiben wir stehen und drehen uns in die Richtung, aus der die Rufe kommen. Sie holt zu uns auf und bleibt schnaufend stehen. *Dafür, dass sie Cheerleaderin ist, ist sie ganz schön außer Form.*

»Kann ich mit euch mitgehen? Die anderen Mädels sind fast ausschließlich aus der achten Kaste und ich muss mit jemandem darüber sprechen, sonst dreht mein Kopf durch!« Ihr Blick wird flehend.

»Na klar! Wenn du versprichst, nicht wieder zu einer Zicke zu mutieren und die Finger von Evan und Tyler lässt, habe ich kein Problem damit«, antworte ich nach einem kurzen Seitenblick zu Vicky.

»Danke! Ihr rettet mich. Tut mir leid, das ist ein doofer Reflex. Wenn du im Cheerleader-Training nicht die Zähne zeigst, gehst du schneller unter als die Titanic.«

Wir beginnen zu kichern, denn genau so hat Vicky sie mir auch beschrieben. Das bringt uns einen verdutzten Blick von Chloe ein, aber wir gehen nicht näher darauf ein.

Im Bungalow angekommen, bestellt Vicky Essen in der Kantine und ich mache den Fernseher an. Mittlerweile sind wir ein eingespieltes Team und ich kann mich schon gar nicht mehr an die Zeit erinnern, in der ich Vicky noch nicht kannte. Wir haben beschlossen etwas zu quatschen, zu essen und auf Loopstar – eine neue Art von Netflix – einen Serienmarathon zu gucken. Nachdem wir alles gegessen haben, liegen wir nun auf der Couch und niemand rührt sich. Chloe ist überraschend lustig und wir haben wirklich Spaß, als sie uns von Brookes peinlichsten Auftritten erzählt.

»Was ist das eigentlich mit dir und Evan? Musstest du dir unbedingt die beiden heißesten Typen des ganzen College angeln?«

Was das angeht, weiß ich selbst nicht Bescheid.

»Keine Ahnung. Über Hunter bin ich mehr gestolpert und da er mein Pate war, haben wir viel Zeit miteinander verbracht. Da hat eines zum anderen geführt. Mit Evan ist es komplizierter«, schnaufe ich. Mit Hunter bin ich definitiv fertig. Wenn ich an ihn denke, spüre ich kein Kribbeln mehr, sondern nur ein loderndes Feuer, weil ich noch immer wütend über seine Worte bin. Ich meine, wir haben das 23. Jahrhundert. Da besitzt kein Mann mehr eine Frau. *Emanzipation sei Dank!* Und Evan ist ein anderes Kapitel. Ich habe das ernst gemeint, als ich zu ihm sagte, dass ich es mal allein mit mir versuchen will. Aber immer, wenn ich ihn sehe, oder an ihn denke – was öfter passiert, als mir lieb ist – kribbelt es nicht bei mir, ein ganzer verdammter Schwarm entfaltet seine Flügel und schwirrt damit in meinem Bauch herum.

»Hunter kannst du haben, aber er ist sehr, sehr besitzergreifend. Oh, und nicht zu vergessen, er liest deine Gedanken auch aus der Ferne ohne deine Zustimmung. Nett, oder? Wenn du damit klarkommst, gehört er ganz dir!«, führe ich sachlich auf.

Bei einigen meiner Worte ist Vicky zusammen gezuckt, aber es ist die Wahrheit und das weiß sie auch. Ich verstehe, dass sie ihren großen Bruder liebt, aber ich muss das nicht.

Chloe sieht mich aus großen Augen an und schüttelt ungläubig ihren Kopf.

»Danke, aber damit komme ich nicht klar, außerdem stehe ich mehr auf einen Teamkollegen von ihm. Blake«, gesteht sie leise und versteckt ihr Gesicht in ihren Händen.

V und ich brechen beide in Gelächter aus. Er ist zwar im Team, aber er ist mehr der Ersatz von Hunter und eine Acht. Er sieht gut aus, keine Frage, aber ich dachte, Chloe wäre der Status wichtiger. Ich bin froh darüber, dass ihr dieser Umstand egal zu sein scheint. Unser Gekicher verstummt, als Chloe leicht schnieft.

»Ich weiß, er passt nicht zu mir, aber ich finde ihn so süß und immer, wenn ich versuche mit ihm zu sprechen, bringe ich kein Wort heraus. Obwohl ich weiß, dass er einer der netten Typen auf dem Feld ist.« Chloe rinnen kleine Tränchen über die Wange.

»Nicht weinen! Das ist doch kein Problem, dass wir nicht lösen können! Aber du, Chloe Bishop, Männer mordender Vamp an der High School, traust dich nicht, mit einem Kerl der dir gefällt, zu reden? Unglaublich. Aber wir kriegen das hin, versprochen«, versucht Vicky sie zu trösten.

»Ich weiß, das ist ja das Traurige daran. Aber er kommt nicht von unserer High School, er kennt mich nicht so, und das soll auch so bleiben. Er soll in mir nicht das Flittchen sehen, das alle anderen kennen. Brooke und die anderen Mädels verstehen das nicht, aber sie waren auch noch nie richtig verliebt! Für sie zählt nur, im Rang aufzusteigen«, erzählt sie uns verzweifelt.

Gerade, als ich antworten will, gibt mein Handy einen Ton von sich. Ich stehe auf und gehe in mein Zimmer.

»Sag ihm endlich, dass du ihn willst!«, ruft Vicky mir noch hinterher.

»Hallo«, grüße ich meinen Anrufer.

»Hallo, Hübsche. Was meinst du steht mir besser? Grau oder rauchblau?«, fragt er mich.

Ist das sein Ernst? Evan kann man in einen Kartoffelsack stecken und er würde noch immer besser als die anderen aussehen! Trotzdem stelle ich mir ihn in den beiden Farben vor.

»Ich denke, rauchblau betont deine Augen besser. Warum fragst du mich so etwas?«, gebe ich belustigt zurück.

»Weil wir beide morgen Abend Essen gehen werden und ich wissen wollte, in welchem Hemd ich die besseren Chancen habe.«

»Du bist so ein Spinner!«, rufe ich durchs Telefon und lache los. Was ist das denn bitte für eine lahme Anmache? *Aber sie zieht! Ich will haben! Ruhe jetzt!*

»Das ist mein Ernst, check mal deine Mails. Unsere Großmütter haben uns für morgen zum Lunch eingeladen. Ich empfehle ein leichtes Sommerkleid, mit halbhohen Schuhen und einer schönen, zarten Jacke darüber. Ansonsten fällt die Verlobung vermutlich ins Wasser. Du musst wissen, meine Grandma' achtet akribisch darauf, wie sich jemand kleidet.«

Während er spricht, öffne ich mein Mailprogramm und sehe tatsächlich ein Mail von Mrs. Thompson.

»Oh mein Gott! Nicht schon wieder. Ich will meine Großmutter nicht schon wieder sehen. Die Frau nörgelt nur an mir rum, es wird furchtbar werden. Kann ich nicht sagen, dass ich krank bin? Nein, besser, du sagst es ihnen. Bitte!« Das i ziehe ich in die Länge, denn ich will da wirklich nicht hin.

»Du kannst mich nicht hängen lassen. Ich verspreche dir, Elisabeth wird nicht an dir herumnörgeln. Die beiden wollen sich nur gegenseitig mit uns ausstechen, so funktioniert ihre Freundschaft. Skurril, ich weiß, aber jedem das Seine.«

Ich kann den Schmollmund, den er gerade zieht, förmlich durchs Telefon sehen.

»Na gut. Aber wir fahren mit dem Maserati! Ansonsten kannst du allein da hin, Freundchen!«

»Da liebt jemand Autos, genau nach meinem Geschmack. Der Wagen wird sie morgen um Punkt elf

Uhr abholen, Miss. Bis dann.« Danach legt er schnell auf.

Dieser Kerl ist einfach unfassbar. Ich gehe zurück zu den Mädels ins Wohnzimmer.

Und? Was wollte der heiße, ältere Typ von dir?«, fragen sie mich. Irgendwie wirken die beiden nicht ganz klar. Und dann entdecke ich auch, warum. Auf dem kleinen Beistelltisch steht eine leere Vodkaflasche. *Wie haben die beiden die so schnell trinken können? Verdammt, es ist doch erst Montag!* Die beiden kichern immer weiter und lallen ganz schön heftig. Irgendwann beginnen sie, durch das Haus zu laufen, aber als sie aus dem Bungalow wollen, muss ich eingreifen.

SPRÜHENDE FUNKEN

»Danke, dass du gekommen bist. Ich wusste nicht
mehr, wie ich sie anders aufhalten sollte.« In meiner
Verzweiflung wegen der beiden habe ich Evan
angerufen, damit er mir zu Hilfe eilt.
Vor mir stehen Tyler und Evan. Anscheinend sind die
beiden gute Freunde und da Ty gerade bei Evan war,
hat er ihn mitgebracht. Evan trägt weite
Basketballshorts und einen Kapuzenpulli von
Karnstein. Tyler trägt das gleiche, nur dass er seine
Haare gestylt hat.
»Kein Problem, Süße. Wo sind die beiden denn jetzt?
Vielleicht schaffen es Ty und ich ja, die beiden ins Bett
zu stecken, so dass sie dort auch bleiben.«
Evan grinste erst mich und dann Tyler schief an.
»Sie sind irgendwo im Haus und verstecken sich vor
mir«, seufze ich. Seit ich die zwei angeschrien habe,
fürchten sie sich vor mir. Vicky hat sogar begonnen zu
weinen wie ein Baby, als ich mich genähert habe.
»Na gut, dann suchen wir sie mal.«

Ich begleitete Evan in die Küche und ins Bad, wir finden sie aber nicht. Aus dem Haus konnten sie nicht, weil ich alles abgeschlossen habe. Im Badezimmer dreht sich Evan plötzlich zu mir um und steht mir viel zu nahe.

»Erinnerst du dich an unser letztes Mal in einem Badezimmer?«, haucht er in mein Ohr. Auf meinem ganzen Körper breitet sich Gänsehaut aus. Langsam streicht er mit den Händen an meiner Seite entlang »Ich erinnere mich ganz genau daran. Du hattest dieses scharfe Höschen an und wir haben uns geküsst. Erinnerst du dich, Alice?«, flüsterte er mit dunkler Stimme.

Ich muss bei dem Gedanken daran schlucken. Hitze steigt in mir auf.

»E..Evan, wir sollten die beiden suchen«, stottere ich. Er kommt mir noch näher. Er schaut auf meine Lippen und fährt mit der Zunge an seinen entlang. Ich weiß, er würde mich küssen und ich würde mich nicht wehren. Ich ergebe mich der Sehnsucht und komme seinem Gesicht entgegen. Kurz, bevor sich unsere Lippen berühren, hören wir ein Kreischen aus dem Gang. Vorbei ist der Moment. Ich löse mich von ihm und folge dem Gequietsche auf dem Flur.

»Tyler, lass mich los!«, schreit Vicky. Nicht panisch, eher vergnügt. Ich gehe auf die beiden zu, Tyler hat Vicky unter sich auf der Couch begraben. Sie starrt in seine Augen und er hält ihren Blick gefangen. Tyler sieht sie definitiv. Zwischen den beiden sprühen die Funken und ganz plötzlich küsst er sie und Vicky stöhnt in seinen Mund. Das ist mein Zeichen, um abzuhauen. Außerdem müssen wir noch Chloe finden.

Ich marschiere gerade wieder den Weg zurück, als mir Evan mit einer kichernden Chloe in den Armen entgegenkommt.

»Hab sie gefunden! Sollen wir sie zu den anderen ins Wohnzimmer bringen, oder in ein Zimmer? Ich habe nämlich keine Ahnung, in welchem Haus sie wohnt«, sagt Evan.

Ich sehe erst ihn an und danach zu Chloe, die sich an ihm reibt wie ein Kätzchen. Ich spüre einen Stich in meinem Herzen.

»Ins Wohnzimmer können wir nicht. Trag sie in Vickys Zimmer, bitte«, meine ich und verschwinde in mein Schlafzimmer.

Nach gefühlt zehn Minuten öffnet sich meine Tür.

»Also erstens: Irgendetwas Schräges läuft gerade in deinem Wohnzimmer, denn wenn ich mich nicht verhört habe – und das habe ich sicher nicht – vögeln Ty und V miteinander. Was ich etwas verstörend finde, denn Vicky ist wie meine kleine Schwester und ich habe das Gefühl, ihn von ihr runterzerren zu müssen. Aber dann werde ich Dinge sehen, die mich nie mehr schlafen lassen, und das will ich nicht. Außerdem ist Ty schon seit der Highschool scharf auf sie und das würde den Brocode oder so etwas verletzen«, rattert Evan ohne Punkt und Komma herunter. »Und zweitens: Chloe schläft tief und fest und schnarcht leise vor sich hin.«

Ein kleines Grinsen schleicht sich auf mein Gesicht und ich sehe in seine rauchgrauen, wunderschönen Augen. Er kommt zu mir aufs Bett und nimmt mich in seine starken Arme. Evans Duft hüllt mich ein, eine Mischung aus Moschus, Seife und ihm. Ich kuschele mich enger an ihn und atme seinen Duft tief ein.

»Sag mal, schnüffelst du gerade an mir?«, schnaubt er belustigt.

Schnell weiche ich mit meinem Kopf zurück, aber er zieht mich mit seinen Händen wieder näher, so dass er seine Stirn an meine legen kann.

»Was soll ich nur mit dir machen, Alice? Du weißt, du willst mich, und du weißt auch, wie sehr ich dich will.«

Um seine Aussage zu verdeutlichen, reibt er einen mittlerweile sehr harten Schwanz an meiner Mitte.

»Warum machst du es uns so schwer?«, fragt er mich.

Ich schlucke ein paar Mal, bevor ich ihm antworten kann.

»Du weißt, warum«, flüstere ich ihm zu. Aber inzwischen bin ich mir nicht mehr sicher, ob ich den Grund noch weiß. Evan hat eine wahnsinnige Anziehungskraft auf mich und der kann und will ich mich nicht länger entziehen. Ich dränge mich gegen ihn, umfasse sein Gesicht mit meinen Händen und presse meine Lippen fest auf seine. Ich tippe mit meiner Zungenspitze gegen seine Lippen und verlange Einlass. Sein Mund öffnet sich einen Spalt und meine Zunge gleitet in seinen Mund. Ich umspiele seine Zunge mit meiner und ein leises Stöhnen entweicht mir.

Plötzlich unterbricht Evan schweratmend den Kuss und schiebt mich von sich weg.

»Hör auf!«

Entsetzt sehe ich ihn an und weiche zurück. Ich wollte ihn gerade, vor lauter Scham, aus meinem Zimmer werfen, da beginnt er zu sprechen.

»Ich kann das nicht! Nicht, solange du mir nicht sagst, was ich für dich bin. Denn glaub mir, Alice, ich will mit dir zusammen sein und zwar ganz. Nicht halb, nicht nur zu ein paar Prozent, denn ich will dich! Du kannst alles von mir haben was du möchtest, aber bitte verlange nicht von mir dich zu küssen, in dem Wissen, dass das nicht nur allein mein Recht wäre. Ich kann und ich will dich nicht teilen!«

Bevor ich ihm antworten kann, ist Evan vom Bett aufgestanden und verlässt den Raum. *Scheiße! Scheiße! Scheiße!*

Ich renne auf den Flur und weiter durch das Wohnzimmer, in dem Tyler und Vicky schlafen. Evan tritt gerade aus der Tür, als ich ihn am Arm erwische.

»Bitte bleib!«, bitte ich ihn.

»Liz«, seufzt er, »denk darüber nach und wir reden morgen darüber. Ich kann heute für nichts mehr garantieren. Aber ich will, dass du weißt, du bist die Eine für mich.«

Danach löst er seinen Arm aus meiner Hand und geht. Eine einzelne Träne verlässt meine Augenwinkel, denn ich weiß, dass er mir die Wahrheit gesagt hat. Ebenso wie ich weiß, dass ich ihn mit dem Kuss verletzt habe. Evan will mit mir zusammen sein! Erst jetzt kommt die

Bedeutung seiner Worte bei mir an. *Heiliger Bimbam! Evan ist in mich verliebt!*

Ich brauche Vicky jetzt. Mir scheißegal, ob sie noch sternhagelvoll ist oder nackt unter Tyler liegt, der übrigens auch nackt ist und eine wahnsinnig tolle Rückenansicht bietet. Entschlossen gehe ich auf die beiden zu und wecke Vicky auf. Aus verschlafenen Augen sieht sie mich an.

»Alles in Ordnung?« Sie merkt anscheinend nicht, dass sie noch nackt ist oder dass ein sehr nackter Tyler halb auf ihr liegt.

»Kannst du bitte mitkommen? Ich brauche dich.« Das ist ein Trigger-Satz für jede gute Freundin. Sie schiebt Tyler von sich runter und wickelt sich in eine dünne Decke. *Oh, und wie sie weiß, dass sie nackt ist!*

In meinem Zimmer angekommen, fragt sie mit roten Wangen: »Was ist los, Süße?« Ich erzähle ihr alles von Evan und mir. »Was soll ich jetzt tun, Vicky?«, frage ich sie hilflos.

»Süße, du magst ihn, bist eifersüchtig, wenn andere Mädchen nur über ihn sprechen. Versuch es erst gar nicht abzustreiten. Und er will mit dir zusammen sein. das war noch nie der Fall. Evan hatte noch nie eine Freundin und dass er dir das so deutlich sagt und zeigt, deutet für mich darauf hin, dass er es ernst meint. Also, wo ist das Problem?«, beendet Vicky ihre Einschätzung.

Das Problem ist, dass ich es nicht weiß. Ich will ihn auch und will ihn ebenfalls nicht teilen, aber ich weiß nicht, ob das schon reicht. Nachdem ich Vicky erklärt habe, dass ich es nicht weiß, quetsche ich sie über Tyler aus.

»Aber jetzt mal zu dir – was ist da in unserem verdammten Wohnzimmer passiert?« So einfach lasse ich sie nicht damit davon kommen.

»Er hat mich gefunden und auf die Couch verfrachtet. Irgendwann bin ich auf ihn zu gekrabbelt und habe ihn einfach geküsst. Es war perfekt, Liz. Ich hoffe nur, dass es keine einmalige Sache war. Wir sind beide danach eingeschlafen und haben die Situation nicht geklärt«, gesteht sie leise.

Ich merke wie schwer es ihr fällt, daran zu glauben. Aber nachdem Evan mir versichert hat, dass Tyler ebenso auf Vicky steht, wie sie auf ihn, machte ich mir da keine großen Sorgen.

»Keine Angst, das wird schon! Denn spätestens seit heute sieht er dich definitiv«, meine ich.

»Wahrscheinlich hast du recht und es war wirklich der absolute Wahnsinn.

Daraufhin verschwindet Vicky aus meinem Zimmer und ich bleibe allein zurück. Angestrengt denke ich darüber nach, was Vicky gesagt hat. Er will mich. Er ist eifersüchtig. Er hat mich unterbrochen, weil er das zwischen uns nicht einordnen kann. Meine Mom hat immer gesagt: »Menschen, die Angst vor Veränderung haben, schieben Entscheidungen auf. Sei nicht feige, Lizilein. Trau dich!« Ich höre ihre Stimme ganz vertraut in meinem Kopf. Also probiere ich etwas aus, von dem ich nicht weiß, ob es funktionieren wird. Ich fahre meine Mauer hinunter. Entferne Ziegel für Ziegel, lasse den Maschendraht verschwinden und auch die Ummantelung aus Metall verschwindet.

»Evan? Kannst du mich hören?« frage ich ihn in Gedanken.

Ich versuche es zwei, drei Mal, bevor ich ein leises Flüstern vernehme.

»Ja.« Mehr ist nicht zu hören.

»Es tut mir leid, Evan! Ich will dich auch! Nur dich allein!«

Wieder warte ich auf eine Antwort, aber nichts passiert. Ich versuche es noch ein paar Mal, gebe aber nach weiteren Versuchen auf. Ich will gerade mein Telefon zücken, als die Tür aufgestoßen wird. Dort steht ein schwer atmender Evan. Er muss den ganzen Weg hergelaufen sein. Er kommt auf mich zu und küsst mich so stürmisch, dass sich unsere Zähne kurz berühren.

»Wurde aber auch Zeit, dass du es auch bemerkst«.", neckt er mich zwischen zwei Küssen.

Er drängt mich nach hinten. Als meine Kniekehlen an die Bettkante stoßen, lasse ich mich fallen. Evan zieht seinen Kapuzenpulli aus und klettert über mich. Er küsst sich seinen Weg nach oben.

»Das muss weg!« Er schiebt seine Finger unter mein blaues Top und zieht es mir über den Kopf.

»Du bist wunderschön, Alice.« Er küsst eine Spur zum Ansatz meiner Brüste. Ich wölbe meinen Rücken und er schiebt eine Hand darunter. Vorsichtig ertastet er den Verschluss meines BHs und öffnet ihn. Kalte Luft umströmt meinen Busen. Evan nimmt einen Nippel in den Mund und beißt sanft hinein.

»So verdammt perfekt«, haucht er darüber.

Ein Schauern rinnt über meinen Rücken und ein Stöhnen dringt aus meinem Mund, dass er mit einem Kuss auffängt. Da ich einfach nicht mehr anders kann, greife ich nach seinem Shirt und zerre daran. Ich will ihn spüren und dabei stören die Klamotten nur. Leider schaffe ich es nicht allein, aber Evan versteht, was ich von ihm will. Er löst sich kurz von mir und zieht es sich mit einer Hand über den Rücken. Perfekt gebräunte Haut kam darunter hervor. Ich habe Evan bereits mit nacktem Oberkörper gesehen, aber heute nehme ich mir wirklich Zeit, diesen gottähnlichen Körper zu betrachten. Irgendwie hat der Kerl es geschafft, aus seinem Sixpack ein Eightpack zu machen. *Gott!* Ich fahre mit meinem Fingern die Muskeln entlang und er lehnt sich zurück und genießt, dass ich ihn berühre. Ich dränge mich gegen ihn, setze mich auf seinen Schoß, küsse seinen Hals und senke meinen Kopf auf seine muskelbepackte Brust. Ich nehme eine seiner Brustwarzen in den Mund, knabbere daran und setze meinen Weg weiter nach unten fort. Ein V weist mir den Weg, wo sich mein Ziel befindet. Von seinem Nabel zieht sich eine feine Spur aus Härchen nach unten und verschwindet unter seinen Shorts. Ich lasse meine Finger langsam an seinem Bauch hinabgleiten und will ihm gerade die Hose von der Hüfte schieben, als er mich zurück aufs Bett drängt.

»Nicht so schnell, Alice.«

Kaum hat er diese Worte ausgesprochen, küsst er mich wie verrückt. Währenddessen hilft er mir aus meiner Hose und meinem Slip. Er küsst sich einen Weg nach unten und vor Aufregung, was nun gleich passieren wird, spannt sich mein Körper an – und dann findet er mich mit Mund und Zunge und Fingern. Unbändige Lust flackert in mir auf, roh und scharf. Meine Hüfte bewegt sich in dem Rhythmus, den er mit seinen Fingern vorgibt, und ein zustimmendes Brummen treibt mich in Ekstase. Mein Körper zerspringt in tausend winzige Teile und setzt sich wieder neu zusammen, als ich mit seinem Namen auf meinen Lippen komme. Es war unglaublich.

Er kommt wieder zu mir und küsst mich verlangend. Ich kann meine Lust noch auf seinen Lippen schmecken, aber es macht mir nichts aus. Ich hebe meine Hand, um meine Finger über sein Kinn gleiten zu lassen, dann tiefer, über seine Kehle und Brust. Mein Blick wandert nach unten und ich erkenne die Beule in seinen Shorts. Ich lasse meine Hand tiefer gleiten, reibe mit ihr darüber und ein animalisch klingendes Knurren verlässt Evans Mund. Ich erhebe mich vom Bett und locke ihn mit meinem Finger, dasselbe zu tun. Angestachelt von den Geräuschen, die er von sich gibt, ziehe ich seine Shorts über seinen knackigen Hintern. Ich lasse mich auf meine Knie fallen und fahre langsam mit meinen Händen an den Außenseiten seiner Schenkel zu seinem Po. Sein Schwanz reckt sich mir noch mehr entgegen. Ein Lächeln stiehlt sich auf mein Gesicht, als ich bemerke, dass Evan genau so viel Spaß hat wie ich. Langsam komme ich ihm entgegen und nehme ihn in meinen Mund auf. Evan streicht mir ein paar verirrte Haarsträhnen zurück und stöhnt immer lauter.

»Fuck! Wenn du jetzt nicht aufhörst, ist das schneller vorbei als geplant«, schnauft Evan.

Ich will nicht aufhören, ich will ihn schmecken, also nehme ich ihn tiefer in meinen Mund und sauge stärker daran, bis er sich mit einem Stöhnen in meinem kommt.

Ich schlucke sein Sperma herunter. Er zieht mich auf meine wackligen Beine und küsst mich.

»Du bist einfach perfekt. Aber ich glaube, jetzt müssen wir etwas warten, bis ich das machen kann, was ich eigentlich mit dir machen wollte«, haucht er in mein Ohr und ein schiefes Grinsen stiehlt sich auf sein Gesicht.

Wir legen uns zurück auf mein Bett und ich kuschele mich eng an ihn.

»Du weißt, dass du jetzt zu mir gehörst?«, flüstert er, während er mit seinem Finger kleine Kreise auf meine Schulter malt.

»Ja!«, antworte ich glücklich und vollkommen entspannt. Ich hatte schon oft Sex, aber nie habe ich mich so glücklich und wohlgefühlt wie mit Evan.

»Gut«, sagt er und küsst mich auf meine Stirn. Ich drücke ihm einen Kuss auf seine Brust. Danach dauerte es nicht mehr lange, bis ich einschlafe.

Ich habe vermutlich nur ein paar Stunden geschlafen, bevor mich ein Geräusch aus der Küche weckt. Aber es war vermutlich der beste Schlaf meines Lebens. Ich öffne die Augen und bemerke, dass die andere Seite meines Bettes leer ist. Wäre ich nicht nackt unter meiner Decke, könnte ich glauben, ich habe mir die gestrige Nacht einfach eingebildet. Nur wo ist Evan? Er wollte doch mit mir zusammen sein, da bin ich mir sicher.

Ich entschließe mich, nicht den Teufel an die Wand zu malen, und ziehe mir rasch ein altes Top und meine Harry Potter-Shorts an. Danach tapse ich in die Küche.

»Guten Morgen, Schlafmütze!«, grüßt mich Vicky. Verschlafen sehe ich mich in der Küche um, entdecke den Kerl, der gestern meine Welt auf den Kopf gestellt hat, aber nicht.

»Er ist schon gegangen, weil er gleich in der ersten Stunde einen Kurs hat. Du sollst aber das Essen mit euren Großmüttern nicht vergessen. Und dich hübsch machen, sonst wird das mit der Hochzeit nichts! Das musst du mir bitte erklären!«, weiht sie mich über die Kücheninsel hinweg ein und reicht mir eine Tasse schwarzes Gold. Ohne Kaffee bin ich wirklich zu nichts fähig.

Nachdem ich ihr alles von der letzten Nacht erzählt habe, betritt ein verschlafener Tyler die Küche.

»Guten Morgen«, murmelt er in meine Richtung, geht auf Vicky zu und küsst sie auf die Wange.

»Guten Morgen, Babe. Hast du bitte Kaffee für mich?«

Babe? Da ist mir aber jemand noch eine Erklärung schuldig. Ich ziehe meine Augenbrauen in die Höhe und sehe die beiden an.

»Tyler, schön, dass du meine beste Freundin endlich für dich entdeckt hast« – ein dreckiges Grinsen erscheint auf seinem Gesicht – »aber könntest du bitte verschwinden? Meine Freundin muss mir einige Dinge erklären. Danke«, vermittele ich ihm.

»Okay!?«, antwortet er, küsst Vicky nochmal auf die Wange und verspricht, sich bei ihr zu melden.

»Seid ihr jetzt zusammen?«, feuere ich los, als die Haustür ins Schloss gefallen ist.

Vickys Wangen nehmen einen leichten roten Schimmer an und sie nickt.

»Er hat mir gestern, nachdem ich zu ihm auf die Couch gekrochen war, gestanden, dass er schon länger auf mich steht!«, quietscht sie vergnügt.

»Siehst du, er hat dich gesehen. Ich freue mich riesig für dich!«

Wir hüpfen albern auf und ab durch die Küche.

»Sag mal, wo ist eigentlich Chloe?« Ich gehe hinüber zur Küchentheke und trinke einen Schluck aus meiner Tasse.

»Sie ist auch schon in der Früh abgehauen, sie hat aber furchtbar ausgesehen. Ich hoffe, es geht ihr schon besser«, meint Vicky.

Wir haben heute nur die Standardkurse, aber auch die können mit einem Kater anstrengend werden.

EVAN ALEXANDER THEODOR THOMPSON

Nervös tigere ich vor meinem Schrank auf und ab.
»Was soll ich bloß anziehen?«, frage ich mich selbst.
»Da ich mir schon dachte, dass du nichts hast, was zu
meinem rauchgrauen Oberteil passen würde, habe ich
mir erlaubt, dir etwas mitzubringen«, vernehme ich
Evans rauchigen Timbre hinter mir.

Ich drehe mich um und da steht er, gekleidet in einem
hellgrauen Hemd mit schwarzer Krawatte, über das er
einen rauchblauen Pullover trägt. Dazu trägt er eine
schwarze Chino, die seinen Po besonders zur Geltung
bringt. Über seinem Arm hat er einen Kleidersack. Er
hängt ihn an meine Garderobe und öffnet ihn.
Darunter kommt ein schwarzes, schulterfreies
Cocktailkleid zum Vorschein.

Ich streiche vorsichtig mit meinen Fingern über den
Stoff und nehme das Kleid aus der Hülle. Ich
verschwinde damit ins Bad und ziehe es an. Es passt
wie angegossen und schmeichelt meiner Figur. Meine
roten Haare habe ich bereits zu großen Locken
gedreht, die sanft auf meinen Rücken fallen. Nachdem

ich mein Make-up nochmal im Spiegel kontrolliert habe, gehe ich zurück zu Evan.

»Du siehst wunderschön aus. Heute kann deine Grandma nichts an dir auszusetzen haben.«

Meine Wangen färben sich von seinem Kompliment rot.

»Danke, aber Elisabeth findet immer etwas an mir auszusetzen«, meine ich nur und ziehe meine schwarzen Pumps an.

Vor dem Haus steht ein blauer Mustang Shelby GT. Die Augen fallen mir beinahe aus dem Kopf. Staunend umrunde ich das Baby und lasse meine Hand vorsichtig über den Lack gleiten.

»Meinst du, der passt für heute?«, fragt mich Evan belustigt.

»Passen? Bist du irre? Sieh dir dieses Baby mal an! Das ist der absolute Hammer! Darf ich fahren? Bitte?«, sprudelt es aus mir heraus.

Evan zieht die Augenbrauen nach oben und sieht mich mit einem Grinsen an.

»Sorry, Alice, aber diesen Wagen darf nicht mal Alfred fahren. Den fahre nur ich, also steig ein.«

Etwas enttäuscht, dass ich den Wagen nicht fahren durfte, steige ich ein. Ich sehe zu Evan und sauge seinen Anblick in mir auf. *Er ist so sexy, mit seinem markanten Kinn und dem leichtem Bartschatten darüber.* Wenn ich daran denke, wie er sich zwischen meinen Beinen angefühlt hat, steigt wieder Hitze in mir auf.

»Einen Penny für deine Gedanken«, reißt er mich aus meinen Tagträumen. »Niemals. Meine Mauern sind undurchdringbar« sage ich mehr zu mir selbst als zu ihm und sehe ihn weiterhin verliebt an.

»Wir sind bald da, könntest du also bitte aufhören, mich mit Blicken zu vögeln? Ansonsten schaffen wir es beide nicht pünktlich zu diesem Essen. Denn glaub mir, das nächste Mal werde ich mir Zeit lassen«, prophezeit er mir und meine Wangen glühen.

Ich schlucke und drehe meinen Kopf zum Fenster. Ich erkenne bereits von Weitem ein wahnsinnig schönes Anwesen, das locker mit dem meiner Großeltern konkurrieren kann.

»Wow, es ist wunderschön. Bist du hier aufgewachsen?«

Er sieht mich an und schüttelt den Kopf.

»Nein, das ist das Anwesen meiner Großeltern, das meiner Eltern befindet sich etwa zwei Kilometer entfernt, am angrenzenden Grundstück. Aber ich werde es dir zeigen, bevor wir heiraten. Du musst ja wissen, auf was du dich einlässt«, sagt er und grinst mich an.

Am Haupttor angekommen drückt Evan einen Knopf und eine metallisch klingende Stimme ertönt.

»Name und Grund des Aufenthalts?«

Ich sehe ihn verwirrt an. Er zuckt bloß mit den Schultern.

»Evan Alexander Theodor Thompson. Das Essen mit Lady Thompson«, spricht er ruhig und deutlich. Das Tor schwingt langsam auf.

»Und wann wolltest du mich von deinem ganzen Namen in Kenntnis setzen, Evan Alexander Theodor?«, kichere ich, als sich der Wagen wieder in Bewegung setzt.

»Das werde ich jetzt nicht mehr los, oder?«, schnaubt er.

Ich schüttele meinen Kopf.

»Das sind die ersten Vornamen meiner Großväter und nur meine Grandma benutzt sie. So, jetzt noch eine kleine Verhaltensregel: Sprich sie bitte immer mit Lady an, außer sie bietet dir ihren Vornamen an, was ich schon glaube. Meine Grandma ist ein bezaubernder Mensch und macht dieses Theater mit Titel und dem ganzen Zeug nur vor Angestellten und Fremden. Ansonsten sei einfach du selbst«, rät er mir.

Gut, dass er das noch erwähnt. Denn das Letzte, was ich will, ist, dass mich seine Großmutter auch nicht leiden kann. Eine unleidliche alte Hexe reicht mir.

Als wir den Vorderbereich des Hauses erreichen, stehen unsere Großmütter bereits an der Treppe und erwarten uns.

Evan stoppt den Wagen, steigt aus, umrundet den Wagen und öffnet mir galant die Tür, bevor einer der Butler die Chance dazu bekommt. Ich höre meine Großmutter bereits verzückt seufzen.

»Guten Abend, die Damen. Ratsmitglied Lady Miller.« Er reicht ihr die Hand und schüttelt sie.

»Du sollst mich doch Elisabeth nennen, Evan. Es ist schön zu sehen, dass meine Enkelin endlich den richtigen Anschluss gefunden hat«, erwidert sie freundlich, kann sich den Seitenhieb in meine Richtung aber nicht verkneifen.

Evan nickt nur und kommentiert es nicht weiter. Er dreht sich zu seiner Grandma um und küsst sie auf die Wange.

»Grandma, darf ich vorstellen – das ist Alice Foster, meine Freundin.«

Ich gehe auf die Dame zu und reiche ihr ebenfalls die Hand.

»Es freut mich sehr Sie kennenzulernen, Lady Thompson«, spreche ich mit zittriger Stimme.

»Nenn' mich dich Charlotte, Liebes.«*Danke! Sie mag mich!*

»Gerne, Charlotte. Danke für die Einladung.«

Danach gehe ich auf Elisabeth zu, setze mein größtes falsches Lächeln auf und strahle sie an.

»Hallo, Oma. Schön, dich zu sehen.«

Ich hoffe, sie versteht meinen Sarkasmus.

»Lasst uns in den großen Saal gehen. Dein Großvater kann uns heute leider keine Gesellschaft leisten, da der Rat seine Hilfe benötigt. Weißt du, Liebes, Theodor hat eine besondere Gabe, er kann wie unser Evan telepathisch mit anderen kommunizieren.«

Wir folgen der Lady durch das Anwesen, es ist von drinnen genauso stilsicher eingerichtet, wie es von außen wirkt.

»Grandma, ich bin aber noch lange nicht so gut wie Opa Theodor«, stöhnt Evan.

Ich muss mir ein Kichern verkneifen. Es ist einfach nicht zu übersehen, wie stolz Charlotte auf ihren Enkel ist.

Wir kommen an verschiedenen Türen vorbei, bis wir eine doppelflügelige Tür erreichen. Ein Butler öffnet sie und dahinter kommt ein wunderschöner Saal zum Vorschein, in dem sich eine lange Tafel befindet. Die Tafel ist bereits für vier Personen gedeckt, zwei Gedecke auf jeder Seite. Evan nimmt meine Hand und führt mich durch den Raum. Wir setzen uns. Evan neben mir, meine Großmutter mir gegenüber. Unter dem Tisch lasse ich Evans Hand nicht los. Ich brauche seine Unterstützung, wenn ich dieses Essen überstehen soll. Nicht, weil seine Grandma mich nicht mag, sondern meine. Nachdem die Getränke serviert wurden, folgt auch schon der erste Gang.

Das Essen ist gut verlaufen. Keine Sticheleien seitens meiner Großmutter oder sonstige Auffälligkeiten. Wir haben angeregt mit Charlotte geplaudert. Sie lädt mich und Evan am Abend vor dem Ball zum Dinner ein, damit ich auch den Rest der Thompson kennenlernen kann. Bis dahin ist es noch circa einen Monat. Vielleicht hat es Evan ernst gemeint, dass die beiden bereits unsere Hochzeit planen. Trotzdem freue ich mich darüber. Noch mehr als ich gesehen habe, wie meine Großmutter für eine Sekunde das Gesicht verzogen hat.

Plötzlich kommt mir ein Gedanke. Die beiden können in die Zukunft sehen. Haben sie gesehen, dass Evan und ich heiraten werden? Und warum hat meine Großmutter das Gesicht so verzogen? Sie mag Evan doch anscheinend. Aber bei dieser Frau weiß man nie.

»Liebes? Alles in Ordnung?«, fragt mich Charlotte mit besorgtem Gesichtsausdruck.

»Ja, danke«, beeile ich mich zu antworten.

Ich weiß, sie dürfen mir nicht verraten, was sie gesehen haben, denn das nimmt immer ein schlimmes Ende. Evan sieht mich stirnrunzelnd an und ich schüttele nur kurz den Kopf.

»Wir müssen dann auch schon los. Liz und ich haben in einer Stunde Blocken zwei. Sie hat durch ihre überragende Leistung, bereits Blocken eins übersprungen« gibt Evan vor unseren Großmüttern mit mir an.

Evan greift bereits meine Hand, als meine Großmutter das Wort an uns richtet.

»Blocken zwei? Davon hast du mir gar nichts erzählt. Wie bescheiden sie immer ist, das hat sie eindeutig von ihrem Großvater«, meint sie verzückt.

Mir kommt fast wieder das Essen hoch.

»*Woher will sie das auch wissen!? Sie interessiert sich ja nicht für mich!,*« lasse ich Evan in Gedanken wissen. Er schmunzelt und erklärt noch kurz, wie es dazu gekommen ist. Danach verabschieden wir uns und gehen durch die Räumlichkeiten zum Auto.

»War doch gar nicht so übel, oder?«, fragt er verschmitzt.

Ich sehe ihn unglaubwürdig an und sinke in meinen Sitz.

»Deine Grandma ist umwerfend. Wenn wir nur mit ihr gegessen hätten, wäre es wundervoll gewesen. Aber Elisabeth ist und bleibt eine alte Hexe.«

Er startet den Motor und beginnt zu Lachen.

»Evan?«

»Hmm?«, gibt er von sich und lugt leicht zu mir.

»Kennen die beiden unsere Zukunft? Ich meine, weil deine Großmutter mich heute zum Dinner eingeladen hat, und so. Meinst du das mit der Hochzeit ernst?«

Ich muss das einfach wissen, denn sollte es kein Scherz sein, verfalle ich vermutlich in Panik und laufe Amok.

»Keine Ahnung, meine Grandma kann nicht in die Zukunft sehen. Keiner weiß, warum, aber es ist einfach so. Aber Elisabeth kann bewusst in die Zukunft sehen. Deswegen – und nur deswegen – ist sie noch immer im Rat, obwohl man eigentlich mit fünfzig ehrenvoll entlassen wird. Sie könnte etwas wissen, aber sie wird uns darüber nichts verraten«, gesteht er mir.

Völlig baff fällt mir die Kinnlade runter. Meine eiskalte Großmutter ist mit einer so besonderen Gabe gesegnet und die entzückende Charlotte nicht. Ich verstehe die Welt nicht mehr.

Am Nachmittag habe ich noch zwei Kurse, Blocken zwei und das erste Mal Sehen. Blocken zwei ist wesentlich anstrengender, denn der Prof. will, dass wir in unserer Mauer ein Fenster einbauen, um Gedanken gefiltert preiszugeben. Ich kann mir problemlos vorstellen, wie ich ein paar Steine entferne und ein Fenster einbaue. Davor schiebe ich noch zusätzlich einen Riegel, damit, wenn es geschlossen ist, nichts nach außen dringt. Ich öffne das Fenster immer wieder nur einen spaltbreit und denke an alles, was heute passiert ist, will aber nur die Einladung von Charlotte durchlassen. Evan stöhnt.

»Du lässt noch immer alles hinaus und erschlägst mich damit fast. Ich weiß, dass es schwierig ist, aber vielleicht versuchst du, vor deinem Fenster sowas wie ein Gitter anzubringen, das nur die Gedanken rauslässt, die du möchtest, so wie ein Sieb.«

Ich probiere es gleich aus, und das ganze Spiel beginnt von vorne.

„Sehr gut, es ist jetzt weniger.«

Vielleicht ist das Gitter einfach noch zu grob, also versuche ich eines mit engeren Maschen. Professor Scott bemerkt unsere Fortschritte und kommt auf uns zu.

»Wie ich sehe, funktioniert es schon ganz gut. Miss Foster, lassen Sie ihr Fenster bitte geöffnet, lassen aber nur Mister Thompson in ihren Geist«, fordert der Professor.

Wie meint er denn das schon wieder?

Wir arbeiteten alle in Zweierteams, ergo will nur Evan in meinen Geist.

»Mister van Lose, bitte versuchen Sie, in den Geist von Miss Foster einzudringen«, bittet er Hunter.

Hunter kommt auf uns zu und setzt sich zu uns an den Tisch. Seine Partnerin bleibt einfach auf ihrem Stuhl sitzen.

»Professor Scott, ich möchte nicht, dass Hunter in meinen Geist eindringt. Kann das bitte jemand anderes machen?«, frage ich höflich, doch meine Frage wird einfach übergangen und beide beginnen, an meiner Mauer zu zerren.

Ich versuche das Gitter so zu formen, dass nur Evans Geist durchpasst, aber immer, wenn ich die Form ändere, huscht auch Hunters Geist hindurch. Bevor er meine Gedanken aber lesen kann, werfe ich beide aus meinem Kopf. Immerhin das funktioniert schon ganz gut.

Nach einer Stunde ist der Kurs vorbei und ich bin wahnsinnig erschöpft. Nun geht es für Evan weiter in Lesen, ich habe das erste Mal Sehen. Draußen vor der Tür wartet bereits Vicky auf mich und begleitet mich in den Raum, wo der Kurs stattfindet. Sie hat heute nur diesen einen Kurs. Da Blocken eins ebenfalls von Professor Scott unterrichtet wird, findet Blocken zwei immer an einem anderen Tag statt. Normalerweise hat man im ersten Jahr nie zwei Kurse hintereinander, aber ich bin anscheinend wieder eine Ausnahme.

Wir nehmen an einem Tisch in der ersten Reihe Platz und Vicky rutscht unruhig auf ihrem Hintern hin und her. Sie ist schon seit Tagen nervös, da ihre Visionen nun in regelmäßigen Abständen kommen und sie will sie einfach nur kontrollieren. Bei mir sind sie bisher ausgeblieben, obwohl ich das Amulett nicht mehr trage, aber Evan meint, die Gaben würden sich bei jedem unterschiedlich entwickeln.

»Guten Tag, die Damen. Heute werde ich Sie in die Theorie des Sehens einweisen«, verrät uns Professor Cray.

Ein kollektives Stöhnen flutet den Raum. Also sind Vicky und ich nicht die einzigen, die Theorie hassen.

»Sie lernen heute die Grundregeln, die Sie bitte nie und unter keinen Umständen brechen sollen, dies kann schwerwiegende Folgen für die betroffene Person haben.«

Sie nimmt sich einen Marker und schreibt folgendes auf das Whiteboard:

NIEMALS MIT BETROFFENEN PERSONEN ÜBER DAS GESEHENE SPRECHEN! AUSNAHME: WENN ES UM DAS LEBEN BESAGTER PERSON GEHT, DÜRFEN SIE EINGREIFEN.

»Das bedeutet für Sie, auch wenn Sie mit der betroffenen Person befreundet sind, dürfen Sie ihr nichts sagen! Die Person könnte versuchen, ein zukünftiges Ereignis zu verhindern oder zu erzwingen. Wir sehen Fragmente der Zukunft, Bruchstücke! Seien Sie sich dessen stets bewusst!«

Ich sehe zu Vicky, die fleißig alles in ihr Notebook tippt. Ich werde sie nach der Stunde bitten, mir Kopien zu schicken.

Ich hebe den Arm, weil ich nicht ganz verstanden habe, wie das mit dem Eingreifen in besagter Notsituation aussehen soll.

»Ja, Miss Foster?«, fragt sie mich.

»Wenn wir nicht mit der betroffenen Person über das Gesehene reden sollen, wie können wir dann eingreifen, wenn das Leben der Person in Gefahr ist?«, frage ich und runzele die Stirn. Ihr Gesicht erhellt sich.

»Ausgezeichnete Frage, Miss Foster. Sie dürfen trotzdem unter keinen Umständen mit der Person darüber sprechen! Entweder holen Sie eine Person aus der zehnten Kaste zur Hilfe, oder versuchen weiter, in das Fragment einzutauschen, um die Situation genauer erfassen zu können und dann die Gegebenheit zu ändern. Zum Beispiel sehen Sie, dass Miss Bishop von einem Auto überfahren wird, weil sie eine rote Ampel übersieht. Dann können Sie sie in Ihrem Fall entweder woanders hinlenken, zu einer anderen Kreuzung beispielsweise, oder versuchen, Sie anzurufen und irgendwie zum Stehen bleiben zu bringen«, erläutert Professor Cray.

Sie nimmt wieder den Stift und schreibt noch etwas an die Tafel.

DIE ZUKUNFT DARF NICHT ZUM EIGENEN VORTEIL AUSGENUTZT WERDEN.

»Damit sind allgemeine wie auch personenbezogene Vorhersehungen gemeint, sie dürfen daraus keinen persönlichen Nutzen ziehen. Dies betrifft besonders die Damen der zehnten Kaste! Zum Beispiel sehen Sie die Fragen und Antworten der Abschlussprüfung, dann wären Sie dazu verpflichtet, dies dem zuständigen Professor zu melden. Keine Sorge, unser Lehrkörper besteht zu einhundert Prozent aus den Kasten Neun und Zehn. Ebenso dürfen Sie die Prüfungen beziehungsweise den Professor nicht zu Ihren Gunsten beeinflussen. Diese Regel wird mit schweren Strafen geahndet, diese finden Sie auf der Seite zweihundertzehn in Ihrem Buch. Danke, das war es für heute!« Mit diesen Worten entlässt sie uns.

»Wie lahm war diese Stunde? Das wissen wir doch schon alles von unseren Müttern. Schwachsinnig, dass sie dafür eine ganze Unterrichtseinheit verschwenden. Die meisten von uns haben doch schon regelmäßig Visionen!«, echauffiert sich Chloe, die sich nach dem Unterricht an unsere Seite heftet.

»Chloe!«, blafft Vicky sie an und deutet mit einem Nicken auf mich. Schockiert sieht sie mich an.

»Oh! Sorry, Liz, das habe ich vergessen. Tut mir leid«, entschuldigt sie sich rasch.

Ich zucke nur mit den Schultern, ich verstehe sie ja. Wir wollen alle, dass es losgeht.

Heute begleitet uns Chloe nicht bis nach Hause, da sie zum Training muss, und auch Vicky hat noch einen Kurs.

Wie die Frau noch Zeit zum Lernen findet, werde ich nie verstehen. Sie belegt mehr Kurse als irgendwer sonst und meint, wenn man sie fragt, warum, nur, dass sie sich nicht entscheiden konnte. Ich bin schon froh, wenn ich mit den zusätzlichen Kursen zurechtkomme. Zu Hause verkrümele ich mich in meinem Zimmer und beginne endlich mit dem Essay für den Literaturkurs.

ENTFÜHRUNG MIT FOLGEN

Mitten in der Nacht riss mich ein penetrantes Geräusch aus meinen Träumen. Ich öffnete meine müden Augen und erkannte, dass mein Handy dieses widerwertige Piepsen von sich gab. Stöhnend reckte ich mich dem kleinen Nachttisch entgegen, griff nach meinem Telefon und drückte auf den grünen Hörer. „Alice?" Am anderen Ende war eine völlig panische Vicky. Sofort war ich hellwach. „Was ist los Vicky? Wo bist du?", rief ich in den Hörer. „Ich weiß es nicht! Sie haben mich einfach mitgenommen und lassen mich nicht mehr gehen! Ich habe Angst Liz." Hektisch stand ich vom Bett auf und zog mir meinen Pullover über mein Schlafshirt. „Wer sind sie? Schick mir deinen Standort! Ich komme dich holen!" – „Ich habe ihn dir geschickt. Bitte komm ..." Dann war die Verbindung weg. Ich stürmte aus der Tür und lief bereits los. Vicky befand sich immerhin noch auf dem Gelände des Colleges. Ich bog gerade um die Ecke, als ich gegen eine harte Wand aus Muskeln stieß. „Na wen haben wir denn da?" Ich trat einen Schritt zurück. Hunter stand vor mir. Es war egal, was er mir angetan hatte. Seine Schwester war in Gefahr und er war wesentlich furchteinflößender als ich. „Es geht um Vicky. Irgendwer hält sie fest! Komm schnell!", japste ich. Sofort kam Leben in Hunter und er lief mir hinterher. „Was meinst du damit?", rief er, während ich so schnell rannte wie mich meine Füße trugen. „Ich weiß es nicht verdammt! Sie hat mich gerade völlig panisch angerufen und dann war die Verbindung weg. Sie hat mir aber noch ihren Standort schicken können." Ich streckte ihm während wir weiter liefen das Handy entgegen. „Das ist im alten Physiklabor. Das wird seit Jahren nicht mehr benutzt und wird bald abgerissen, weil es baufällig ist! Fuck! Ich bringe diese Wichser um!", schrie er durch die Nacht. Ich zuckte unmerklich zusammen. Etwa fünf Minuten kamen wir bei besagtem Gebäude an. Wir kletterten unter der Absperrung durch und hockten uns an eine halb eingefallene Wand. „Warte hier!", befahl er mir und war bereits aufgestanden. „Sonst noch Wünsche du Vollarsch? Natürlich komme ich mit dir mit!" Ich erhob mich ebenfalls „Na gut. Aber halt deine Mauern oben! Wenn es Neuner oder Zehner sind, hören sie deine Gedanken schon von weitem. Wenn wir uns trennen müssen, oder uns verlieren, mach dein Fenster einen Spalt breit auf damit ich weiß wo du bist und falls du Vicky zuerst findest. Bleib dicht hinter mir.", erklärte er mir seufzend. Ich nickte zustimmend und wir schlichen uns langsam in das Gebäude. Es war wirklich baufällig und roch modrig. Man erkannte noch Teile der Fliesen an den Wänden, aber die meisten waren bereits heruntergebrochen. Plötzlich blieb Hunter vor einer Tür abrupt stehen. Er deutete mir mit seinen Zeigefinger vor der Lippe an mich ganz leise zu verhalten. *Als ob ich darauf nicht selbst gekommen wäre, Arschloch!* „Das ist nicht die richtige, ihr Vollidioten!", schrie eine Stimme aus dem inneren des Raumes. „Es war finster, C. Sie hatte ein Beanie auf. Wir konnten ja nicht wissen, dass das nicht unser Ziel war.", versuchte sich der andere anscheinend rauszureden. „H wird uns umbringen, wenn er das spitzkriegt. Und das wird er! Verdammt!" Hunter schlich leise und konzentriert weiter. Irgendetwas stimmte nicht, er war viel zu sicher wo er hin musste. Das war mehr als nur seltsam. Irgendwann blieb Hunter stehen. Wir standen vor einer Kreuzung und er überlegte anscheinend ob wir nach links oder rechts mussten. „Warum kennst du dich hier drinnen so gut aus?", flüsterte ich ihm fragend zu. Er drehte sich zu mir um. „Mein Vater hat hier gelehrt und ich habe ihn öfters begleitet. Es gibt hier eigentlich nur zwei Räume, die in Frage kommen würden. Und zwar eins der Labore im Keller. Da runter zu kommen würde aber mit einer sich wehrenden Person sehr schwierig sein. Und das Büro im hinteren Teil, dafür müssten wir hier links. Aber der Boden sieht nicht mehr sehr stabil aus. Gott! Ich bringe diese Bastarde langsam und qualvoll um.", stöhnte er. „Bleib dicht hinter mir und versuch nur dort hinzutreten wo ich hintrete. Ich habe keine Lust, dass hier alles zusammenbricht.", schnauzte er mich an. Ich schob es auf die Angst um seine Schwester, wusste aber das Hunter einfach so war. Hunter ging los und ich folgte im wortwörtlich auf Schritt und Tritt. Wir kamen an einer Tür an und Hunter öffnete sie vorsichtig. Dahinter entdeckten wir eine gefesselte und weinende Vicky. Ich lief zu ihr und nahm sie in meine Arme. Als sie endlich ihre Augen öffnete schluchzte sie auf. „Oh Gott sei Dank!" Hunter machte sich inzwischen an den Seilen zu schaffen und hob sie aus meiner Umarmung in seine Arme. „Geht es dir gut? Wer war das?", verlangte er nachdem er sie kurz auf Verletzungen untersucht hat. In diesem Moment war nichts von dem besitzergreifenden und egoistisch. Jetzt war er nur der große Bruder und der Kerl, den ich vor nicht allzu langer Zeit kennen gelernt hatte. „Sie haben mir nichts getan, Hunter. Ehrlich. Können wir jetzt bitte hier raus?", flüsterte Vicky mit zittriger Stimme. Wir verließen das Gebäude über den gleichem Weg, den wir gekommen sind nach draußen. Hunter ging voran, Vicky in der Mitte und ich bildete das Schlusslicht.

Hunter hatte uns sicher zurück in unseren Bungalow gebracht und uns beide auf die Couch verfrachtet. „Vicky? Ich weiß es war ein langer und schwerer Abend für dich, aber kannst du uns die Typen beschreiben? Haben sie was gesagt?", redete Hunter ruhig auf sie ein. Lange sagte sie kein Wort. Sie starrte Hunter an und eine Träne löste sich aus ihrem Augenwinkel. Er nahm sie wieder in seine Arme und

strich ihr beruhigend über den Rücken. „Sie haben gar
nichts gesagt.", schniefte sie. „Aber sie trugen die
Masken, Hunter. Solche von denen uns Grandma
immer erzählt hat. Weiße Fuchsmasken mit einen
dritten Auge auf der Stirn. Glaubst du es passiert?"
Ängstlich kuschelte sie sich weiter in Hunter's Arme
und vergrub ihr Gesicht an seiner Kuhle am Hals.
„Shh... Das war sicher nur ein blöder Scherz. Dir wird
nichts passieren. Ich werde immer auf dich aufpassen.
Das weißt du doch, oder?", fragte er und sie nickte
zögerlich an seiner Brust. „Komm bringen wir dich in
dein Bett. Ich bleibe heute Nacht hier.", kündigte er
mit einem kurzem Blick in meine Richtung an. Was so
viel bedeutete du hast jetzt gerade nichts zu melden.
Und ganz ehrlich, so sehr mich das auch störte, er war
Vickys Bruder und sie brauchte ihn jetzt dringender als
mich. Er erhob sich vom Sofa und trug sie in ihr
Zimmer. Allein blieb ich im Wohnzimmer zurück,
kontrollierte nochmal ob alle Ein- und Ausgänge
versperrt waren und kuschelte mich wieder auf der
großen Couch ein. Ich war gerade dabei weg zu
dämmern, als ich bemerkte wie jemand den Raum
betrat. Hunter setze sich zu mir auf die Couch. „Sie ist
gerade eingeschlafen.", seufzte er und lehnte sich
zurück. „Was meint sie mit den Masken? Kannst du
mir das bitte erklären?", fragte ich ihn. „Unsere
Großmutter hat uns immer die Geschichte vom
Nogitsune erzählt. Dort haben die Anhänger immer
solche Masken getragen. Dem dritten Auge auf einer
Maske, wird in der japanischen Mythologie gewisse

Macht zugesprochen. Unsere Grandma stammt aus einem kleinen Dorf in Japan und ist mit diesen Geschichten groß geworden. Sie hat sie uns dann immer erzählt. Das ist nur eine Legende, Kleines." Beim Klang meines alten Spitznamens lief mir ein Scheuer über den Rücken. Es fühlte sich nicht mehr richtig an, wenn er mich so nannte. „Was zum Teufel ist ein Nogitsune?" – „Ein Nogitsune ist ebenfalls ein Fuchsgeist so wie wir." Ich warf ihm einen Blick zu, der so viel sagen sollte wie, *Das habe ich mir schon gedacht, Schlaukopf.* „Na gut ich erzähle dir die Geschichte. Es gab einmal ein verliebtes Paar. Beide waren Fuchsgeister. Sie waren für sehr lange Zeit glücklich, doch Hiyori war eine Prinzessin und der Junge war bloß ein einfacher Bauerssohn. Der Vater des Mädchens erfuhr von der eifersüchtigen Schwester, von der Beziehung der beiden und ließ den Jungen hinrichten." Geschockt sah ich zu ihm. Ist das sein scheiß Ernst. „Ja ich weiß. Aber so hat sie unsere Großmutter immer erzählt. Also hör zu! Das Mädchen wurde so verbittert das sie alle ihre Schweife verlor und irgendwann wurde ihre Seele schwarz wie Pech. Sie wurde ein Nogitsune und sammelte Anhänger um sich. Menschen die ebenfalls von ihrem Vater zu Unrecht behandelt worden waren. Diese Leute nannten sich ab sofort Yako. Sie trugen weiße Fuchsmasken mit einem dritten Auge auf der Stirn. Hiyori griff eines Tages mit dem Clan, die Stadt ihres Vaters an und tötete diesen und ihre Schwester. Sie wurde zur Königin gekrönt. Doch ein Nogitsune, gibt sich mit nichts zufrieden. Er verlangt immer nach mehr Wut und Zerstörung. Denn er lebt davon. Einmal von einem Nogitsune besessen, wird man ihn nicht mehr los. Er ist dann ein Teil von dir. Nachdem Hiyori alles zerstört hat was ihr im Weg stand und nicht mehr viel übrig war kam ein Mädchen, sie war noch ein sehr junger Fuchsgeist, und hatte die besondere Gabe in die Vergangenheit zu sehen und diese zu verändern. Diese Gabe nennt sich auch Sakura, die Kirschblüte. Sie berührte die Königin und veränderte ihre Vergangenheit. Hiyori fiel in einem traumlosen Schlaf und erwachte an der Seite des Jungen, den sie einst geliebt hatte. Sie lebten glücklich und wurden sehr alt. Die Prinzessin wartete all die Jahre, bis das Mädchen geboren wurde, denn sie wollte sich bei ihr bedanken. Doch sie wartete vergebens. Das kleine Mädchen hatte ihr Leben für das der Prinzessin geopfert, damit sie glücklich sein konnte.", endete er mit leiser Stimme. Eine einzelne Träne rann mir über die Wange und ich strich sie hastig mit meinem Handrücken weg. „Das ist eine sehr traurige Geschichte. Aber glaubst du, dass es wieder einen Nogitsune gibt. Wie Hiyori?" Ich hatte mich weiter in die Decke gekuschelt und lugte nur mehr mit meinem Gesicht daraus hervor. „Nein Kleines. Das ist nur eine Geschichte. Da hat sich sicher jemand nur einen Scherz erlaubt. Ich werde morgen alles mit deinem Onkel besprechen und er wird die Täter schon finden. Mach dir keine Sorgen." Er strich mir mit seiner Hand eine Strähne hinter mein Ohr und ich zuckte zusammen. „Hunter nicht! Danke dass du mir die Geschichte erzählt hast, aber das ändert nichts an uns." Ich stand von der Couch auf und ging mit leisen Schritten in mein Zimmer. Ich nahm mein Handy in die Hand und schielte auf das Display. Es war bereits nach Mitternacht. Da ich aber nicht müde war und sicher nicht einschlafen konnte, schrieb ich Evan eine Nachricht.

Liz: Bist du noch wach?

Ich wollte mein Handy gerade zurück auf den Nachttisch legen, da erschienen drei blinkende Punkte unter Evan's Bild.

Evan: Jetzt schon. Alles klar bei dir?

Ich erzählte ihm von Vickys Entführung und von Hunter's Geschichte.

Evan: Wie geht es V? Ja Ihre Grandma stammt aus Japan und auch bei uns ist dieses Märchen sehr bekannt. Aber ich glaube einfach nicht, dass es nur eine Geschichte ist. Immerhin, hätte auch niemand geglaubt, dass es auch uns gibt.

Da hatte er nicht ganz Unrecht. Vor ein paar Wochen hätte ich das Ganze ebenfalls als Geschichte abgestempelt. Aber dafür war einfach schon zu viel passiert. Evan's Kreis veränderte seine Farbe von grün, zu Rot und ich wusste, dass er eingeschlafen war. Ich ließ mich in die Kissen fallen und schloss meine Augen.

Am nächsten Morgen weckten mich helle Sonnenstrahlen auf meinem Gesicht. Ich habe gestern wohl vergessen die Vorhänge zuzuziehen. Stöhnend rollte ich mich aus dem Bett und schlürfte in mein Badezimmer. Nachdem ich geduscht und in ein Handtuch gewickelt in mein Zimmer zurück ging, sah ich Evan bereits auf meinem Bett liegen. „Hey meine Schöne. Wie geht es dir? Und warum liegt der Volltrottel bei euch auf der Couch?" Er setzte sich auf und stützte sich auf seinen Unterarmen ab. Dadurch traten seine verführerischen Armmuskeln hervor und am liebsten hätte ich sie abgeschleckt. „Morgen. Können wir zuerst mal einen Kaffee trinken? Davor bin ich wie du weißt unbrauchbar." Ich ließ mein Handtuch fallen und hörte ein gequältes Stöhnen. „Kaffee? Ja klar. Ich weiß genau was du brauchst." Langsam kam er auf mich zu und schlang seine Arme um meinen Körper. Kurz ließ ich mich an ihm fallen und genoss seine Nähe, aber ich wusste auch dass wir reden mussten. Und zwar jetzt! Also drückte ich ihn sanft von mir weg, griff in meinen Kasten nach etwas anzuziehen. Er ließ mich gewähren, aber in seinen wunderschönen grauen Augen sah ich das Verlangen, das ihn gerade beherrschte. „Du machst es uns aber auch verdammt schwer, aber du hast Recht. Lass uns dir einen Kaffee holen.", raunte er an meinem Ohr.

In der Küche tranken wir beide eine Tasse, heißes schwarzes flüssiges Gold. Hinter uns räusperte sich jemand und zwang Evan und mich damit uns umzudrehen. Hunter stand in der Tür. „Es geht ihr gut! Sie schläft noch. Ich werde heute bei ihr bleiben.", sagte er sachlich vor sich her. Und als hätte er Evan erst jetzt bemerkt, verdrehte er seine Augen. „Ach der Goldjunge auch schon da! Wo warst du gestern, als sie dich gebraucht hat, hm? Da war ich bei ihr. Ich habe ihr die Geschichte erzählt und sie beschützt. Du hast sie nicht verdient!", schrie er ihn fast an. Keine Ahnung was in ihn gefahren war, aber das konnte er doch nicht einfach sagen. Hinter mir verkrampfte sich Evan und spannte seine Muskeln an. „Hört auf! Alle beide! Es ist gestern nichts passiert. Und das wisst ihr beide auch. Außerdem wurde nicht ich entführt, sondern Vicky. Also warum können wir uns nicht eine Minute zusammenreißen?", versuchte ich zu vermitteln. Doch wie immer, wenn es um die beiden ging, war das völlig nutzlos. Sie zankten sich weiter, schrien sich an. Irgendwann nachdem sie mich nicht mehr wahrnahmen, beschloss ich schon mal zu allein loszugehen. Ich war gerade auf dem Weg zur Tür, als diese plötzlich aufgerissen wurde und Typen mit Fuchsmasken das Haus stürmten. Sie warfen komische Rauchbomben in den Raum und langsam wurde mir schwindlig und meine Augen wurden schwer und fielen mir zu. Ich hörte Evan und Hunter noch nach mir rufen, aber ich konnte ihnen nicht mehr antworten.

Als ich wieder aufwachte, erkannte ich nicht sofort wo ich war. Was auch daran liegen könnte, dass ich nicht mehr zu Hause war. *Verdammte Scheiße! Wo war ich da nur wieder reingeraten? Wirklich toll!* Von wegen nur eine Geschichte. Ganz offensichtlich gab es die Yako mit den Fuchsmasken doch. Die Erinnerungen an den Rauch der plötzlich den Raum geflutet hatte, stieg mir in den Kopf und ich versuchte ruhig weiter zu atmen, damit ich nicht eine Panikattacke bekam. Ich versuchte mich vorsichtig aufzusetzen und tastete meinen Körper erstmal nach Verletzungen ab. Anscheinend habe ich diese Entführung, oder was auch immer unbeschadet überstanden. Nur mein Kopf pocht wild vor sich hin. Ich bin in einem kleinen viereckigen Raum, in dem sich ein Bett – auf dem ich sitze – und ein Tisch mit zwei Stühlen befinden. Es gibt nur eine Tür, aber keine Fenster. Eine kleine Lampe spendet genau so viel Licht, dass man erkennen kann was sich darin befindet. Ich stelle mich mit wackligen Beinen auf und gehe zur Tür. Natürlich ist sie verschlossen. *Wäre ja noch schöner, wenn sie offen wäre und du einfach rausgehen könntest und alle rufen ‚Überraschung'! Reiß dich zusammen Alice! Du wurdest entführt und nicht auf eine Party verschleppt!* Ich klopfe mit meiner Faust gegen die massive Holztür, aber nichts rührt sich. „Hallo! Kann mich jemand hören? Was ist hier los?", rufe ich gegen die Tür in der Hoffnung jemand würde mich hören. Ich lasse mich an der Tür nach unten gleiten und setze mich davor auf den kalten Linoleumboden. Hinter der Tür hört man geschäftiges Treiben, aber niemand antwortet mir. Ich klopfe immer wieder an die Tür, aber niemand nimmt von meinen Rufen oder Klopfen Notiz. *Oder sie ignorieren es.* Als die Außenseite meiner Hand schon ganz wund ist und ich immer wieder eingedöst bin, weil dieser Rauch irgendetwas Einschläferndes in sich hatte, höre ich wie ein Schlüssel im Schloss gedreht wird. Ich rutsche hastig von der Tür weg und stehe auf. Ich will diesen Typen auf keinen Fall zeigen, dass ich Angst habe. „Gut du bist wach! Hier!", sagt ein Mann und hält mir eine Wasserflasche entgegen. Er trägt keine Maske und ich sehe sein Gesicht. Er ist jung, in etwa so alt wie ich. Vielleicht ein oder zwei Jahre älter. Es war ein sehr markantes Gesicht und hätte er nicht diese Narbe, die seine linke Augenbraue in zwei Hälften teilt, könnte man meinen er wäre wunderschön. So aber hat er etwas Furchteinflößendes an sich. Er ist groß, definitiv muskulös, breit gebaut und trägt eine schwarze Hose und ein schwarzes Bandshirt. Zögerlich greife ich nach der Flasche und trinke gierige Schlucke daraus, da mein Hals staubtrocken ist. Ich reiche ihm die leere Flasche zurück und will gerade fragen wo ich bin und die üblichen Fragen stellen, aber er bringt mich mit seinem eindringlichen Blick zum Schweigen. „Frag nicht! Du wirst die Antworten zu gegebener Zeit bekommen, aber erstmal musst du hier bleiben, bei uns.", erklärt er. Er dreht sich gerade um und will wieder aus dem Raum verschwinden, aber ich überwinde meine Angst und gehe einen Schritt auf ihn zu. Anscheinend von meiner Naivität überrascht, sieht er mich an. „Wie heißt du? Bitte lass mich hier nicht allein. Ich will nach Hause.", bettele ich ihn an. Kurz sieht es aus, als würde er überlegen mir zu antworten. Doch dann schüttelt er den Kopf geht aus dem Raum und lässt mich allein. Ich sacke zu Boden und einzelne Tränen lösen sich aus meinen Augenwinkeln.

WO BIN ICH?

Ich weiß nicht, wie viel Zeit vergangen ist, aber ich
habe bereits zweimal was von ‚Mister
Augenbrauennarbe' zu Essen bekommen, daher gehe
ich davon aus, dass ich mindestens einen ganzen Tag
hier bin.

Als ich wieder einen Schlüssel in der Tür höre, stehe
ich wie von selbst auf und hoffe, dass ich mich jetzt
vielleicht waschen oder mich nicht in einem Kübel
erleichtern muss. Das war einmal schon peinlich
genug.

Ich erwarte wieder den Kerl mit der Narbe, aber
stattdessen ist es ein völlig anderer. Auch er trägt
keine Maske. Sie haben anscheinend überhaupt keine
Angst, erkannt zu werden, aber irgendwoher kommt
mir dieser Kerl bekannt vor. Als er zu sprechen beginnt
weiß ich auch, woher.

»Hallo, Alice. Mein Name ist C. Du bist auf meinen
Wunsch hier«, sagt er völlig entspannt.

»Was heißt hier ‚auf deinen Wunsch'? Ich kenne dich
nicht! Also, was willst du?«, fahre ich ihn an.

Er sieht mich aus seinen grünen Augen an, studiert mein Gesicht und zieht eine Augenbraue nach oben. »Du kannst mich auch nicht kennen, daher ist diese Feststellung überflüssig. Was viel wichtiger ist – *ich kenne dich*, deswegen bist du hier. Du bist unser Ass im Ärmel und sobald wir unser Ding durchgezogen haben, kannst du gehen, wenn du es dann noch möchtest«, erklärt er mit rauchiger Stimme.

Verdutzt sehe ich ihn an. *Was hat der denn eingeschmissen?* Ich gehe auf mein Bett zu und lasse mich darauf fallen.

»Also, C. Was braucht ihr denn von mir und warum habt ihr mich nicht einfach gefragt? Ich hätte euch sicher geholfen.«

Überrascht von meiner Antwort sieht er mich an, dann erscheint ein Lächeln auf seinem Gesicht.

»Du wirst uns helfen, die Zukunft zu verändern. Wortwörtlich. Ich weiß nicht, wie viel du über unsere Vergangenheit weißt, aber so wird es nicht weiter gehen. Wir lassen uns nicht länger von euch unterdrücken!«

Während er das sagt, *setzt er sich auf einen der beiden Stühle am Tisch und legt beide Beine auf den Platte.* Die Tür ist weiterhin offen und ich schiele mit einem Seitenblick weiterhin auf die offene Tür.

»Versuch es erst gar nicht, Süße. Du kommst hier nicht weg. Und selbst, wenn du es irgendwie aus diesem Gebäude schaffen solltest – wir sind komplett von der Außenwelt abgeschnitten. Außerdem steht Z vor der Tür und lässt dich bestimmt nicht vorbei.«

Wie auf Befehl erscheint der Typ mit der Narbe im Türrahmen und positioniert sich mit breiten Beinen davor. *Er heißt also Z. Vielleicht kann mir das noch nützlich sein.*

Ich sehe ihn von hinten an und erkenne keine Schwachstelle an seinem Körper. Wenn ich ihn oder diesen C angreife, bin ich ihnen körperlich unterlegen, da hilft auch das ganze Training nichts. Ich muss also auf einen Überraschungsmoment warten und die beiden überrumpeln, denn versauern werde ich in diesem Loch sicher nicht.

C erhebt sich von seinem Stuhl und sieht mich durchdringend an.

»Du möchtest bestimmt duschen und wir wollen nicht unhöflich zu unserem Gast sein.«

Plötzlich scheint er es eilig zu haben, von mir wegzukommen.

Er verlässt den Raum und verschwindet im Flur.

»Komm«, sagt Z und greift nach meiner Hand.

Ich habe nicht mal bemerkt, wie er sich mir genähert hat, so vertieft bin ich in meine Fluchtgedanken. Er tritt mit mir auf den langen Gang und wir gehen durch ein Labyrinth an Gängen.

Vor irgendeiner Tür bleiben wir stehen und er öffnet sie. Dahinter befindet sich zu meiner Erleichterung ein Bad, mit allem, was man so braucht: Dusche, Badewanne, WC, Waschbecken, Spiegel und Handtücher.

»Du hast zehn Minuten«, erklärt er und dreht sich um.

Ich denke, er geht zur Tür, aber er bewegt sich nicht weiter.

»Kannst du nicht draußen warten?«, frage ich verunsichert.

Er sieht mich an und schüttelt den Kopf.

»Befehle«, ist seine eintönige Antwort und dreht sich wieder zur Tür um.

Seufzend schlüpfe ich aus meinen Sachen, die vor Schweiß und Dreck nur so stehen. Ich drehe die Dusche auf und brause mich gründlich ab. Zehn Minuten später betrete ich wieder den kahlen Raum und lege mich in das – wie durch Zauberhand – frisch bezogene Bett.

Wenn meine Zeitrechnung, die ich anhand der Anzahl meiner bisherigen Mahlzeiten erstellt habe, stimmt, bin ich bereits über vier Tage in diesem Kabuff. Ich bekomme einmal am Tag etwas zu Essen und darf zweimal pro Tag ins Badezimmer, um mich zu erleichtern und zu waschen.

Irgendwann sind meine Sachen so verdreckt und stinken, dass Z mir T-Shirts und weite graue Hosen vorbeibringt. Er ist mein einziger menschlicher Kontakt. Ich versuche immer wieder, ihn in ein Gespräch zu verwickeln, da ich langsam Angst habe, den Verstand zu verlieren, aber wenn, dann bekomme ich nur einsilbige Antworten. C – oder wie auch immer er wirklich heißt – lässt sich nicht mehr blicken. Ich schlafe sehr viel, da ich, sollte ich die Möglichkeit bekommen zu flüchten, ausgeruht sein will, aber auch, weil ich mich zu Tode langweile.

Ich wache auf, als ich laute Rufe und schnelle Schritte auf dem Flur wahrnehme. Z betritt den Raum und zieht mich auf die Beine.

»Schnell!«; flüstert er.

Ich glaube, so etwas wie Angst in seinen Augen aufflackern zu sehen. Auf dem Gang rennen jede Menge Leute herum und rufen Befehle oder leisten solchen Folge.

Wir steigen eine Treppe nach unten und er öffnet eine weitere, verschlossene Tür. Dahinter erwartet mich frische Luft. Ich sehe mich erstaunt um und entdecke einen gelben Camaro. Erleichterung und Verwirrung durchströmen mich, als ich Hunter davor erkenne. Er hat einen Schnitt an der Wange und massenhaft blaue Flecken im Gesicht und an seinen Armen.

Z lässt mich los und verschwindet wieder im Gebäude. Hunters grüne Augen beginnen zu leuchten als er mich sieht und mit schnellen Schritten auf mich zukommt.

»Schnell, Kleines, wir haben nicht lange Zeit. Wir müssen los!«, bläut er mir ein. Das ‚Kleines' überhöre ich einfach mal, und da ich mir nichts sehnlicher wünsche, als von diesem Ort – wo auch immer wir sind – wegzukommen, steige ich ein. Während ich mich anschnalle, rast Hunter auch schon los.

»Wie...? Was..?«, stottere ich daher.

»Evans Grandpa hat meinem Dad aufgetragen einen Spitzel einzuschleusen, da der Rat schon Aktivitäten der Yako bemerkt hat. Deswegen hat dich Zayne rausgebracht, er arbeitet für uns.«

Ich sehe ihn von der Seite an und mir ist noch nicht ganz klar, was er mir da gerade erzählt.

»Also war es doch keine Geschichte!? Ich wusste es, Evan hatte also doch recht!«, rufe ich triumphierend und sehe in die Augen, die mir so vertraut sind.

»Wo hast du den Schnitt und die ganzen blauen Flecken her?«, frage ich ihn.

Er sieht kurz zu mir und dann wieder zurück auf die Straße. Keine Antwort.

»Komm schon, Hunter. Was ist passiert? Geht es Vicky und Evan gut?«

Er antwortet noch immer nicht, presst aber die Lippen aufeinander. Langsam beschleicht mich ein ungutes Gefühl.

»Hunter? Bitte sprich mit mir! Was ist passiert?«, flehe ich ihn an.

Er fährt an den Straßenrand und steigt aus. Mit beiden Händen fährt er sich durch seine Haare und lässt einen erstickten Schrei verlauten. Vorsichtig steige ich aus. Die Situation überfordert mich.

»Das hätte so nicht passieren dürfen! Das war nicht abgemacht!«

Er wird immer lauter und als er mich bemerkt – merkt, dass meine Wangen nass von Tränen sind – kommt er auf mich zu und nimmt mich in seine Arme.

»Es wird alles wieder gut. Ich verspreche es dir, Kleines.«

Er streichelt weiter meinen Rücken, aber ich weiß noch immer nicht, was Hunter so aus der Fassung bringt und was er damit mein , so hätte das nicht passieren dürfen'.

Er will gerade zu sprechen ansetzen, als mich ein komisches Schwindelgefühl erfasst.

Hunter verschwindet aus meinem Blickfeld, ein Flimmern ersetzt sein lädiertes Gesicht. Kurze Zeit später sehe ich ihn wieder vor mir, er spricht mit einem Mann. *Wo kommt der denn auf einmal her?* Dann erkenne ich, dass sein Gesicht völlig in Ordnung ist. Kein Kratzer, keine blauen Flecke. Bevor ich den Mann erkennen kann, bin ich wieder zurück. Zurück in Hunters Armen, der mich besorgt mustert.

»Alles in Ordnung, Kleines?«

Ich nicke steif.

»Wahrscheinlich hat sich meine Gabe gerade zum ersten Mal bemerkbar gemacht«, meine ich schulterzuckend. *Wurde aber auch Zeit, dass es mal passiert!*

Leider kann ich die Situation nicht genau deuten. Ich kenne den Mann nicht, mit dem Hunter sprechen wird.

»Was hast du gesehen?«, fragt er mit rauer Stimme.

Ich sehe ihn an, bemerke seine Nervosität.

»Du weißt, ich darf nicht darüber reden. Außerdem war es so schnell vorbei, dass ich die Situation nicht genau erfassen konnte«, erkläre ich ihm.

Er nickt verstehend. Eine Träne löst sich aus seinem Augenwinkel und ich sehe ihn geschockt an.

»Sag mir jetzt verdammt nochmal, was los ist!«, brülle ich ihn an. Sein Verhalten macht mir Angst.

»Sie liegt im Koma. Meine kleine Schwester liegt im Koma, weil sie eine allergische Reaktion auf das Gas hatte, das uns schläfrig gemacht hat. Verdammt! Ich habe sie nicht beschützt! Was soll ich nur tun, wenn sie nicht wieder aufwacht, Alice?« Geschockt sehe ich ihn an.

Da er mich Alice nennt weiß ich, wie ernst es ihm ist. Vicky ist wegen mir in Gefahr gebracht worden. Zweimal. Ich trete näher an ihn ran und zum ersten Mal seit langer Zeit suche ich den Körperkontakt. Ich nehme ihn in meine Arme und nichts von dem sonst so großen, starken und überheblichen Mann ist übrig. Vor mir steht ein kleiner Junge, dessen Angst um seine Schwester ihm fast den Verstand raubt.

»Shh...«, versuche ich ihn zu beruhigen und streiche mit meiner Hand an seinem Rücken auf und ab.

»Sie wird wieder wach. Sie muss einfach!«

Irgendwann lösen wir uns voneinander und Hunter sieht mir in mein vom Weinen verquollenes Gesicht. Er legt eine Hand an meine Wange und kommt meinem Gesicht mit seinem immer näher. Ich weiß, was jetzt folgen wird und auch, dass es verdammt nochmal falsch ist, weil ich Evan liebe. Aber bevor ich reagieren kann, hat er schon seine Lippen auf meine gepresst. Er legt alles in diesen Kuss. Ich kann seine Sehnsucht nach mir, sein Verlangen, aber auch seine Verzweiflung spüren. Zwei Sekunden später schiebe ich mich von ihm weg.

»Hör auf, Hunter. Bitte, lass uns einfach fahren, ich möchte nur noch nach Hause«, sage ich resigniert.

Nach einer dreiviertel Stunde Autofahrt kommt das Unigelände endlich in Sicht. Hunter und ich haben die ganze Autofahrt über geschwiegen und sind unseren eigenen Gedanken nachgehangen.

Er stellt den Wagen auf seinem Parkplatz ab und ich erkenne, wie sich uns eine Gestalt nähert.

Unwillkürlich zucke ich zusammen. *Die Entführung macht mir anscheinend doch mehr zu schaffen, als ich mir eingestehen wollte.*

Hunter umrundet den Wagen und stellt sich vor mich hin, was die ganze Situation nicht unbedingt angenehmer macht. »Alice!«, schreit Evan über den Parkplatz. *Oh Gott! Du bist vor deinem eigenen Freund zusammengezuckt? Großartige Leistung, Alice!*

Hunter knurrt etwas vor sich hin, ich höre ihn aber schon nicht mehr, weil ich ihn umrundet habe. Mit schnellen Schritten laufe ich auf Evan zu und werfe mich in seine ausgestreckten Arme.

»Es geht dir gut!« sagt er mehr zu sich selbst als zu mir. Das ist keine Frage, sondern eine Feststellung. Er drückt mich fest an seine Brust und ich sauge seinen vertrauten Duft von Moschus und Seife ein. Augenblicklich entspannt sich mein Körper.

»Wie geht es dir?«, fragt er mich mit leiser Stimme. Ich sehe in sein Gesicht und erstarre. Hunter sieht schon nicht gut aus, aber Evans Gesicht ist völlig entstellt. Seine Lippe ist aufgeplatzt, er hat Schürfwunden an einer Wange und ein blaues Auge, das bereits in allen Farben des Regenbogens strahlt.

»Mir geht es gut, etwas müde und kaputt. Aber du siehst nicht so aus, als würde es dir gut gehen. Was ist passiert? Wer hat euch so zugerichtet?«, platze ich hervor.

Ich hebe meine Hand an sein Gesicht und fahre langsam an der unverletzten Seite an seinem Kinn entlang.

»Lass uns erstmal in deinen Bungalow gehen, dann erzähle ich dir alles«, bittet er mich.

Und da ich weiß, dass er noch andere Verletzungen haben muss – er ist zusammengezuckt, als ich ihn umarmt habe – lege ich meine Hand in seine, nicke bestätigend und strahle ihn an. Über seine Schulter ruft er Hunter noch ein ‚Danke‘ zu und will bereits losgehen, als mir auffällt, dass ich mich noch nicht bedankt habe. Hastig mache ich mich von Evan los, gehe auf Hunter zu, nehme ihn in meine Arme und flüstere: »Danke. Können wir morgen gemeinsam zu Vicky gehen?«

Ich gebe ihm einen Kuss auf die Wange und er nickt zustimmend. Erleichtert gehe ich zurück zu Evan, der mich skeptisch ansieht.

»Muss ich mir Sorgen machen?«

Ich schüttele lächelnd den Kopf und wir gehen weiter. Als wir den Bungalow betreten, ziehe ich den vertrauen Geruch nach Leder und etwas, dass ich nicht genau definieren kann, ein. Evan führt uns zur Couch und wir setzen uns.

»Also, jetzt erzähl mir, was passiert ist«, verlange ich von ihm.

Er sieht mich gequält an, so, als will er mir nicht erzählen, was geschehen ist. Mahnend ziehe ich die Augenbrauen zusammen.

»Yako. Es waren die Yako, aber so viel dürftest du ja schon wissen. Nach den Rauchbomben waren wir alle nicht mehr bei Bewusstsein. Als Hunter und ich aufgewacht sind, warst du bereits weg, aber ein paar von den Arschlöchern waren noch im Haus, suchten etwas. Was, kann ich dir nicht sagen, aber es muss wertvoll sein, sonst wären die das Risiko nie eingegangen, erwischt zu werden«, fängt er an.

Sofort muss ich an die Spieluhr – alias Fuchsschwanz – meiner Mutter denken. Ich springe hektisch auf und laufe in mein Zimmer. Völlig außer Puste – ich sollte definitiv mehr trainieren – öffne ich mein Nachtkästchen und stelle erleichtert fest, dass die Spieluhr noch da ist. Ich nehme sie heraus und streiche vorsichtig über die Verzierungen. Hinter mir höre ich Evan scharf die Luft einziehen.

»Ist es das, was ich denke, dass es ist?«, fragt er völlig perplex.

Ich nicke. »Erzähle ich dir ein anderes Mal.«

Ich lege die Spieldose zurück in das Schränkchen und schließe es ab. Ich nehme seine Hand in meine und ziehe ihn auf mein Bett.

»Erzähl weiter«, bitte ich ihn.

Er räuspert sich und beginnt dann, weiter zu erzählen: »Na gut, vermutlich haben sie den Fuchsschwanz gesucht. Das musst du mir noch erklären und auch, wem du davon erzählt hast. Aber erstmal weiter im Text.«

Eine kurze Pause entsteht, in der er mich nur ansieht und leicht den Kopf schüttelt.

»Hunter und ich dachten, sie wollen auch Vicky entführen, als sie in Richtung der Schlafzimmer gegangen sind, und plötzlich sind bei uns alle Sicherungen durchgebrannt. Wir haben uns einen nach dem anderen vorgenommen und waren gerade dabei, sie für die Campus-Polizei in nette Pakete zu verschnüren, als mehr von denen eintrafen. Sie sind mit Schlagringen und Nunchakus auf uns losgegangen, da hatten wir ihnen nicht mehr viel entgegenzusetzen. Komisch war nur, dass sie sich mehr auf mich, als auf Hunter gestürzt haben. Irgendwann hat mich jemand am Hinterkopf getroffen und ich wurde ohnmächtig«, endet er mit seinem Bericht.

Ich sehe ihn aus großen Augen an, völlig verblüfft von der Tatsache, dass er nicht noch mehr Verletzungen davongetragen hat. Da es dunkel wird, beschließen wir, es für heute gut sein zu lassen, legen uns eng umschlungen in mein Bett und schlafen ein.

Am nächsten Morgen werde ich vom herrlichen Duft von Kaffee geweckt. Wie sehr ich das koffeinhaltige Getränk vermisst habe, bemerke ich erst jetzt. Ich öffne meine müden Lider und Evan steht mit einer Tasse vor mir. Ich nehme sie ihm ab und er küsst mich auf die Stirn. Vorsichtig nippe ich an der Tasse und stelle glücklich fest, dass er genau die richtige

Trinktemperatur hat. Nicht zu kalt, aber auch nicht zu heiß.

»Danke.«

Evan kommt zu mir aufs Bett und wir rutschen ans Kopfende.

»Ich möchte heute zu Vicky. Ich muss sie sehen«, sage ich zu ihm.

Er antwortet nicht, nickt aber und nimmt mich in seine starken Arme. In diesem Moment weiß ich, er ist der Richtige. Ich liebe Evan.

Ich nehme unsere Tassen, stelle sie auf mein Nachtkästchen und wende mich ihm zu. Ich nehme sein Gesicht in meine Hände und beginne, ihn zu küssen. Es tut so unglaublich gut, wieder in seinen Armen zu liegen und seine weichen Lippen auf meinen zu spüren. Er zögert nicht einen Moment und küsst mich so, wie ich noch nie zuvor geküsst worden bin. Fordernd und fest presst er seinen Mund auf meinen. Ein Stöhnen entweicht mir. Er nutzt den Moment und lässt seine Zunge in meinen Mund gleiten, erforscht meine Zunge mit seiner, nimmt mich in Besitz. Langsam fährt er mit seinen Fingern über mein Top, meinen Hals hinauf und wieder zurück zum Ansatz meiner Brüste. Lust wallt in mir auf. Ich dränge mich enger an ihn und beginne, mich an ihm zu reiben. Ich spüre seine Härte an meinem Bauch und fühle mich begehrter als jemals zuvor. Er greift nach dem Saum meines Tops, zieht es mit geübten Handgriffen über meinen Kopf und entblößt meinen Oberkörper. Da ich keinen BH trage, sitze ich nun nur noch mit meinen

Höschen bekleidet vor ihm. Bewundernd fährt sein Blick über meinen Körper und weitere Schauer der Lust durchfahren mich. Mein Herz schlägt so fest in meiner Brust, dass mein ganzer Körper zu vibrieren scheint. Er greift nach meinen Schultern und drückt mich sanft, aber bestimmend, zurück auf das Bett, so dass ich nun unter ihm liege.

»Wunderschön«, murmelt er mit den Lippen an meinem Hals.

Er gleitet mit seinen Händen zu meinem Höschen und lässt auch dieses Teil verschwinden. Und mein oh Gott – ich will nichts weiter, als dass er mich endlich berührt. Er umfasst meinen Hintern. Erst zögerlich, dann fester, bis ich keuche. Das Bedürfnis, ihn zu berühren, wird übermächtig, also schiebe ich meine Hände unter sein Shirt und versuche es ihm über den Kopf zu ziehen. Er versteht was ich will, fasst nach dem Saum und zieht es mit einer Hand über seinen Kopf. Ich ertaste warme Haut und harte Muskeln. Sein Körper ist so schön. Ich fahre mit den Fingern über die Muskeln an seinem Rücken bis zu seinen Schultern, in die ich meine Finger vergrabe. Evan zieht eine Spur aus Küssen meinen Hals entlang. Er umfasst meine Oberschenkel von hinten und fährt langsam mit seinen Händen seitlich nach vorne. Dorthin, wo ich ihn will – und brauche.

»Verdammt, ich will dich, Alice«, raunt er an meinem Hals. Seine Worte berauschen mich.

»Dann nimm es dir! Lass mich nicht länger warten.«

Er brummt: »Noch nicht!«

Er genießt es, mich leiden zu lassen. Seine Hände liegen nun auf meinem Bauch, während er jeden Fleck meiner Haut küsst und mit seiner Zunge nachfährt. Ich schließe meine Augen, als er mit seiner Zunge die Innenseite meiner Schenkel nachfährt und unterdrücke ein Stöhnen, als er mit seinem Mund meine empfindliche Stelle berührt.

Er erkundet meinen Körper mit so viel Zärtlichkeit und Ehrfurcht, dass mir klar wird, dass er es nicht nur für mich macht. Er tut es auch für sich, er genießt es. Ich fasse mit meinen Händen in seine Haare und drücke mich weiter gegen seinen Mund.

»Du schmeckst so gut«, knurrt er und verschlingt mich weiter mit seinem Mund, seiner Zunge, seinen Zähnen. Seine Worte erregen mich genauso wie seine Taten. Ein weiteres Lecken, ein weiteres Knabbern und ich falle über die Klippe, schreie meine Lust hinaus.

»Evan!«, stöhne ich seinen Namen.

Langsam streichele ich über seine Wange und ziehe ihn zu mir. Küsse ihn verlangend und kann mich auf seinen Lippen schmecken. Ich schlinge meine Beine um seine Hüfte und drehe ihn auf den Rücken, so dass ich auf ihm sitze, ohne den Kuss zu unterbrechen, schiebe ich mein Becken vor und zurück und reibe mich an seiner Hose, aber es ist nicht genug. Bedacht fahre mit den Händen an seinem definierten Bauch entlang zu seiner Hose und schiebe sie ihm mit seiner Boxerbriefs über die Hüfte. Ich ziehe sie ihm über die Beine und klettere wieder über ihn. Dann liegt er nackt und bereit vor mir und einen Moment kann ich ihn nur anstarren. Ich sauge seinen Anblick in mich ein. Sein Schwanz hat genau die richtige Größe, er ist dick und lang, und als ich meine Hand darum schließe, zuckt er. Ich beuge mich vor und lecke eine Spur an seinem Schaft nach oben. Evan flucht und stöhnt gleichzeitig, ich unterdrücke ein Grinsen. Ich genieße es, ihm ebenso viel Lust zu bereiten, wie er mir. Ich nehme ihn in meinem Mund und beginne zu saugen.

»Oh, verflucht, Alice«, stöhnt er, zieht sich aber im nächsten Moment zurück und sieht mich mit glühendem Blick an.

»So sehr ich es genieße dabei zuzusehen, wie du mich in deinen Mund gleiten lässt – das will ich jetzt nicht!« Bevor ich weiß, was geschieht, sind seine Hände an meiner Hüfte und er dreht uns um, so dass ich wieder unter ihm liege.

»Aber mir erst den Mund wässrig machen!«, beschwere ich mich.

Ein schiefes Grinsen stiehlt sich auf sein Gesicht. Er steigt vom Bett, geht zu seiner Hose und holt ein kleines, silbernes Päckchen aus seiner hinteren Tasche. Er reißt die Verpackung mit den Zähnen auf und rollt sich das Kondom über seinen steifen, schönen Schwanz. Ich war noch nie so aufgeregt, mit jemandem zu schlafen, doch mit Evan ist es anders. Alles ist mit ihm anders. Heller, farbiger, schöner.

Mit schnellen Schritten ist er wieder über mir und platziert sich vor meiner Mitte.

»Du bist so bereit für mich, nicht wahr?«, haucht er mir zu.

Ich bekomme kein Wort heraus und nicke nur.

»Sag es, Alice. Sag, was du von mir möchtest«, verlangt er mit kehliger Stimme.

So hat noch nie ein Mann mit mir gesprochen, aber Himmel, es erregt mich!

»Ich will dich.«

Langsam schiebt er sich in mich und ich keuche auf. Er hält kurz inne, damit ich mich an seine Größe gewöhnen kann.

»Fuck! Du bist so eng.«

Das Gefühl, Evan endlich in mir zu haben, ist einfach überwältigend. Er beginnt sich langsam zu bewegen, und ich komme ihm mit meinen Hüften entgegen. Nachdem wir unseren Rhythmus gefunden haben, beginnt er, sich schneller zu bewegen. Ich schiebe eine Hand in sein Haar und mit der anderen stütze ich mich an seiner Schulter ab. Evan zieht sich aus mir zurück, um sich mein Bein über die Schulter zu legen und dringt dann noch tiefer in mich ein.

Keuchend und stöhnend, treibt er uns immer weiter auf den Abgrund zu. Als er dann auch noch seinen Daumen auf meine Mitte legt, zerspringe ich in tausend Teile und setze mich wieder neu zusammen. Evan folgt mir und kommt mit meinem Namen auf seinen Lippen.

WACH ENDLICH AUF!

Eine Woche ist bereits vergangen und noch immer gibt es kein Zeichen dafür, dass Vicky wieder aufwachen wird. Ich sitze jeden Tag an ihrem Bett und erzähle ihr alles, was geschehen ist, entschuldige mich unzählige Male dafür, dass sie durch mich in Gefahr gebracht worden ist, und halte ihre Hand.

Die Ärzte meinen, dass sie uns hören kann, da dies einige der Tests ergeben haben. Ich wechsele mich mit Ty und Evan ab, sie ist also nie allein. Der Einzige, der sich nicht in ihrem Zimmer blicken lässt, ist Hunter. Ich habe mit ihm darüber gesprochen, aber er meinte nur, dass er sie nicht in diesem Zustand ansehen kann, wenn er doch dafür verantwortlich ist.

Gemächlich betrete ich den Krankenflügel der Schule – der mehr ein kleines Krankenhaus ist, als ein Flügel – und nehme sofort den stechenden Geruch von Desinfektionsmittel wahr. Ich hasse diesen beißenden Geruch und ziehe die Nase kraus. Es dauert immer einen Moment, bis ich mich daran gewöhnt habe und wieder normal atmen kann.

Immer, wenn ich dieses Gebäude betrete, erinnere ich mich an die Besuche bei meiner Mom. Wie wir an guten Tagen Karten gespielt oder einfach nur gequatscht haben. Ich vermisse sie noch immer wahnsinnig, aber es wird von Tag zu Tag leichter.

Als ich zu Vickys Zimmer komme, dringt bereits aufgeregtes Gemurmel auf den Flur und ich beschleunige meine Schritte. Atemlos sehe ich in das Zimmer und kann meinen Augen beinahe nicht trauen – Vicky sitzt aufrecht im Bett und neben ihr sitzt ein strahlender Tyler. Ihre Eltern und Hunter sitzen ebenfalls an ihrem Bett und Mrs. Van Lose weint stille Tränen. Sie sehen so erleichtert aus, wie ich mich fühle. Ein Schluchzen dringt aus meiner Kehle hervor und sie sieht mich glücklich an.

»Hey, Süße. Wie geht es dir?«, fragt sie mich.

Wie es mir geht? Hat sie den Verstand verloren, oder was? »Mir geht es gut, aber wie geht es *dir* und seit wann bist du wach?«, schluchze ich, während ich auf sie zulaufe.

Alle, die gerade an ihrem Bett sitzen, machen mir Platz. Hätten sie es nicht getan, hätte ich sie vermutlich runter geschubst, denn ich will einfach nur zu meiner besten Freundin, meiner Vertrauten, meiner Schwester.

Mit einem Satz bin ich auf dem Bett, schlinge meine Arme um ihre zarte Gestalt und drücke sie an mich. Ich vergrabe mein Gesicht an ihrer Halsbeuge und heule wie ein verdammtes Baby, weil ich so unglaublich glücklich bin, sie wieder zu haben.

»Du erdrückst mich noch«, hüstelt sie, lacht aber dabei.

Ich lockere meinen Klammergriff etwas, aber lasse sie nicht ganz los.

»Mir geht es gut und danke, dass du mich auf dem Laufenden gehalten hast«, meint sie leise. Die Ärzte hatten also tatsächlich Recht und sie hat uns gehört. Nach einer Weile löse ich mich von ihr und erzähle ihr nochmals alles ausführlich. Es tut so gut, endlich wieder mit ihr sprechen zu können.

»Könnten bitte mal alle den Raum verlassen? Ich muss ein ernstes Wörtchen mit meiner besten Freundin reden«, haut sie einfach raus und mustert ihre Besucher.

Ihre Eltern, Hunter und Evan gehen wortlos aus dem Zimmer, nur Tyler steht etwas widerwillig im Zimmer.

»Du auch, Baby. Ich bin noch wach, wenn du wieder reinkommst, und dann gehöre ich ganz dir.«

Ty sieht sie an, gibt ihr einen zärtlichen Kuss und geht dann aus dem Raum. Nachdem die Tür geschlossen ist, sieht sie mich mit leuchtenden Augen an.

»Ihr habt es also endlich getan?«

Grinsend nicke ich und erzähle ihr alles. Es ist so, als wäre sie nie im Koma gelegen, und ich bin froh darüber. Als ich an die Stelle mit dem Dirty Talk komme, werde ich rot.

»Ich wusste gar nicht, dass Evan so versaut ist. Oh mein Gott! Das klingt so dermaßen heiß. Ich muss Ty bitten, dass das nächste Mal auch zu tun!«, plappert sie vor sich hin.

Irgendwann wird die Tür geöffnet und eine Schwester betritt das Krankenzimmer.

»Miss van Lose, ich muss Ihren Besuch nun bitten zu gehen, da die Visite beginnt und der Arzt noch einige Tests machen möchte, um etwaige Folgeschäden auszuschließen. Sollte alles in Ordnung sein, können Sie morgen schon wieder nach Hause«, erklärt die rundliche Schwester.

Ich erhebe mich vom Bett und drücke sie noch einmal, bevor ich gehe.

»Schreib mir, sobald du Bescheid weißt. Ich hab dich lieb«, sage ich leise zu ihr.

Ich verlasse das Zimmer und wie erwartet steht Tyler vor der Tür. Man merkt ihm die Erschöpfung der letzten Tage an, aber auch, dass er überglücklich ist, seine Freundin wieder zu haben.

Er geht zurück in V's Zimmer und ich weiß, er wird ihr in nächster Zeit nicht von der Seite weichen.

Vor dem Krankenflügel wartet Evan auf mich. Als ich bei ihm ankomme, nimmt er mich wortlos in seine Arme und hält mich für einen Augenblick fest. Dann schiebt er mich von sich und sieht mir tief in die Augen.

»Geht es dir gut, meine Schöne?«

Ich sehe in seine rauchgrauen Augen, in denen ein Sturm an Gefühlen tobt, und nicke. Ich nehme seine Hand in meine und verschränke unsere Finger miteinander. Leider ist der Tag heute noch nicht zu Ende – ich muss noch meine erste Stunde mit Professor Cray, in der ich das Lenken der Zukunft lernen soll. Wobei ich zugeben muss, dass ich mich darauf freue, aber ich hatte erst eine Vision und die war nicht mal gewollt, sondern ist einfach so passiert.

»Soll ich dich begleiten?«, fragt Evan mich mit sanfter Stimme. Ich verneine. Das Ganze wird schon so peinlich genug werden, da braucht mein Freund nicht auch noch anwesend sein, um mir dabei zuzusehen, wie ich mich zum Vollidioten mache. Außerdem würde ich mich in seiner Nähe sowieso nicht auf den Unterricht konzentrieren können.

Er sieht heute aber auch wieder gut aus!

Ein Grinsen stiehlt sich auf sein markantes Gesicht.

»Oh, du eingebildeter Arsch! Du sollst nicht meine Gedanken lesen!«, schnaube ich.

»Dann zieh deine Mauer nach oben, meine Schöne!«, gluckst er und grinst weiter.

»Meine Mauern sind oben, du Penner! Nur ein kleines Loch ist offen, damit wir kommunizieren können. Also hör auf, das auszunutzen. Dein Ego braucht weiß Gott nicht noch mehr Streicheleinheiten«, grummele ich und lasse ihn stehen.

Er lässt mich gehen, trotzdem höre ich sein Lachen nachhallen. *Egozentrischer Mistkerl.*

Stampfend marschiere ich in Richtung Bibliothek, in der Professor Cray auf mich wartet.

»*Ich liebe dich, Alice. Vergiss das nicht*«, höre ich Evans Stimme in meinem Kopf.

Etwas besänftigt von seinen Worten betrete ich das riesige Gebäude.

»Sie sind zu spät!«, rügt mich Professor Cray mit ihrer hohen Stimme und dreht sich auf dem Absatz um. Verdattert sehe ich ihr nach und sehe auf die Uhr, die über einem der Regale hängt. Zwei Minuten! Ich bin zwei Minuten zu spät!

»Brauchen Sie eine Extraeinladung, Miss Foster? Folgen Sie mir!«, kommt es ungeduldig von vorne. Ich löse meinen Blick von der Wanduhr und folge Professor Cray in den geheimen Gang hinter dem Regal. Vor dem Raum 10-A bleibt sie stehen und zieht einen Schlüssel aus ihrer Tasche.

»Wir werden uns in Zukunft einmal in der Woche hier in diesem Raum treffen. Da Sie die einzige Studentin sind, seien Sie bitte pünktlich«, raunt sie mir über die Schulter zu.

Sie steckt den Schlüssel ins Schloss und öffnet die Tür. In dem Raum befinden sich wie in jedem anderen ganz normale Tischreihen und ein Whiteboard. Das einzige, was an diesem Raum besonders ist, ist, dass an den Seiten mehrere Liegen aufgestellt sind.

Fragend ziehe ich meine Brauen in die Höhe und will gerade nach deren Bedeutung fragen, als sie beginnt, mich mit einem strengen Blick zu mustern.

»Die Liegen sind für Schwächeanfälle da«, erklärt sie mit einem knappen Nicken in deren Richtung.

»Es kann körperlich sehr anstrengend bis schmerzhaft sein, das Sehen zu beeinflussen. Damit sich die Studentinnen ausruhen können, bevor sie umkippen, sind diese Liegen hier. Bitte setzen Sie sich, Miss Foster.«

Sie wartet, bis ich mich auf den Stuhl vor dem Lehrerpult niedergelassen habe, und klopft unruhig mit einem Finger auf ihren Oberschenkel.

»Bevor wir beginnen – eine Frage: Können Sie schon gewollt in die Zukunft sehen?«, fragt sie mit ehrlichem Interesse.

Kopfschüttelnd verneine ich die Frage.

»Hm.. Also ist es bei dem einen zufälligen Sprung geblieben? Das ist enttäuschend!«, schnaubt sie.

Danke, Sie eingebildete Schlange von einer Professorin! Was denkt die sich eigentlich?

»Na gut, dann werden wir in dieser Stunde, die wir nicht so sinnvoll nutzen können wie geplant, üben, Ihre Sprünge zu kontrollieren«, endet sie hoheitsvoll.

Ich setze mein bestes falsches Lächeln auf und nicke zustimmend. Diese Frau bekommt von mir erst wieder eine richtige Antwort, wenn sie sich normal verhält. Bisher war sie in den anderen Stunden immer sehr zuvorkommend und hilfsbereit, aber aus irgendeinem mir unbekannten Grund sollte ich anscheinend schon weiter sein. Leider kann ich es nicht kontrollieren und auch, wenn meine Kommilitoninnen schon mehrere Sprünge absolviert haben, ist es mir bisher nur einmal nach meiner Entführung gelungen.

»Schließen Sie Ihre Augen und konzentrieren sich auf eine Person, dessen Zukunft Sie gerne einsehen möchten und versuchen, in seine Zukunft zu gelangen.« Diesen Satz kann ich mittlerweile auswendig, weil sie ihn immer am Unterrichtsbeginn sagt. Leider habe ich absolut keinen Plan, wie ich mir die Zukunft von jemandem vorstellen soll.

Als Vicky noch im Koma lag, habe ich tausendmal versucht zu sehen, ob sie aufwacht – aber ohne Erfolg. Und auch heute habe ich keinen Schimmer, was ich tun soll. Vor meinem geistigen Auge sehe ich Evan. Seine blonden Haare im out-of-the-bed-Look, seine rauchgrauen Augen, die einem Gewittersturm ähneln, sein markantes Kinn, seine breiten Schultern, seine Bauchmuskeln und die beiden Linien die in einem V in der Hose verschwinden. *Stopp! Falsche Richtung, Alice! Du sollst nicht deinen Freund anhimmeln, sondern in seine Zukunft sehen. Konzentrier dich!*

Ich schüttle kaum merklich meinen Kopf und beginne von vorne. Trotz all meiner Anstrengung gelingt es mir nicht.

»Ich kann das einfach nicht! Was ist, wenn ich keine Begabung dazu habe?«

Prof. Cray sieht mich aus ihren katzenhaften Augen an und schnaubt.

»Bisher gab es nur eine Handvoll Frauen aus der zehnten Kaste, die die Gabe nicht geerbt haben. Und ich denke nicht, dass Sie dazu gehören, da sie schon eine Vision hatten. Wieso fällt es Ihnen so schwer?«

Ich sehe Sie an und frage mich, ob sie diese Worte ernst meint, doch sie wendet den Blick nicht ab.

»Ich weiß einfach nicht, wie ich mir die Zukunft von jemandem vorstellen soll. Die Person zu sehen gelingt mir erstaunlich leicht, aber seine Zukunft kann ich mir einfach nicht vorstellen«, erkläre ich mit raschen Worten.

Verstehend nickt sie.

»Okay, warum haben Sie das nicht gleich gesagt? Wenn Sie sich die Personen vorstellen können, ist das schon die halbe Miete. Versuchen Sie, wenn Sie die Person sehen, sich vorzustellen, wie er Ihnen eine Frage zu seiner Zukunft stellt, und Sie müssen antworten. Dabei ist es wichtig, die Frage zu wissen, diese müssen Sie sich vorher zurechtlegen. In Ordnung?«, erklärt sie ruhig.

Danach versuche ich die restliche halbe Stunde nichts anderes zu tun, als mir vorzustellen, dass Evan mich nach unserer gemeinsamen Zukunft fragt. Ich finde aber keine Antwort darauf.

Völlig geknickt verlasse ich den Raum und bin von mir selbst enttäuscht. Wenn das jetzt jede Woche so geht, sollte ich mir bald Happy-Pillen mit den Smileys besorgen. Aber ich habe nicht viel Zeit, um traurig zu sein, denn kaum trete ich aus der Bibliothek, verlangt mein Telefon meine Aufmerksamkeit.

Evan: *Hey, meine Schöne! Wie ist es gelaufen?*

Ich bin wahnsinnig verliebt in diesen Typen.

Ich: *Hey Beauty! War nicht gerade meine beste Leistung. Irgendwie gelingt es mir einfach nicht, so eine bescheuerte Vision hervorzurufen.*

Evan: *Das wird schon werden, Alice. Nur nicht aufgeben. Ich wollte fragen, ob wir uns heute noch sehen?*

Doch gerade, als ich antworten will, bekomme ich eine weitere Nachricht.

Vicky: *ICH KOMME NACH HAUSE!!! HEUTE!!! MÄDELSNACHT!!!*

Das ist so typisch Vicky. Sie lässt mir gar keine andere Wahl, aber ich freue mich auch auf einen Abend mit ihr. Also antworte ich ihr mit einem Daumen und schicke Evan noch eine Nachricht.

Ich: *Sorry, Beauty. V kommt heute nach Hause und wir haben viel aufzuholen. Wir sehen uns morgen. Kuss!*

Er antwortet mit einem traurigen und einem grinsenden Smiley und ich mache mich auf den Weg zu unserem Bungalow, um alles für die Mädelsnacht vorzubereiten.

EVAN?

Vicky und ich sitzen gerade auf der Couch und ziehen uns die gefühlt tausendste Folge einer neuen Loopstar-Serie rein, als mein Handy eine neue Nachricht ankündigt.

Evan: *Ich vermisse dich! Ich muss dich sehen!*

Vicky und ich starren das Telefon an und ich weiß nicht recht, was ich tun soll.
»Schreib ihm, dass er kommen soll. Es ist schon in Ordnung, wir können die Serie ja auch ein anderes Mal zu Ende sehen«, meint Vicky schulterzuckend – aber das kommt für mich nicht in Frage. Meine beste Freundin wurde heute erst aus dem Krankenhaus entlassen und ich bleibe ihr, also antworte ich nur mit einem Kopfschütteln. Ich schicke Evan einen nach unten deutenden Daumen.
Vicky hat natürlich gesehen, was ich ihm zurückgeschrieben habe, und reißt mir das Handy aus der Hand.
»Hey!«, rufe ich, »gib das wieder her!«

Vicky tippt etwas in mein Handy und beginnt, unheilvoll zu lachen – und mir schwant Böses. Das kann gar nichts Gutes bedeuten.

»Was hast du geschrieben?«, frage ich mit zitternder Stimme.

Ich weiß, dass sie nie etwas schreiben würde, dass unsere Beziehung gefährden würde, aber V ist nicht gerade schüchtern, deshalb ahne ich eigentlich schon, in welche Richtung das Ganze gehen könnte.

»Ach, nur, dass du heute zu beschäftigt bist und er dich nicht vor morgen haben kann.«

Grinsend reicht sie mir das Handy zurück. Das war ja gar nicht so schlimm, wie ich befürchtet hatte. Evans Punkt wechselt auf grün und die drei blinkenden Punkte hüpfen um die Wette.

Evan: *Ich denke, du hast mich falsch verstanden, meine Schöne. Ich vermisse es IN DIR zu sein.*

Überrumpelt von seiner Nachricht zeige ich sie Vicky, die daraufhin vom Sofa springt und sich kichernd im Kreis dreht.

»Ich wusste es!«, ruft sie triumphierend aus.

»Was soll ich jetzt antworten?«

Sie kommt wieder zu mir und kuschelt sich näher an mich ran. Um ehrlich zu sein, turnt mich der Dirty Talk mit Evan an, aber ich dachte nicht, dass das auch über Nachrichten funktioniert. Doch ich spüre, wie sich ein kleines Feuer in meinem Bauch ausbreitet.

Ich: *Ich vermisse es auch, dich in mir zu haben. Dich tief in mir zu spüren…*

Evan: *Erzähl mir, an was du denkst, wenn du dich selbst berührst, meine Schöne.*

Ich: *Ich denke daran, wie deine Hände über meinen Körper streifen und deine Zunge über meine harten Nippel gleitet.*
Inzwischen bin ich wahnsinnig heiß und das Gefühl, mich selbst berühren zu müssen, ist fast nicht mehr zurückzuhalten, deswegen sehe ich mich nach Vicky um, doch sie sitzt nicht mehr bei mir, sondern muss bereits in ihr Zimmer verschwunden sein.
Während ich auf eine Nachricht von Evan warte, gehe ich ebenfalls in mein Zimmer, suche eine bequeme Haltung auf meinem Bett und beginne mit meinen Händen, meinen Körper neu zu entdecken.

Evan: *Mein Daumen fährt über deine Mitte und meine Zunge bahnt sich einen Weg deinen Körper hinab. Ich will dich schmecken, denn du schmeckst so unglaublich gut, Alice. Spürst du mich?*

Scharf ziehe ich meinen Atem ein, führe meine Finger in meinen Slip und beginne, mich selbst zu stimulieren.

Ich: *Ich spüre dich und es macht mich so verdammt an. Meine Fingerspitzen fahren über deinen mit Muskeln* besetzten Bauch. Ich nehme deinen harten Schwanz in meine Hand und fahre über die samtige Haut.

Evan: *DU bringst mich um, Alice. Ich knabbere an deiner Perle und schiebe zwei Finger in dich und bereite dich für mich vor. Kurz bevor du dabei bist zu kommen, werde ich aufhören und dich darum betteln lassen. DU gehörst zu mir. DU bist Mein.*

Da ich nicht mehr im Stande bin zu denken und kurz davor bin, zu kommen, lege ich mein Handy zur Seite und gebe mich völlig der Empfindung hin.
Plötzlich spüre ich eine Hand auf meinem Schenkel, gefolgt von einem Mund, der sich direkt zu meiner Mitte küsst. Ich öffne meine Augen und Evan kniet vor mir. Ich habe ihn in meiner Ekstase nicht bemerkt. Er trägt bloß noch seine schwarzen Boxerbriefs, darunter befindet sich das momentane Objekt meiner Begierde. Ich löse meine Hände von mir und fahre seine definierten Rückenmuskeln nach. Sein Mund umschließt mich und lässt mich unglaubliche Dinge spüren. Kurz löst er seinen Mund von mir und sieht mir tief in die Augen.
»So viel zum Thema, ich könnte dich nicht vor morgen haben.«
Bevor ich ihm antworten kann, liegen seinen Lippen bereits wieder auf meinen. Ein weiterer Zungenschlag und ich komme.

In dieser Nacht schlafen wir noch zwei weitere Male miteinander und schlafen danach in einander verschlungen ein.

Am nächsten Morgen werde ich von den ersten Sonnenstrahlen sanft geweckt. Ich drehe mich um, doch der Mensch, den ich neben mir liegen sehen möchte, ist nicht mehr hier. Wahrscheinlich ist er in der Küche und wartet dort auf mich, also schwinge ich mich aus meinem Bett, putze mir im Bad die Zähne, kämme meine Haare und schlüpfe in ein schlichtes Outfit, bestehend aus Yogahosen und einem petrolfarbenen T-Shirt.

Ich begebe mich in die Küche, finde dort aber nur Vicky und Tyler vor. Anscheinend hatte sie gestern Nacht auch noch Männerbesuch – das ist den beiden auch nicht zu verübeln. Eng umschlungen stehen sie an der Theke und Ty haucht ihr leise Worte in ihr Ohr, welche sie zum Kichern bringen.

Ich räuspere mich und mache mich damit bemerkbar.

»Guten Morgen. Habt ihr Evan gesehen?«, frage ich mit Neugier in meiner Stimme.

Vicky sieht mich an und ihr Grinsen verschwindet aus ihrem Gesicht.

»Was ist los?«

Vicky sieht erst zu Tyler, der ihr zunickt. Sie reicht mir einen Brief, den ich mit zitternden Händen nehme und öffne.

Meine Schöne,

ich hoffe du kannst mir verzeihen, aber ich musste gehen. Versteh mich bitte nicht falsch, die gestrige Nacht war einfach wunderschön und ich liebe dich, aber wir können derzeit nicht zusammen sein. Es gibt Probleme und ich muss für eine Weile nach Hause. Ich weiß, es ist nicht in Ordnung, dass ich es dir nicht schon gestern gesagt habe, aber bitte glaube mir, wenn ich dir sage, dass du die Einzige für mich bist. Wir sehen uns zum Kirschblütenball wieder, ich werde dort auf dich warten. Bitte erweise mir die Ehre und begleite mich zu diesem schönen Fest. Vorerst müssen wir uns verabschieden und ich weiß, ein Brief ist nicht die eleganteste Lösung dafür und dass du mehr verdient hast, doch ich konnte dir nicht in die Augen sehen und diese Worte zu dir sagen, denn ich wäre nie gegangen, wenn du mich gebeten hättest zu bleiben.

Ich liebe Dich.

Dein Evan.

Während ich den Brief wieder und wieder lese, um zu verstehen, was geschehen ist, laufen mir immer mehr Tränen über mein Gesicht. Tränen der Trauer. Tränen der Wut. *Wie konnte er mich einfach nur allein lassen? Evan, du verdammter Mistkerl! Wir sehen uns auf dem Ball? Ja, aber nicht so, wie du es dir vielleicht wünscht!* »Süße?«, fragt Vicky vorsichtig. »Was steht drinnen?«

Wortlos überreiche ich ihr den Brief und sie beginnt, ihn zu lesen. Noch immer laufen Tränen über mein Gesicht, die einfach nicht versiegen wollen. Er schreibt zwar er liebt mich, aber laut ausgesprochen hat er diese Worte bisher nicht vor mir. Ich liebe diesen Volltrottel mehr, als ich mir eingestehen möchte, doch sein Verschwinden macht mich sauer.

»Es gibt sicher eine gute Erklärung dafür. Evan ist kein Arschloch. Bitte tu jetzt nichts unüberlegtes, Süße!«, redet Vicky auf mich ein.

»Es tut trotzdem verdammt weh, und eigentlich möchte ich ihn das Gleiche fühlen lassen. Verstehst du das?«

Sie nickt. »Ja, natürlich verstehe ich das. Und ich verstehe auch, dass du ihn dort treffen möchtest, wo es wehtut. Aber ich weiß, dass dieser Plan zwei Menschen verletzen wird, die mir sehr wichtig sind, also bitte ich dich als deine beste Freundin, es nicht zu tun«, beschwört sie mich mit ruhiger Stimme.

Wir beide wissen, dass der „Plan" Hunter ist. Mit ihm könnte ich Evan verletzen. Doch will ich das? Das, was wir hatten, aufgeben? Ich bin schon von zu vielen Menschen enttäuscht und verlassen worden. Zuerst meine Mom, dann Jacob, Hunter und jetzt auch noch Evan. Ich kann das einfach nicht mehr.

»Kannst du mich in den Kursen entschuldigen? Ich möchte allein sein.«

»Natürlich.«

Sie kommt auf mich zu und zieht mich in eine tröstende Umarmung. Ich schleppe mich in mein

Zimmer und hole meine Kopfhörer aus meiner Tasche, stecke mein Handy an und lasse mich von Ben Cocks *So Cold* entführen. Es spiegelt meine Stimmung wider und ich zerfließe völlig.

Irgendwann betritt Vicky mit einem Tablett bewaffnet mein Zimmer. Es muss spät sein, denn von draußen dringt kein Sonnenschein mehr zu mir durch.
»Du musst etwas essen.«
Sie kommt zu mir aufs Bett und stellt das Tablett auf meinem Nachtschränkchen ab. Mit verquollenen Augen sehe ich sie an und erkenne das Mitleid darin. Er ist nicht wieder hier. Er ist noch immer fort und mir fällt das Atmen schwer. So habe ich mich noch nie zuvor gefühlt. Auch nicht, als meine Mom gestorben ist. Dieser Mensch hat als einziger die Macht, mich vollkommen zu zerstören. Mein Herz zu zerquetschen wie eine lästige Fliege. Und genau das hat er getan. Er hatte mein Herz, meine Seele, mein ganzes Sein, und er hat es einfach achtlos fallen gelassen. *Dabei hat er mich quasi angefleht mit ihm zusammen zu sein. Du liebst mich? Du kannst mich nicht lieben, wenn du nicht weißt, was du mir damit antust!*
»Ich habe keinen Hunger«, sage ich zu ihr, drehe mich wieder um und gebe mich meinem Selbstmitleid hin.

Am nächsten Morgen steht Chloe in meinem Zimmer. Sie sieht mich gleich an wie Vicky. Sie muss sie angerufen und ihr erzählt haben, was passiert ist.
»Liz? Darf ich reinkommen?«

»Du bist doch schon drinnen«, seufze ich.

Im Hintergrund läuft gerade *Little do you know.* Ohne diese Musik würde ich vermutlich völlig zusammenbrechen, falls das nicht schon geschehen ist. Sie setzt sich zu mir auf mein Bett und ich lehne mich an ihre Schulter.

»Willst du darüber sprechen?«, fragt sie mich vorsichtig.

Entkräftet schüttle ich meinen Kopf und so sitzen wir einige Zeit, bis ich eingeschlafen bin.

Jeden Tag kommen Vicky und Chloe abwechselnd in mein Zimmer, bringen mir zu essen und zu trinken, doch ich rühre das Essen nicht an. Mein Magen fühlt sich an wie ein riesiger Stein, in den nichts reingeht. Heute habe ich mich das erste Mal aufgerafft und habe geduscht, weil ich mich schon selbst riechen konnte. Die beiden haben in der Zwischenzeit mein Bett neu überzogen. Jeden Morgen, in dem Moment, kurz bevor man richtig wach ist, denke ich, dass alles nur ein böser Traum war und er neben mir liegen wird. Doch dann öffne ich meine Augen und muss wiedererkennen, dass er mich verlassen hat, auch wenn im Brief etwas anderes steht. So fühlt es sich trotzdem so an.

Doch heute fühle ich mich – auch, wenn der Gedanke an ihn mich noch immer verletzt – besser. Ich ziehe mir mein grünes Lieblingskleid an und binde meine Haare zu einem hohen Zopf. Mit Concealer versuche ich meine dunklen Augenringe zu überdecken und gehe in die Küche. Ich rieche den herrlichen Duft von Kaffee und nehme mir eine Tasse. Vicky und Chloe haben ihr Gespräch eingestellt, als ich den Raum betreten habe. Sie sehen mich aus großen Augen an und ein zartes Lächeln umspielt ihre Lippen. Vicky will gerade zum Sprechen ansetzen, als ich sie unterbreche.

»Es gibt ein paar Regeln!« Auffordernd sehe ich die beiden an. Beide nicken schnell.

»Erstens: Sein Name wird nicht wieder erwähnt! Zweitens: Keiner fragt mich, wie es mir geht, denn ich will euch nicht noch mehr Kummer bereiten, aber belügen möchte ich euch auch nicht. Ansonsten können wir über alles reden.«

Vicky ist die Erste, die sich aus der Starre löst und mich umarmt. Chloe kommt auch auf uns zu und so umarmen wir uns alle fest. Ihre Nähe, ihre Freude, darüber mich zu sehen, schenkt mir Hoffnung, darüber hinweg zu kommen. Zu dritt verlassen wir das Haus und begeben uns zu unseren Kursen.

Heute findet am Nachmittag eine Zusammenkunft statt. Keine Ahnung, was damit gemeint ist, es ist mir auch ziemlich egal. Hingehen werde ich trotzdem, denn James hat bereits mehrmals nach mir fragen lassen und ich möchte ihm zeigen, dass es mir gut geht.

Auf dem Weg zu unseren Kursräumen queren die Cheerleader unseren Weg. *Auch das noch. Auf die kann ich gut verzichten.*

»Na? Hat dich Evan auch noch verlassen? Ich will ja nicht gemein sein, aber er weiß, dass er etwas

Besseres als dich verdient hat. Wir hatten gestern ein sehr inniges Gespräch in seinem Zimmer, auf dem Anwesen«, erzählt Brooke und lächelt ihr falschestes Lächeln.

Tränen schießen mir in die Augen, doch ich dränge sie mit aller Macht zurück. *Du wirst jetzt nicht vor dieser Schlampe heulen!*

»Halt doch einfach deine dumme Fresse, Brooke«, keift Chloe sie an und stellt sich vor mich.

»Wenn du willst, überlasse ich dir aber liebend gern den süßen Hunter. Er redet noch immer wie ein völlig Besessener von dir. Aber Evan – nein, Evan erwähnt dich mit keinem Ton. Und wenn ich ihn küsse, weiß er nicht mal mehr deinen Namen.«

So, das reicht jetzt. Ich bin nicht hilflos und auch wenn es süß von Chloe ist, mich beschützen zu wollen, dieser Schlampe werde ich jetzt mal zeigen was es heißt, Alice Foster zu sein.

»Hör mal, Brooke. Wird es dir nicht zu dämlich, meine abgelegten Sachen zu nehmen? Nimm Hunter, nimm Evan – es ist mir scheißegal! Aber lass mich einfach zufrieden. Du bist eine Acht und nichts wert in meiner Welt. Also verschwinde aus meinem Blickfeld, sonst werde ich dir zeigen, dass du mit deinem Cheerleading-Training nichts gegen einen gut platzierten Front-Kick entgegenzusetzen hast«, beende ich meine kleine Rede.

Völlig entgeistert sieht sie mich an und schluckt hörbar.

»Kusch!«, macht Vicky und die Schlampen suchen das Weite.

»Du glaubst ihr doch bitte kein Wort, oder? Er hat nichts mit ihr!«, beschwört Vicky mich.

»Ich weiß. Trotzdem tut es nicht weniger weh.«

DAS AUSTAUSCHSEMESTER

Am Nachmittag finden wir uns in der großen Halle ein und warten auf meinen Onkel, den Dekan der Uni. Mit selbstsicheren Schritten betritt er das Podium und sieht in die Menge der Studenten.

»Liebe Studenten und Studentinnen, es ist mir eine Ehre bekannt zu geben, das uns für das nächste Semester – also nach dem Kirschblütenball – Studenten der Yamamoto Universität besuchen. Ebenfalls ist es möglich, sich für das darauffolgende Semester für ein Austauschsemester in Japan einzutragen. Seien Sie sich jedoch der Verantwortung bewusst, unsere Schule zu vertreten. Da ich mir denken kann, dass sehr viele an diesem Programm teilnehmen möchten, gibt es ein Auswahlverfahren. Es werden zehn Studenten der Kaste Acht bis Zehn bei uns erscheinen, ebenso werden auch von unserer Universität nur zehn Studenten der Kasten Acht bis Zehn daran teilnehmen.«

Jubel brandet auf und auch mich überkommt eine ungeheure Euphorie. DAS könnte es sein, was ich brauche. Nachdem der Jubel sich beruhigt hat, spricht James weiter.

»Das Auswahlverfahren bezieht sich auf Ihre schulische Leistung, den Wahlfächern, die sie belegt haben, und Ihren Stärken sowie Schwächen.«

Dass der Letzte Teil nur für die oberen Kasten gedacht ist, ist ja wohl klar. Aber er hat es geschickt verpackt, um nichts zu verraten.

»Sollten Sie ausgewählt werden, wird Ihnen ein Student der anderen Hochschule zugeteilt, für den Sie während seines Aufenthalts verantwortlich sind und umgekehrt. Will heißen – dieser Student oder diese Studentin wohnen auch in Ihrem Haus oder Zimmer. Natürlich werden wir den Kasten entsprechend zuteilen. Sollten Sie sich anmelden wollen, finden Sie auf Ihren Tablets das Anmeldeformular. Die Bekanntgabe, wer es geschafft hat, findet beim Kirschblütenball statt. Vielen Dank für Ihre Aufmerksamkeit.«, endet mein Onkel und verlässt das Podium.

Lächelnd sehe ich Vicky an.

»Wir melden uns dafür an. Und wenn wir genommen werden hoffe ich mal auf einen süßen Zehner, der bei uns wohnen wird und mit dem ich mich von Evan ablenken lassen kann.« »Aber natürlich melden wir uns dafür an. Und weil es nur zwei Zehner dieses Jahr gibt, kannst du dir deinem Platz schon sicher sein. Abgesehen davon glaubst du doch nicht im Ernst, dass ich dich alleine nach Japan lasse.«

Sie lächelt und hängt sich bei mir ein. Gemeinsam verlassen wir das Hauptgebäude und gehen in die Kantine, um uns etwas zu Essen zu holen. Der Kellner weist uns einen Platz zu – ich finde das noch immer befremdlich. Wir bestellen uns das Tagesmenü, welches aus Kalbscannelloni oder indischem Curry besteht. Vicky und ich nehmen beide das Curry, weil wir beide keine Ahnung haben, was ‚Kalbscannelloni' sind. Während wir auf unser Essen warten, nutzt Vicky die Chance und fragt nach *ihm*.

»Hat er sich schon gemeldet?«

Ich verziehe mein Gesicht und schüttle den Kopf. Ich habe ihm tausend Nachrichten auf seine Mailbox gesprochen und Nachrichten geschrieben, die er zwar gelesen, aber nicht beantwortet hat, und langsam macht mich dieser Umstand wütend.

»Der Ball ist in fünf Wochen! Wir sollten uns ein Kleid besorgen«, meint sie aufgeregt. Sie geht mit Ty dorthin.

»Ich weiß nicht, ob ich ein Kleid brauchen werde. Ich denke, ich gehe nur zur Ankündigung und dann wieder nach Hause.«

»Papperlapapp! Evan wartet dort auf dich und er hat seine Versprechen bis jetzt immer gehalten. Also werden wir dir ein Kleid besorgen, dass ihm Sehen und Hören vergeht.«

Draußen treffen wir auf Chloe in ihrem Cheerleader-Outfit.

»Hey, Chloe. Wir wollen morgen in die Stadt fahren und uns ein Kleid für den Ball besorgen. Kommst du mit?«, frage ich sie.

»Klar komme ich mit! Es gibt wunderbare Neuigkeiten – ich gehe mit Blake auf den Ball. Er hat mich endlich gefragt. Oh Leute, ich freue mich so wahnsinnig!«, kreischt sie los.

Ganz unvermittelt läutet mein Telefon und als ich den Namen des Anrufers auf den Display erkenne, stockt mein Atem. *Er* ist es! Er ruft mich an!

Vicky bemerkt meine Veränderung sofort und sieht mich an.

»Was ist los, Süße? Wer...? – Oh nein, er ist es, oder? Gib mal her!«

Wortlos reiche ich ihr mein Handy.

»Was willst du?«, fragt sie mit scharfer Stimme.

Ich deute ihr an, dass sie auf Lautsprecher stellen soll, weil ich einfach wissen, was er zu sagen hat.

»Gib sie mir Vicky! Ich muss mit ihr sprechen!«, herrscht er sie an.

»Warum? Damit du ihr noch eine Abfuhr erteilen kannst? Vergiss es, E! Ich lasse es nicht zu, dass du meine harte Arbeit zerstörst!«, schreit sie schon fast ins Telefon.

Sie hat Recht, ich würde es nicht verkraften, schon jetzt mit ihm zu sprechen.

»Was meinst du? Bitte lass mich mit ihr sprechen, V. Ich *muss* einfach mit ihr reden.«

Sie sieht mich fragend an und ich nicke.

»Sag einfach, was du zu sagen hast, sie hört dich.«

Man hört die Verachtung richtig, die sie Evan entgegenbringt, obwohl er einer ihrer ältesten Freunden ist.

»Liz? Bitte, Hübsche, rede mit mir. Ich vermisse dich!«

Hat der Typ völlig einen an der Klatsche? Erst verlässt er mich – aber ja eigentlich nicht richtig, denn da war ja dieser bescheuerte Brief – aber jetzt vermisst er mich?

»Du hast mich verlassen. Ich wüsste nicht, was es noch zu besprechen gibt«, bringe ich zitternd hervor.

»Ich weiß, dass es sich so angefühlt haben muss. Aber du musst mir glauben, dass ich dich über alles liebe und ich nicht gegangen wäre, hätte es eine andere Lösung gegeben. Ich wünsche mir wirklich, du kannst mir verzeihen und dass du mit mir auf den Ball gehst.«

»Ich weiß nicht ob ich das kann, Evan.«

Während ich spreche nehme ich Vicky das Handy aus der Hand und rede leiser weiter. Es muss nicht jeder mitbekommen, was wir uns zu sagen haben. Ich nicke Vicky und Chloe zu und steuere eine der Bänke an, die die Straße säumen.

»Ich habe dir Nachrichten geschickt. Ich habe dich angerufen und du hast mich ignoriert. Jeden Morgen bin ich aufgewacht in der Hoffnung, du wärst bei mir. Aber soll ich dir was sagen? Du warst nicht da. Also sag mir, wie soll ich dir jemals wieder vertrauen können?«

Ich höre ihn schlucken.

»Ich weiß, dass ich dich verletzt habe – «

Ich unterbreche ihn.

»WAS weißt du? Wie ich, nachdem ich deinen Brief gelesen habe, zusammengebrochen bin? Du hast mich zerstört, Evan. Und ich weiß nicht ob ich es schaffe, mich wieder aufzuraffen, wenn du mich wieder fallenlässt. Ich liebe dich mehr, als du dir nur vorstellen kannst, aber ich würde das kein zweites Mal schaffen.«

»Bitte hör auf. Ich werde dich, wenn ich zurück bin nie wieder verlassen. Ich hätte dich einfach mitnehmen sollen. Das weiß ich jetzt auch, aber es ist zu spät. Mein Grandpa wurde von der Yako bedroht und ich... ich musste nach Hause. Meine ganze Familie ist auf dem Anwesen, aber sie ist nicht komplett, denn du fehlst meine Schöne. Bitte verzeih mir und lass mich dich zu dem Ball begleiten. Ich werde dich nie wieder enttäuschen.« Ich weiß, ich sollte es ihm nicht so leicht machen. Er hat mich zutiefst verletzt, aber ich liebe diesen Arsch von ganzem Herzen.

»Ich brauche Zeit. Aber Evan, bitte versprich mir, jeden verdammten Tag zu schreiben. Wir sehen uns beim Ball.«

Ich will bereits auflegen, als er noch etwas hinzufügt.

»Danke. Ich werde dir jede verdammte Stunde schreiben. Und Liz – sag Vicky, ich hab sie lieb und sie soll mit dir zu Camila fahren. Sie weiß, was ich meine. Ich liebe dich.«

Danach legen wir beide auf. Die Sonne geht unter und der Tag neigt sich dem Ende zu. *Er hat es gesagt! ICH LIEBE DICH! Am Telefon Alice! Ich weiß. Aber er hat es gesagt.*

Aus unserem Bungalow dringt Gebrüll. Ich öffne vorsichtig die Eingangstür und horche, wer sich da streitet.

»Du hast sie rangehen lassen? Bist du völlig übergeschnappt, Vicky?«

Okay, anscheinend ist Hunter hier und ich habe keine Ahnung, was hier gerade abgeht.

»Ja, natürlich. Er ist ihr Freund verdammt nochmal!«, brüllt sie zurück.

»Er hat sie sitzen gelassen und mit einem scheiß Brief abgespeist. Du weißt, dass ich ihr so etwas nie antun würde!«, schreit er zurück.

»Nein, du hast ihr einfach nur ihren freien Willen nehmen und einsperren wollen! Vergiss es, Hunter, ich bin im Team-Evan. Auch, wenn er gerade Scheiße gebaut hat. Und jetzt geh bitte, sie ist verwirrt genug. Sie braucht jetzt nicht auch noch das hier!« *Go Vicky!* Sie kennt mich einfach zu gut.

Ich betrete die Küche und sehe beide erwartungsvoll an.

»Hey, Leute. Alles klar?«, frage ich mit zuckersüßer Stimme und beide wissen, dass ich sie gehört habe.

»Ich glaube du solltest jetzt gehen, Hunter« bitte ich ihn mit einem Nicken Richtung Tür.

Schweigend kommt er auf mich zu, nimmt mich in den Arm und flüstert: »Du weißt, dass du mir gehörst. Lass den kleinen Scheißer doch einfach fallen und komm zu mir. So, wie es deine Bestimmung ist.«

Bevor ich auf diese absurde Aufforderung eingehen kann, ist er auch schon zur Tür hinaus. Vicky verdreht währenddessen nur die Augen.

»Und, wie ist es mit Evan gelaufen?«

Ich sehe sie an und ein winziges Lächeln stiehlt sich auf meine Lippen.

»Oh Gott sei Dank! Sei mir nicht böse, ich liebe meinen Bruder, aber er wäre nicht der Richtige für dich!«, plappert sie los.

»Ja, wir haben uns vertragen und ich gehe mit ihm zum Ball. Ich soll dir apropos ausrichten, dass er dich lieb hat und du mit mir zu Camila gehen sollst, was auch immer das bedeuten soll.«

Das Gekreische, das daraufhin folgt, ist ohrenbetäubend.

»Oh mein fucking Gott! Camila? Camila Andrews? Ich werde wahnsinnig. Wie hat er das nur geschafft?«, quietscht sie aufgeregt.

Ratlos starre ich sie an. Keine Ahnung, wer diese Camila Andrews ist.

»Wer soll das sein?«, frage ich nonchalant.

»Wer das ist? Ach, nur die angesagteste Modedesignerin unserer Generation!. Ich vergesse immer wieder, wie wenig du dich für sowas interessiert und wie viel Einfluss Evan tatsächlich hat. Oh mein Gott, ich kann es einfach nicht glauben!« *Ach du heilige Scheiße!* Ich weiß jetzt schon, dass das Kleid, welches es auch immer werden wird, ein Vermögen kostet. *Der Kerl hatte sie nicht mehr alle.*

Am nächsten Morgen wurde ich nicht wie immer von Sonnenstrahlen wachgeküsst, sondern von einer quietschenden Vicky und einer auf- und abhüpfenden Chloe.

»Komm schon, Schlafmütze! Wir wollen los.«

Murrend ziehe ich mir die Decke über den Kopf. Ich bin bei weitem kein Frühaufsteher und ohne Kaffee schon gar nicht in der Lage, mich verbal auszudrücken, doch dann schnuppere ich ein würziges Aroma und luge unter der Decke hervor.

»Wir haben dir Kaffee mitgebracht. Wir wissen ja, dass du vorher nicht richtig funktionierst.«

Ich greife nach der Tasse und trinke einen vorsichtigen Schluck davon. Ich will mich nicht an der Brühe verbrennen, doch ich bemerke schnell, dass er die perfekte Trinktemperatur hat. Die Mädels wollen anscheinend keine Zeit verlieren.

»Ich habe gestern mit Evan telefoniert«, verrratet Vicky mit vorsichtiger Stimme, »er hat auch für mich und Chloe Kleider zurücklegen lassen.«

Lächelnd sah ich sie an. Ich habe mir schon gedacht, dass er sie nicht mitschicken würde, wenn die beiden nicht auch ein Kleid bekommen, deshalb freue ich mich für die beiden. Mir ist das Ganze etwas zu überzogen.

Nachdem ich mich fertig gemacht habe, wartet vor der Tür eine Limousine von Bentley. Mein Mund bleibt offen stehen. *Der Trottel hat tatsächlich ein Auto für mich gekauft.*

»Was hast du denn, Süße?«, fragt Chloe.

Vicky, der ich damals von diesen bescheuerten Nachrichten erzählt habe, ist ebenfalls still geworden.

»Er hat es getan. Ich bin… Ich weiß nicht, was ich dazu sagen soll.«

»Kann mir mal jemand erklären, was mit euch los ist?«, echauffierte sich Chloe.

In kurzen Sätzen erkläre ich ihr alles und dann hat es auch ihr die Sprache verschlagen.

»Wow.«

Ja, das kann sie laut sagen. Der Kerl hat mir einfach ein Auto geschenkt.

EIN GROSSES PROBLEM

Der Wagen hält vor einer kleinen Boutique und Alfred
öffnet uns die Tür des Bentleys.

»Danke, Alfred. Ich weiß leider nicht, wie lange wir
dort drinnen brauchen. Soll ich Sie anrufen, wenn wir
fertig sind?«, frage mit einem Anflug von schlechten
Gewissen.

»Nicht doch, Miss. Ich werde hier warten und wenn Sie
fertig sind, werde ich den Damen helfen, Ihre Einkäufe
zu verstauen. Haben Sie viel Spaß. Master Evan hat
Ihnen schöne Sachen ausgesucht.«

Mit einem Zwinkern dreht er sich um, setzt sich wieder
hinter das Lenkrad des Wagens und parkt ihn an der
anderen Straßenseite.

Wir betreten das Geschäft und eine kleine Glocke
verkündet unser Eintreffen. Ein vertrautes Gefühl
macht sich in mir breit und ich vermisse meinen Dad
und Jacob. Ich freue mich schon, die beiden in den
Semesterferien zu sehen und ihnen Evan nun doch
vorstellen zu können. Gott sei Dank habe ich noch

nicht mit meinem Dad gesprochen, das wäre jetzt ganz schön peinlich.

»Hallo, ihr müsst Evans Freunde sein«, begrüßt uns eine hochgewachsene Frau in einem stilvollen Kostüm.

»Ja, ich bin Liz und das sind meine besten Freundinnen Vicky und Chloe«, stelle ich uns vor.

»Folgt mir bitte.«

Eleganten Schrittes geht sie voran und wir folgen ihr in einen weniger einsehbaren Bereich.

»Nun gut. Als Evan mich angerufen und gesagt hat, er braucht drei umwerfende Kleider, wusste ich nicht recht, was mich erwartet. Ich hatte ja nur Bilder von euch damit ich weiß, welche Farben ich am besten verwende, aber ihr seht noch schöner als auf den Bildern aus.«

Sie klatscht zwei Mal in die Hände und plötzlich kommt Bewegung in den schönen, mit Teppich ausgelegten Raum. Drei weitere Angestellten kommen auf uns zu und schleppen Kleidersäcke mit sich. In der Mitte befindet sich eine rundes erhöhtes Podest und davor eine Sofalandschaft für die Begleitung.

Wir lassen uns darauf fallen und fühlen uns wie Prinzessinnen. Ich denke, das ist es, was Evan dabei im Sinn hatte. Auf dem kleinen Tischchen vor uns werden gefüllte Sektflöten und Häppchen abgestellt. Vicky greift nach einem Glas und erhebt es.

»Auf uns!«, ruft sie aus und wir stoßen gemeinsam an.

»Darf ich euch bitten, mich zu begleiten?«, fragt mich eine hübsche Angestellte, die eindeutig lateinamerikanische Wurzeln hat.

Mit einem Nicken erhebe ich mich von meinem Platz und folge ihr nach hinten. Camila wartet dort bereits mit einem petrolfarbenen Traum aus Chiffon auf mich.

»Ich dachte mir, dass diese Farbe deine Haare besonders betont«, erklärt sie mir ihre Auswahl.

»Tatsächlich ist das meine Lieblingsfarbe.«

Das Kleid ist oben eng geschnitten und hochgeschlossen. Am Rücken ist der Ausschnitt jedoch so tief, dass ich darunter keinen BH tragen kann. Ab der Taille fällt es in mehreren Lagen zu Boden und umspielt meine Knöchel. In der Mitte ziert das Kleid ein schmales Band, auf das eine wunderschöne Kirschblüte gestickt ist.

Eine andere Frau reicht mir silberne Riemchensandalen und eine silberfarbene Clutch. Vorsichtig probiere ich alles an und gehe wieder nach vorne zu den Mädels.

»Wow! Du siehst umwerfend aus, Alice. Evan wird es die Sprache verschlagen. Trägt er etwas passendes dazu?«, fragt sie Camila, die nickt.

Natürlich trägt er etwas passendes, dieser Typ überlässt natürlich nichts dem Zufall. Ich betrachte mich im Spiegel und erkenne mich beinahe nicht wieder. Ich sehe aus wie eine erwachsene Version meiner Selbst.

Nachdem ich mich wieder in meine eigenen Klamotten gequält habe, sind Vicky und Chloe dran. Chloes Kleid ist schwarz und sehr figurbetont. Es hat einen Herzausschnitt und ist am Saum mit glitzernden

Steinen besetzt. Sie dreht sich vor mir im Kreis und lässt sich von mir bewundern.

Danach kommt Vicky in einem bordeauxfarbenen Zweiteiler nach vorne. Der Rock ist bodenlang und besteht aus Chiffon. Das Oberteil ist komplett mit Spitze und Pailletten bestickt, ist etwas kürzer und lässt einen gebräunten Streifen Haut frei. Nachdem wir alle angezogen sind stellen wir uns zusammen vor den großen Spiegel und betrachten uns grinsend. Wir sehen wie Königinnen aus. Schnell eilt Chloe zu ihrer Tasche, fischt ihr Handy daraus hervor und schießt ein Foto von uns dreien vor dem Spiegel.

Nachdem wir uns wieder umgezogen haben, wartet Camila bereits mit einigen Mitarbeitern auf uns.

»Ich hoffe, die Kleider sind zu eurer Zufriedenheit. Habt viel Freude damit.«

Mit diesen Worten überreichen uns ihre Mitarbeiterinnen jeweils eine rosafarbene Tüte, in der unsere Kleider eingepackt sind. Jeder nimmt sein Kleid entgegen und wir begeben uns hinaus auf die Straße. Dort wartet Alfred bereits auf uns und nimmt uns die Tüten ab, um sie im Kofferraum der Limousine zu verstauen.

Gegen 19.00 Uhr erreichen wir den Campus und Alfred trägt unsere Kleider in Vickys und meinen Bungalow, denn wir haben beschlossen, uns vor dem Ball hier gemeinsam fertig zu machen.

Jetzt sitzen wir unten auf dem Sofa und ziehen uns Vickys Lieblingsserie auf Loopstar rein. Irgendwann löst sich Chloe aus den weichen Kissen, um nach Hause zu gehen.

»Ich werde auch schlafen gehen, V. Gute Nacht.« sage ich, erhebe mich aus den weichen Kissen und gehe in mein Zimmer.

»Träum süß!« ruft mir Vicky noch hinterher.

Ich weiß jetzt schon, dass sie noch lange nicht schlafen wird. Ich habe vorhin bemerkt wie sie sich mit Tyler geschrieben hat. Entschlossen greife ich nach meinem Handy und öffne den Chat mit Evan.

Ich: *Mein Kleid passt also zu dir? So sicher, dass ich dich begleiten werde?*

Es dauert nicht lange und Evans Punkt wird grün.

Evan: *Natürlich passt es zu mir. Aber vor allem wirst du darin fantastisch aussehen. Schade, dass ich kein Bild bekommen habe. Ich merke, die Damen haben sich gegen mich verschworen.*

Vicky hat mir erzählt, dass Evan um ein Bild von mir im Kleid gebeten hat, aber es soll – wenn er es schon ausgesucht hat – noch eine Überraschung bleiben.

Ich: *Verschwörung ist so ein hartes Wort. Nennen wir es gerechte Strafe für dein vergangenes Verhalten.*

Evan: *Du weißt, dass es mir leidtut?*

Ja, ich weiß, wie leid es ihm tut und dieser Satz war absolut nicht als Vorwurf gedacht. Ich hoffe, er hat ihn nicht falsch verstanden.

Ich: *Ja, das weiß ich, und ich habe dir verziehen. Können wir das Thema bitte einfach ruhen lassen? DANKE!*

Evan: *Natürlich, meine Schöne. Wir sehen uns bald.*

Ich bin zu spät! Und zwar viel zu spät! Mein Wecker hat selbst verschlafen, das blöde Mistding, und die Sonne hat mich auch hängenlassen, weil sie sich gestern Nacht wahrscheinlich gedacht hat ‚*Ah, die rothaarige Hexe hat schon viel zu lange nicht mehr verschlafen. Ich gebe mir heute mal die Kante und mache morgen einfach blau.*‘
Verdammte Scheiße!
Der erste Kurs ist bereits vorbei, nicht weiter schlimm, das war nur Literatur. Aber ich sollte jetzt bereits in Geschichte sitzen. Ich liebe dieses Fach und der Abschluss ist mir wichtig, auch wenn ich ihn nicht brauche.
In Rekordgeschwindigkeit ziehe ich mich an, stecke mein rotes Haar zu einem unordentlichen Knoten zusammen und schnappe mir mein Telefon.
Ich bin bereits auf dem Weg nach draußen, als mein Tablet einen Laut von sich gibt. Komisch, das Tablet wird nur für offizielle Nachrichten von der Uni verwendet. Stirnrunzelnd bleibe ich auf dem leeren,

von Blumen gesäumten Weg stehen und öffne die Nachricht.

Sehr geehrte Studenten und Studentinnen,

Sie werden umgehend in der großen Halle erwartet. Es hat einige Änderungen gegeben, die Ihrer Aufmerksamkeit bedürfen. Ihre Professoren wissen Bescheid und sollten Sie in diesem Moment bereits entlassen.

Hochachtungsvoll,
Dekan Dr. James Miller

Ach du Scheiße! Bis zur großen Halle brauche ich etwa fünfzehn Minuten, deswegen bleibt mir nichts anderes übrig, als zu laufen.

Völlig außer Atem – ich sollte wirklich meine Ausdauer trainieren – komme ich in der großen Halle an. Mein Blick schweift über meine Kommilitonen und ich entdecke Vickys perfekt frisierten Kopf. Mühsam zwänge ich mich durch die Studenten, denn wie soll es anders sein – die Streberin, die mich verschlafen hat lassen, steht in der ersten Reihe. Endlich bei ihr angekommen, sieht sie mich mit ihrem süßen Lächeln an. *Nicht heute, Fräulein!*
»Ich habe verschlafen. Warum hast du mich nicht geweckt?«, frage ich sie zischend.
Ihre Stirn runzelt sich und sie sieht mich an.

»Ich dachte, du hättest heute nur am Nachmittag Kurse«, sagt sie und sieht mich entschuldigend an.

»Wir haben doch gemeinsam Literatur und das war schon um 8.00 Uhr. Wo warst du?«

Noch immer sieht sie mich stirnrunzelnd an.

»Literatur wurde abgesagt, weil Prof. Holt krank ist. Deswegen habe ich dich schlafen gelassen«, meint sie versöhnend.

Na klar, deswegen dachte sie nicht an meinen Geschichtskurs. Sie kennt auch nicht meinen gesamten Stundenplan und ich auch nicht ihren. Ich setze gerade zu einer Entschuldigung an, als mein Onkel das Podest betritt.

»Sehr geehrte Studenten und Studentinnen, ich habe Sie kurzfristig hergebeten, weil es eine Veränderung im Protokoll gibt. Wie Sie wissen, hätte die Bekanntgabe der Auserwählten dieses Wochenende am Kirschblütenball stattfinden sollen, jedoch hat sich anscheinend ein Fehler eingeschlichen und unsere Freunde aus Japan werden schon Morgen anreisen. Aus diesem Grund geben wir schon heute die Auswahl bekannt.«

Lautes Gemurmel unterbricht meinen Onkel in seiner Ansprache.

»Oh, Gott! Hoffentlich bin ich dabei!«

»Wetten, Alice braucht nicht zu bangen?«

»Evan auch nicht. Dass die Zehner dabei sind, ist ja wohl klar!«

Rundherum schnappe ich Gesprächsfetzen dieser Art auf. Vicky sieht mich entschuldigend an. Sie kann nichts dafür, dass diese Leute eifersüchtig sind. Ich tue es mit einem Schulterzucken ab. James versucht gerade, sich wieder Gehör zu verschaffen, als die Meute abrupt verstummt. Vicky klappt der Mund auf und sie zeigt in Richtung Ausgang.

Was will sie denn jetzt schon wieder? Ich will doch sehen, was hier los ist.

Und dann sehe ich es. Da steht er – mein Evan! So, als wäre er nie fort gewesen. Mit großen Schritten betritt er die Halle und geht schnurstracks auf das Podest zu, auf dem noch immer mein Onkel steht.

»Evan, schön, dass du es einrichten konntest. Ich weiß, der Rat erwartet gerade deine Hilfe, deswegen freue ich mich natürlich umso mehr, dass du unserer Einladung gefolgt bist.«

Evan sieht ihn an und reicht ihm seine Hand. Mich sieht er nicht an. *Was ist denn jetzt schon wieder los?* Ich beschließe, ihn später darauf anzusprechen, denn ganz ehrlich – jetzt eine Szene zu machen, wäre nicht gerade passend.

»So, da ich mir nun Ihrer Aufmerksamkeit wieder sicher sein kann, fahren wir fort«, erklärt James hoheitsvoll.

Evan steht ausdruckslos daneben, seine Augen wandern über die Menge, streifen auch die meinen, bleiben aber nicht bei mir hängen. James zieht währenddessen sein Tablet aus der Jackentasche. Er räuspert sich, bevor er zu sprechen beginnt.

»Nun gut! Folgende Schüler kommen bitte zu mir auf das Podest. Sie werden morgen unsere Freunde aus dem Osten begrüßen und unsere Schule vertreten.« Sein Blick schwankt kurz über uns, bevor er sich wieder dem Tablet widmet.

»Aus der Kaste Acht vertreten uns Blake Austin, Jessica McDuff und Brooke Sanderson.«

Die drei begeben sich auf das Podest und stellen sich hinter meinem Onkel auf. Brooke hebt hoheitsvoll ihr Kinn und sieht mit ihrer typischen arroganten Art zu uns herunter. Sie genießt es, einmal über uns zu stehen, auch wenn es nur für eine Minute ist. Keine Ahnung, wie diese einfältige Kuh es geschafft hat, dabei zu sein.

»Aus der Kaste Neun vertreten uns Chloe Marie Bishop, Viktoria Ari van Lose« – ein Quietschen ertönt neben mir und ein überglückliche Vicky hüpft zur Bühne – »Hunter Jin van Lose« – *Jin? Davon wusste ich gar nichts! Wird an der japanischen Grandma liegen.* Die beiden sprechen ja auch fließend Japanisch und Mandarin, obwohl diese Sprachen seit der Reform längst ausgestorben sind. Ihre Eltern haben trotzdem darauf bestanden, dass sie es lernen. Meiner Meinung nach völlig umsonst. Seit der Reform sprechen wir alle nur noch Englisch.

Mit einem Räuspern fährt mein Onkel fort: »Tyler James Hudson und Isaac Finn Hudson.«

Oh mein Gott. Muss er unbedingt alle Namen aufzählen?

»Aus der Kaste Zehn vertreten uns Alice Cecilia Foster und Evan Alexander Theodor Thompson.«

Er hat es getan! Dafür könnte ich James wehtun! Ich begebe mich ebenfalls auf die Bühne und stelle mich direkt neben Isaac, der mich mit Stolz in den Augen anlächelt. Der kleine Kerl ist erst fünfzehn, spielt aber definitiv bei den Großen mit.

»Gut, gut. Die anderen dürfen sich nun wieder Ihren Kursen widmen. Sie«, er dreht sich zu uns um und geht voran, »folgen mir bitte«, sagt er mit erhabener Stimme.

Wir folgen ihm in sein Büro wo er uns bittet, vor seinem Tisch Platz zu nehmen.

»Nun gut, ich teile Ihnen nun Ihre Partner für das nächste Semester zu. Ich möchte nochmals betonen, dass ich keine Verfehlungen dulden werde. Der kleinste Fehler und sie fliegen aus dem Programm.«

Er haut einen schwer auszusprechenden Namen nach dem anderen raus und ich hoffe, dass ich meinen Buddy richtig ansprechen kann.

»Viktoria, Ihre Partnerin heißt Shinji Tabusori. Hunter, Ihr Partner heißt Keiji Tabusori. Die beiden sind ebenfalls Geschwister. Chloe, Ihnen wird Yui Kengoki zugeteilt. Tyler, Sie betreuen Sasuke Tenturo und Isaac, Sie sind Shiro Shen zugeteilt.«

Alle bekommen, nachdem James die Namen verlesen hat, einen Zettel in die Hand gedrückt.

»Normalerweise teilen wir nicht nur nach den Kasten zu, sondern auch nach Geschlecht. Leider gibt es momentan nur männliche Abkommen der Kaste Zehn auf der Yamamoto.«

Sein Blick gleitet schuldbewusst zu mir. *Oh, ich weiß, was jetzt kommt.*

»Deswegen haben wir dir, Alice, Tian Border zugeteilt. Er kommt ursprünglich von hier, er und seine Familie sind aber nach Japan gezogen, nachdem sein Vater dort einen Platz im Rat bekommen hat. Evan, Ihnen wird Kaito Border zugewiesen. Die beiden sind Brüder.«

Auch wir bekommen Akten in die Hand gedrückt.

»Bitte lesen Sie sich die Akten sorgsam durch, darin stehen die Kurse Ihrer Partner. Sie werden für die Zeit Ihres Aufenthalts die Seminare Ihrer Schützlinge mitbesuchen. Natürlich haben wir die Partner so gewählt, dass Ihre Kurse sehr ähnlich sind, oder sich gar mit Ihren decken. Sollten sich Ihre Kurse mit deren überschneiden, sind sie freigestellt, die Prüfungen müssen Sie jedoch trotzdem ablegen. Ich hoffe es ist Ihnen bewusst, welche Verantwortung Sie ab heute tragen.«

Er lässt seine Worte kurz wirken, bevor er weiterspricht.

»Ihre Unterkünfte wurden in der Zwischenzeit von Mitarbeitern für Ihre Schützlinge vorbereitet. Morgen um diese Zeit erwarte ich Sie pünktlich hier.«

Mit einem Handwedeln entlässt er uns. Völlig überfordert, dass wir nun ein doppeltes Lernpensum halten müssen, verlassen wir sein Büro.

»Alice!«, ruft James mir nach und ich bleibe stehen.

»Kannst du bitte noch einen Augenblick bleiben?«
Evan hat sich ebenfalls nicht vom Fleck bewegt und ich
gehe wieder zurück in den Raum.

„Ja? Habe ich was angestellt?" frage ich vorsichtig. Ich
hoffe er weiß nicht, dass ich nicht mitbekommen hat,
dass ich heute zu spät war. Wäre nach dieser
Ansprache wohl nicht so gut.»Nein, natürlich nicht. Ich
möchte nur, dass du weißt, dass Mister Thompson nun
dein Pate ist. Mister und Miss van Lose wurden
seitdem«, er macht eine kurze Denkpause, so als
wüsste er nicht, wie er seine weiteren Worte
formulieren sollte, »ähm, Zwischenfall von Ihrer Pflicht
befreit. Bitte versuche, dich nicht wieder verletzen zu
lassen«, verlangt er von mir. *Natürlich! Ich habe mich
ja auch absichtlich kidnappen lassen! Aber danke für
den Tipp!*
Ein Schnauben verlässt meinen Mund. Evan sagt in all
der Zeit nichts.

Danach sind wir entlassen und gehen gemeinsam auf
den Flur. Evan presst mich überraschend gegen die
Wand und seinen Mund auf meinen.

»Ich habe dich so sehr vermisst«, raunt er zwischen
zwei Küssen. *Wow! Haben wir heute zwei
Persönlichkeiten? Erst eiskalt und jetzt heiß wie die
Sonne?*
Nach ein paar weiteren Küssen lösen wir uns
voneinander.

»Wir müssen reden«, sagt er und sieht mich
eindringlich an. Ich nicke und folge ihm aus dem
Gebäude.

In seinem Bungalow angekommen, gehen wir sofort in sein Zimmer. Erst jetzt fällt mir auf, dass ich noch nie hier war, er war bis jetzt immer bei uns.

Das Haus ist gleich wie unseres geschnitten, aber es ist nicht sehr heimisch. Keine Deko, keine Bilder. Ich sehe mich noch immer um, als er wieder zu sprechen beginnt.

»Wir haben ein großes Problem.«

DIE ANKUNFT

»Mensch, was soll das heißen?«, jammert Vicky mir
die Ohren voll.
Leider kann ich es ihr auch nicht erklären. Nachdem
Evan gestern gesagt hat, dass wir ein Problem hätten,
hat er versucht, es mir zu erklären, jedoch war das
Ganze so kryptisch, dass ich es nicht verstanden habe,
und bevor ich nachfragen konnte, bekam er einen
Anruf und hat mich nach Hause geschickt. Irgendwas
ist mit ihm los, ich weiß nur noch nicht, was.
»Keine Ahnung, V.«
»Okay, dann gehen wir alles noch mal durch«, meint
sie und holt Luft.
»Er hat gesagt, sein Großvater hat ihn vor der Yako
gewarnt. Sie seien hinter dir her, wegen deiner
Fähigkeiten, obwohl du sie noch nicht mal
kontrollieren kannst. Das ergibt keinen Sinn. Was
sollen die dann mit dir anfangen? Sorry«, fügt sie
entschuldigend in meine Richtung hinzu.
Ich winke nur ab. *Wo sie Recht hat!?*
»Siehst du? Völliger Schwachsinn. Ich meine, ich habe
so meine Momente, in denen ich denke, ich bin was

Besonderes, weil ich gekidnappt werde. Aber wegen meiner Fähigkeiten? Das ist tatsächlich lächerlich, das können andere wesentlich besser als ich«, zähle ich die Fakten auf.

»Okay, wir müssen das später weiter erörtern. Vorher müssen wir jetzt zum Empfang.«

Sie hat Recht. Wir haben uns, während wir uns über Evans Botschaft den Kopf zerbrochen haben, angezogen. Wir tragen beide ein Cocktailkleid und dazu Heels. Vicky hat ihre schwarze Mähne zu großen Locken gedreht und meinen roten Haufen an Locken haben wir geglättet und zu einem strengen Dutt gebändigt.

In der großen Halle angekommen, sehen wir in einen Haufen fremder Gesichter. Manche asiatischer, andere europäischer Abstammung, und manche sind eine Mischung aus verschiedenen Kulturen. Ich zum Beispiel bin unter anderem auch irischer Abstammung. Meiner irischen Abstammung, habe ich vermutlich auch meine roten Locken zu verdanken.

Unsere Kommilitonen haben sich ebenfalls bereits eingefunden und dann tritt James zu uns vor.

»Guten Tag«, begrüßt er uns kühl und dreht sich zu den Austauschstudenten um.

»Es ehrt uns, Sie hier in Karnstein begrüßen zu dürfen. Ihnen gegenüber stehen Ihre für das folgende Semester zugeteilten Partner.«

Er ruft nacheinander die Namen auf und bittet alle in einen anderen Raum, damit sie sich erstmal kennenlernen können.

Zum Schluss stehen nur noch Evan und ich auf unserer Seite und zwei Studenten der Yamamoto.

»Evan, das hier ist Kaito Borden, Ihr Schützling.«

Er deutet mit einem Kopfnicken in die Richtung der gleich aussehenden Männer. *Natürlich sind die beiden Zwillinge!*

»Und das hier ist Tian.«

Die beiden kommen auf uns zu und stellen sich nochmal selbst vor.

»Hallo, Süße, ich bin Tian und ich denke, wir werden viel Spaß haben«, meint er mit einem Grinsen auf seinen Lippen. *Super! So einer hat mir gerade gefehlt!*

»Hallo, freut mich dich kennenzulernen«, plappere ich drauf los.

Evan sieht zu uns, aber seine Miene ist völlig versteinert.

»Ist das dein Kerl?«, fragt Tian mich.

Ich sehe zu Evan und er schüttelt leicht den Kopf. Er hat mir gestern erklärt, wir sollten uns bis zum Ball so verhalten, als wären wir noch immer getrennt, denn womöglich hat es die Yako nur deshalb auf mich abgesehen, weil ich mit Evan zusammen bin. Ich schlucke den Kloß in meinem Hals herunter und lächle Tian an.

»Nicht mehr.«

Sein Grinsen wird breiter.

»Ich sehe, mir wird es hier gefallen. So, genug vom Kennenlernen. Können wir dann mal los? Ich bin noch immer etwas erschöpft von der Reise und würde mich gerne hinlegen«, fragt er mich, bevor er in Richtung seines Bruders hinzufügt: „Kanojo wa atsuidesu!« Kaito schüttelt den Kopf und Evan beginnt zu knurren. Ich spreche zwar kein japanisch, aber Evan schon und das, was Tian da gesagt hat, gefällt Evan offensichtlich nicht.

Beim Bungalow angekommen bin schon kurz davor, dem Typen für seine überhebliche Art eine reinzuhauen. Meine Mauern sind intakt, ich habe sie noch zusätzlich verstärkt, denn als ich daran gedacht habe, ihn umzubringen, hat er gelacht und gemeint, ich soll mich nicht so aufregen.
»Hey, Süße, sei nicht sauer. Ich bin ein ganz Lieber, versprochen. Ich beiße nur, wenn du das möchtest«, sagt er und grinst dieses bescheuerte schiefe Grinsen. *Er ist heiß, ohne Frage!* Mit seinen schwarzen Haaren, die er etwas länger trägt und seiner lässigen Kleidung, ist er der perfekte Bad Boy. Er hat schwarze Vans an, dazu eine schwarze, an den Knien zerrissene Jeans und ein schwarzes Shirt. Eigentlich genau mein Beuteschema und wäre ich nicht mit Evan zusammen, hätte ich definitiv meinen Spaß mit dem Kerl. Aber ich liebe Evan nun mal und deswegen geht mir der Kerl auf die Nerven.

»Spars dir. Den Spruch kenn ich schon und der Letzte, der ihn gebracht hat, hat das nicht gut weggesteckt«, kontere ich bissig.

»Oh, ich liebe aufmüpfige Frauen.«

»Vergiss es, Kleiner, ich bin in einer ganz anderen Liga als du. Mit mir wärst du hoffnungslos überfordert«, vermittle ich ihm.

Der Kerl macht mich einfach wütend, deswegen kann ich das nicht auf mir sitzen lassen. Er kommt langsam auf mich zu.

»Das werden wir sehen«, raunt er an meinem Ohr und mir läuft ein Schauer über den Rücken.

Ich zeige ihm eines unserer Gästezimmer, in dem er die nächste Zeit verbringen wird, und lasse ihn allein.

Ich gehe in Vickys Zimmer und will mich gerade über den Kotzbrocken von Typen aufregen, als mir eine zierliche Gestalt auf ihrem Bett auffällt.

»Hallo, ich bin Shinji.«

Sie steht auf und verbeugt sich kurz vor mir. Verdutzt sehe ich sie an.

»Äh, ich bin Liz«, sage ich wenig geistreich.

»Warum verbeugst du dich vor mir?«, verlange ich zu wissen.

»Du bist im Rang über mir. Das ist ein Zeichen des Respekts, den ich dir erweisen muss. Du bist eine Zehn, bei uns ist es Brauch, sich vor höher rangigen Personen zu verbeugen.«

»Okay, aber könntest du damit aufhören? Ich gebe nicht allzu viel auf meinen Status«, bitte ich sie.

Sie nickt verstehend und setzt sich wieder auf Vickys Bett. In diesem Augenblick kommt V aus ihrem Bad und lächelt uns beide an.

»Na, wie ist er so?«, fragt sie mich.

»Shinji hat mir nichts gesagt, weil er im Rang höher als sie ist und es ihr deswegen nicht zusteht, oder so ein Quatsch.«

Sie sieht mich herausfordernd an. *Oh, ich weiß genau, was du vorhast.*

»Er hat ein schönes Äußeres, aber innen drinnen ist er ein Kotzbrocken. Er nervt mich schon die ganze Zeit. Jetzt ist er gerade in seinem Zimmer, damit er vermutlich seinen Schönheitsschlaf nachholen kann. Sag mal, Shinji, was ist los mit dem Typen?«, frage ich sie.

Sie zieht ihre kleine Stupsnase kraus und spielt mit dem Saum ihres Shirts.

»Es tut mir leid, aber ich kann dazu nichts sagen«, meint sie verlegen.

»Nun komm schon, uns kannst du es doch erzählen«, bittet Vicky sie.

Sie schüttelt nur ihren Kopf, geht aber währenddessen auf V's Schreibtisch zu, zieht ein Blatt Papier und einen Stift hervor und beginnt zu schreiben. Nachdem sie fertig ist, kommt sie damit auf uns zu und reicht das Blatt Vicky und mir. Darauf steht:

Wir können nicht darüber reden, wenn er sich im selben Haus befindet.

Alles klar – sie hat Angst vor ihm und ich denke ich weiß auch, warum. Der arrogante Arsch hat eine sehr starke Begabung im Gedanken lauschen, selbst wenn die Mauern in Ordnung sind.

»Alles klar. Wie sieht es mit euch aus? Habt ihr auch solchen Hunger?«, frage ich verschmitzt in die Runde. Beide nicken und wir begeben uns aus dem Bungalow. Vicky schreibt Chloe eine Nachricht, dass wir uns mit ihr und Yui in der Kantine treffen wollen. Chloes Antwort kommt schnell. Sie wird aber ohne Yui kommen, weil sie *‚eine dumme Schlampe ist.‘*

In der Kantine angekommen wartet Chloe bereits vor der Tür auf uns. Sie wohnt näher an der Kantine als wir.

»Ich habe die dumme Schnepfe in unserem Zimmer gelassen. Nachdem ich ihr gesagt habe, dass ich in einen meiner Kurse muss, hat sie mich ganz schnell abgewimmelt«, strahlt Chloe uns an.

Das ist mal wieder typisch Chloe. Mit solchen Mädchen hat sie definitiv Erfahrung.

»Es tut mir leid, dass du unser Monster bekommen hast. Obwohl ich eher glaube, dass sie nur deshalb so sauer ist, weil sie gehofft hat, an meiner Stelle zu sein. Sie ist nämlich in Tian verknallt, seit sie damals zu uns an die Highschool gekommen sind«, haut die bis jetzt so ruhige Shinji raus.

Mein Kinn klappt nach unten. Mit so einer Ansage habe ich jetzt nicht gerechnet. Chloe sieht ebenfalls geschockt aus. Nur Vicky scheint nicht überrascht zu sein.

»Bevor du und Tian gekommen seid, hat sie schon einige solcher Sachen zum Besten gegeben«, erklärt uns Vicky.

Shinji wird etwas rot, schüttelt es aber schnell wieder ab.

»So, jetzt ist er nicht in Reichweite. Jetzt erklär mal, was mit dem Kerl nicht in Ordnung ist«, verlange ich von ihr.

»Wie du vielleicht schon bemerkt hast, hat Tian eine besonders starke Begabung. Er kann deine Gedanke hören, egal, wie stark deine Abwehr ist. Aber nicht nur das – er kann dadurch auch Gespräche verfolgen, dafür muss er nur einmal in deinem Kopf gewesen sein. Und ihr könnt euch sicher sein, dass war er schon, als ihr ihn das erste Mal gesehen habt«, erklärt sie uns.
Ach du heilige Scheiße! Ich habe mir zwar schon sowas in diese Richtung gedacht, aber Gespräche durch Wände belauschen ist selbst für mich was Neues. Plötzlich werden Vicky und Chloe knallrot.

»Nein, nein, nein!«, flehen sie beide gleichzeitig.

»Doch«, meint Shinji grinsend.

Nur ich stehe mal wieder auf der Leitung.

»Was ist los?«, dränge ich die drei zu einer Antwort.

»Hast du dir nicht gedacht, wie heiß er ist?«, erbarmt sich Chloe, mir die Situation zu erklären.
Habe ich das? Vielleicht eine Millisekunde. Aber das weiß er sowieso, so wie der Typ sich verhält.

»Ja, und? Ich verstehe das Problem gerade nicht«,
sage ich schulterzuckend.

Er soll denken, dass ich nicht mit Evan zusammen bin,
das spielt mir auch noch in die Karten.

»So kennen wir unsere Liz – viel zu selbstbewusst, um
sich zu genieren«, kichert Vicky.

Nachdem wir etwas gegessen haben, spazieren wir
zurück zu unserem Haus. Dort angekommen, bemerke
ich sofort eine seltsame Schwingung. Schwindel erfasst
mich und Vicky und Shinji verschwinden komplett aus
meinem Sichtfeld. Schon tauchen fremde Gestalten
vor meinem inneren Auge auf. Sie unterhalten sich,
aber ich kann nicht genau sagen, worüber. Ich kann
auch keine gefährliche Situation erkennen. Als
plötzlich der ältere der beiden den anderen am Kragen
packt und über den Tisch zieht. *»Hör mal zu, Kleiner!
Du wirst sie für dich gewinnen und somit unserer Sache
dienen«*, brüllt der Alte den Jungen an.

Danach verschwimmt die Situation und ich lande
wieder im Hier und Jetzt. Komisch, der Junge kam mir
bekannt vor, aber ich kann ich ihn nicht zu ordnen.

»Alles okay?«, fragt mich Vicky und ich nicke.

Sie fragen mich nicht, was ich gesehen habe, weil sie
die Regeln kennen, aber da beide nicht in der Vision
vorgekommen sind beschließe ich, mich mit ihnen auf
die Bank zu setzen und erzähle ihnen davon.

»Das ist sehr seltsam«, bestätigt Vicky. Shinji nickt
zustimmend.

Wir gehen weiter, aber irgendwie habe ich das Gefühl, beobachtet zu werden. So, als würde mir jemand permanent Löcher in den Rücken starren, aber wenn ich mich umsehe, erkenne ich niemanden, der mich beobachtet. Ich schlucke das komische Gefühl herunter und betrete nach den beiden das Haus.

»Shinji, bring mir etwas zu essen. Du, wie heißt du noch schnell?«, sagt Tian barsch zu meinen Freundinnen.

»Ich heiße Vicky und Shinji bringt dir bestimmt nichts zu essen. Du kannst dir in der Küche selbst etwas machen, du verzogener Schnösel«, blafft Vicky ihn an. Eins zu Null für den Engel mit den schwarzen Haaren.

»Wie hast du mich gerade genannt?«, fragt er bedrohlich leise.

Shinji schluckt schwer und verschwindet in der Küche. Sie versucht, Vicky noch am Ärmel mitzuziehen, aber sie bleibt unbeirrt stehen und starrt den Kotzbrocken unerschrocken an. *Richtig so Süße! Zeig es ihm!*

»Ich glaube dir ist nicht bewusst, wie du dich in meiner Gegenwart zu verhalten hast«, meint er ruhig. Noch immer schwingt Verachtung in seiner Stimme mit.

»Oh, vertrau mir, ich verhalte mich Arschlöchern gegenüber immer so«, kontert sie zuckersüß. *Boom! Sieg auf ganzer Linie!*

Plötzlich wird Vickys Miene ausdruckslos und sie geht ohne ein weiteres Wort in die Küche. Verdattert sehe ich ihr nach.

»Was hast du mit ihr gemacht?«, frage ich ihn schrill.

»Ich habe ihr meinen Willen aufgezwungen, eine praktische Gabe. Leider gehört sie meinem Bruder und somit kann ich sie nur eingeschränkt nutzen«, erklärt er.

Entgeistert sehe ich ihn an.

»Wir sind Zwillinge, Süße. Wir können die Fähigkeiten des anderen anzapfen. Was wird euch hier überhaupt beigebracht?«, fragt er überheblich.

Ich will gerade zu einer Antwort ansetzen, als er fortfährt.

»Leider kann ich das nur mit den niedrigen Rängen machen. Kaito kann es mit jedem«, prophezeit er mir.

DER BALL

Eine Woche ist seit der Anreise der japanischen Studenten vergangen und ich würde Tian am Liebsten erschlagen. Der Typ studiert im Ernst Medizin. In welcher Art das meinen Kursen ähnlich sein kann, verstehe ich nicht, aber ich weiß schon jetzt, dass ich mein Lernpensum nicht mehr lange werde halten können. Zusätzlich macht der Kerl Kickboxen – das ist übrigens der einzige Kurs, der sich mit meinem Stundenplan deckt – und spielt Lacrosse. Was bedeutet, dass ich Hunter öfters über den Weg laufe, als gewollt. Die beiden verstehen sich blendend. Wenn Hunter wüsste, dass Tian im Hirn seiner Schwester herumgepfuscht hat, sehe die Geschichte vermutlich schon wieder anders aus.

Vicky verhält sich seit dem Zwischenfall nicht wie sie selbst, sobald der Kotzbrocken in der Nähe ist, und das beunruhigt mich doch. Ich habe bereits dreimal versucht, mit Hunter darüber zu sprechen, aber er hat mich nur immer wieder belächelt. Denn plötzlich ist Tian immer wie aus dem Nichts aufgetaucht und

Hunter bekommt einen ausdruckslosen Gesichtsausdruck. Tian ist gefährlich, das hat auch Shinji bestätigt. Immer, wenn er aus dem Haus ist, oder wir mal allein unterwegs sind, ist sie ein völlig anderer Mensch.

Morgen ist es endlich soweit. Der Ball steht vor der Tür und danach beginnen endlich die Ferien und ich sehe meinen Dad wieder. Evan wird mich für eine der zwei Wochen begleiten. Die zweite Woche werden wir bei seiner Familie verbringen und ich freue mich schon, alle kennenzulernen.
Ich habe heute mit meinem Dad telefoniert und wir sind nochmals die ganzen Details unseres Aufenthalts bei ihm durchgegangen. Er ist ganz schön nervös, Evan endlich kennenzulernen. Ich habe etwas Angst, dass mein Dad Evan nicht mögen könnte, doch er versichert mir jedes Mal, dass er, solange er mich gut behandelt und mich glücklich macht, ihn genauso akzeptieren wird, wie jeden anderen Mann, den ich liebe. Dass das eine Anspielung auf Jacob ist, ist mir natürlich nicht entgangen, und ich muss ehrlich zugeben, er fehlt mir. Immerhin waren wir drei Jahre lang zusammen und noch viel länger befreundet. Ich nehme mir fest vor, ihn noch vor meiner Abreise anzurufen und mit ihm ein Treffen auszumachen, damit wir endlich in Ruhe über alles reden können.

Evan und ich haben seit der Ankunft der Austauschstudenten nicht mehr miteinander gesprochen und ich vermisse es, ihn zu berühren oder ihn in meinen Gedanken zu hören. Das einzige, dass mir bleibt, sind unsere Nachrichten.

Kaito, Tians Bruder, scheint nett zu sein, denn Evan versteht sich wahnsinnig gut mit ihm. Ich habe ihm von seiner Fähigkeit erzählt, aber sobald ich das Thema darauf lenke, blockt er ab. Morgen um diese Zeit kann ich mich endlich wieder in seine Arme schmiegen.

Vicky ist ebenfalls schon völlig am durchdrehen und hat die vergangene Woche gehungert, um – ihrer Meinung nach – noch besser in das Kleid zu passen. Was natürlich Schwachsinn ist, die Frau hat eine beneidenswerte Figur.

Heute sind die Abschlussprüfungen für dieses Semester und ich kann noch immer nicht glauben, dass ich bereits fünf Monate hier verbracht habe. Für heute muss ich nicht mit in die Tians Kurse, damit ich meine Prüfungen ablegen kann.

Als erstes ist Literatur dran und ich mache mir beinahe in die Hose. Vicky hat mit mir bis zum Umfallen gelernt und mir alles Mögliche versucht zu erklären.

Ich setze mich auf meinen Platz, lege mir einen Stift auf das Pult und warte, bis Professor Colt den Raum betritt.

»Guten Morgen. Ich hoffe, Sie sind gut vorbereitet. Bitte holen Sie sich ein Blatt und beginnen Sie. Sie haben dafür 120 Minuten Zeit. Ich wünsche Ihnen viel Glück!«, beendet er seine Ansprache.

Ich schnappe mir ein Blatt und atme erleichtert aus. Es ist zu meinem Vorteil ein Multiple Choice Test.

Zwei Stunden, drei Kaffeebecher und jede Menge Nerven später kritzle ich meinen Namen auf das Papier und lege es auf den Stapel vor Professor Colt. Er wünscht mir schöne Ferien. *Die werde ich ganz sicher haben, denn die Noten werden erst danach bekannt gegeben.*
Die Prüfung in Reformgeschichte kann ich sogar vor der vorgegebenen Zeit beenden und klatsche mich selbst ab. Danach bleiben nur noch die Prüfungen in Blocken und Sehen. Blocken werde ich ohne Probleme bestehen, aber Sehen werde ich verkacken, ohne Frage. Ich kann noch immer nicht gezielt in die Zukunft sehen. Die beiden Prüfungen sind aber erst für den Nachmittag anberaumt, somit habe ich jetzt Zeit, etwas in der Kantine zu essen. Vicky ist leider noch in einer Prüfung und Chloe hat bei Ty noch eine Nachhilfestunde in Blocken, denn sie schafft es einfach nicht, ihre Gedanken einzudämmen.
In der Kantine gönne ich mir das heutige Tagesmenü und ein Schoko Soufflé. Danach mache ich mich auf den Weg in die wunderschöne Bibliothek. Jedes Mal, wenn ich diesen Raum betrete, staune ich über seine Schönheit – die verschnörkelten Bücherregale, die verzierte Decke.

Die Prüfungen in Blocken und Sehen werden einzeln abgehalten. Da Evan mein Testobjekt ist, kann ich

Blocken gar nicht versauen. Zuerst muss ich meine Gedanken vollkommen abschirmen. *Kein Problem!* Ich merke, wie jedes Mal, wenn jemand versucht, in meinen Geist zu kommen, ein leichtes Ziehen, gebe ihm aber nicht nach. Meine Mauern sind intakt. Danach müssen wir kommunizieren, aber Professor Scott darf nichts davon mitbekommen. Auch das schaffen wir mit Bravour. Gut, Prüfung Nummer eins geschafft. Bleibt noch das Sehen. Wenn ich diese Prüfung nicht schaffe, muss ich sie im nächsten Semester wiederholen. Das wäre nicht schlimm, aber mein Ehrgeiz lässt das nicht zu.

Professor Scott verlässt mit Evan den Raum. Dieser zwinkert mir kurz davor noch zu. Keine fünf Minuten später betritt Professor Cray den Raum.

»Sind Sie bereit, Miss Foster?«, fragt sie mich.

Ich nicke tapfer. Ich soll für sie, wie auch schon in den Übungsstunden, eine Vision erzwingen, doch es gelingt mir nicht. Professor Cray ist wahnsinnig geduldig mit mir und lässt mir mehr Zeit, als mir eigentlich zustünde. Trotzdem schaffe ich es nicht. Sie entlässt mich mit einem aufmunternden Lächeln, doch ich sehe die Enttäuschung in ihren Augen. Ich schreibe Vicky, Chloe und Evan eine kurze Nachricht, dass ich Sehen nicht bestanden habe.

Chloe: *Nächstes Mal klappt es bestimmt.*

Vicky: *Tut mir leid Süße. Das Nächste Mal.*

Evan: *Wir werden weiter üben und im nächsten Semester funktioniert es. Ich liebe dich.*

Als ich in unseren Bungalow zurückkehre, ist es mucksmäuschenstill und ich habe noch immer das Gefühl, beobachtet zu werden. Seit einer Woche verfolgt mich nun dieses Gefühl, ich kann es einfach nicht abschütteln.

Es ist spät, denn ich habe im Park noch ewig mit meinem Vater telefoniert. Vicky und Shinji schlafen bereits und wo Tian ist, möchte ich lieber nicht wissen.

Ich erwache mit der Sonne und einem Kitzeln an meiner Wange. Ich öffne die Augen und schaue in die braunen Augen von Tian. Abrupt fahre ich hoch und schlage seine Hand weg. Seine Finger liegen auf meiner Wange und streicheln mich.

»Wie lange bist du schon hier?«, frage ich lauter als beabsichtigt.

»Nicht sehr lange. Ich wollte dich mit Kaffee wecken, aber du hast so süß geschlafen, da konnte ich nicht anders«, sagt er mit einem schiefen Grinsen im Gesicht.

»Sag mir was du willst, Tian, und dann verschwinde aus meinem Zimmer«, seufze ich.

»Ich wollte mich entschuldigen, wie ich dich bis jetzt behandelt habe. Und ich wollte dich fragen, ob du mir heute einen Tanz schenken würdest?«, fragt er vorsichtig. *Hat der einen an der Klatsche?*

»Gut, ich nehme deine Entschuldigung an. Ob ich mit dir tanze, weiß ich noch nicht. Und jetzt lass mich bitte allein«, sage ich sachlich.

Er nickt und geht. *Was war denn das jetzt?* Keine Ahnung, was der Typ so einwirft, aber er sollte es öfter nehmen, wenn er dadurch netter wird. Ich trinke den Kaffee, den er hiergelassen hat und beginne danach mit meiner morgendlichen Routine.

Zu Mittag holt uns ein Klingeln an der Tür zurück ins Hier und Jetzt. Vicky, Shinji, Chloe und ich haben gerade einen Film auf Loopstar gesehen und die Zeit völlig vergessen.

»Guten Tag, die Damen«, begrüßt uns ein kleingewachsener Mann.

Er trägt einen weißen Anzug und hinter ihm betritt eine ganze Armada an Hilfskräften unser Wohnzimmer. *Wen hat Evan da nur engagiert?*

»Mein Name ist Louis, und ihr hübschen Täubchen werdet nun zu Schwänen«, offeriert er uns mit seinem gekünstelten französischen Akzent.

Zu allererst müssen wir in unsere Kleider schlüpfen, weil wir sie danach nicht mehr anziehen können, ohne Louis' Werk zu zerstören. Wir werden geschminkt, gezupft, geföhnt und gestylt, bis ich das Gefühl habe, vor lauter Haarspray mein Gesicht nicht mehr bewegen zu können.

Kurz vor 20.00 Uhr löst sich unsere Clique langsam auf. Shinji ist bereits mit ihren Kommilitonen zum Ball gegangen und Chloe wurde von Blake abgeholt. Jetzt steht Tyler in einem wunderbaren Smoking vor unserer Tür und holt seine Herzdame ab. Vicky sieht in ihrem Kleid einfach umwerfend aus. Ich mache noch schnell ein Foto von den beiden bevor sie aus der Tür verschwunden sind.

Ich überlege gerade, ob ich mir noch einen Kaffee gönnen soll, als Evan die Küche betritt. Er sieht atemberaubend aus. Er trägt einen schwarzen Dreiteiler und passend zu meinem Kleid ein petrolfarbenes Einstecktuch. Mit seinem typischen Grinsen kommt er auf mich zu und zieht mich endlich in seine starken Arme.

»Du siehst umwerfend aus, meine Schöne. Ich liebe dich«, haucht er in mein Ohr und küsst mich verlangend.

Nachdem wir uns voneinander gelöst haben, gehen wir vor die Tür und steigen in den Bentley.

Am Ball angekommen, öffnet uns Alfred die Tür und wünscht uns einen schönen Abend.

»Den werden wir haben. Das wäre derzeit alles. Danke, Alfred«, sagt Evan.

Wir betreten die große Halle und ich erstarre, als ich den Raum so geschmückt sehe. An den Wänden hängen wunderschöne Bilder von Kirschblüten und in der Mitte des Raumes steht ein Kirschbaum in voller Blüte. Wir sind gerade rechtzeitig gekommen, denn mein Onkel betritt in dem Moment die Bühne und eröffnet den Ball.

»Vielen Dank, dass Sie so zahlreich erschienen sind. Ich wünsche Ihnen einen schönen Ball. Mister Thompson und Miss Foster werden, wie es als Zehner Brauch ist, den Ball mit dem ersten Tanz eröffnen.«

Alle sehen in unsere Richtung. Das hat er mir verschwiegen, dieser Knallkopf. Deswegen hat Vicky also ununterbrochen mit mir geübt. Da stecken sie wieder alle unter einer Decke.

»Das wird Folgen haben, mein Freund!«, lasse ich ihn wissen.

Sein Grinsen wird nur noch breiter. Wir beenden gerade unseren Tanz und andere Paare folgen uns auf die Tanzfläche und wollen den typischen Tanz der Sakura tanzen, als ein Knall den Saal erschüttert.

Schwarze Gestalten mit weißen Fuchsmasken lösen sich aus der Menge.

Die Yako, sie sind hier. Evan schiebt mich mit einem Ruck hinter sich und schirmt mich so vor ihnen ab. Die Leute beginnen zu kreischen und in Panik zu verfallen, als sich einer der Masken tragenden Männer das Mikrofon schnappt.

»Niemandem wird etwas geschehen, wir wollen nur die Sakura und alles ist in Ordnung«, lässt er im Saal verklingen.

Die Sakura? Das war doch nur eine Legende. Sind die Typen irre? *Nein Liz, die tragen Masken nur zum Spaß. Natürlich sind sie irre!*

»Liz, bleib hinter mir«, raunt mir Evan über seine Schulter zu.

»Ah, wie ich sehe versteckt sie sich hinter Evan Thompson. Geh zur Seite, Junge, und dir wird nichts geschehen«, verlangt der Mann auf der Bühne.

Evan spannt seine Muskeln an und bleibt, wo er ist.

»Du bekommst sie nicht. Vergiss es!« brüllt er zurück. Dann geht alles ganz schnell. Ein weiterer Schatten löst sich aus der Menge und setzt Evan mit einem Schlag außer Gefecht. Er fällt zu Boden und ich beginne zu schreien. Ich sehe nur noch ihn, wie er in einer Blutlache vor mir liegt.

»Was ist los mit euch Verrückten?«, schreie ich meinem Frust heraus.

Der Mann auf der Bühne sieht mich mit seiner Maske an und lässt ein stumpfes Lachen verklingen. Plötzlich verschwimmt meine Sicht und kurz bevor ich umkippe, höre ich nur noch zwei Sätze.

»Sie erwacht! Beeilt euch!«, brüllt jemand in der Menge.

Danach liege ich in völliger Dunkelheit.

Ende Band Eins

DANKSAGUNG

Dass dieses Buch entstanden ist, war ehrlich gesagt ein reiner Glücksfall. Lange, bevor ich begonnen habe zu schreiben, habe ich jede Menge Bücher gelesen, regelrecht verschlungen. Doch irgendwann fand ich kein Buch mehr, das mir ins Auge sprang, und ich griff die bereits vorhandene Idee in meinem Kopf auf und begann zu schreiben.

Lange war ich mir nicht sicher, ob ich dieses Buch je fertig bekommen würde, oder ob ich es veröffentlichen möchte. Doch jetzt, wo ich die letzten Zeilen geschrieben habe, bin ich unglaublich glücklich darüber, nicht aufgegeben zu haben, und hoffe sehr, dass ich den einen oder anderen mit in eine Welt voller Mythen nehmen konnte.

Für alle, die nun entgeistert den letzten Satz gelesen haben, möchte ich sagen: Keine Angst die Geschichte rund um Alice geht weiter.

In erster Linie möchte ich mich bei meinen Lesern bedanken – ohne euch würde es dieses Buch nicht geben.

Ein großer Dank geht an meinen Mann, für seinen Glauben an mich. Danke, dass du für mich da bist und mich immer, wenn nötig, zurück in die reale Welt holst. Eine Welt, die ohne dich nicht so strahlen würde, wie sie es mit dir an meiner Seite tut!

Bei Caro – ohne dich wäre es niemals so weit gekommen. Du hast dieses Buch nicht nur korrigiert, sondern mit mir gelebt, und dafür gebührt dir ein riesiges Dankeschön.

Bei Verena und Christina, dass ihr mich nie belächelt habt und immer an mich und dieses Buch geglaubt habt.

Ein großes Dankeschön gilt auch Blanca, Nicole, Lisa, Nadine, Sandra, Helene und Marjana. Ihr wart meine Testleser, habt nie mit Kritik hinterm Berg gehalten und mir auch die ungeschönte Wahrheit ins Gesicht gesagt. Vielen Dank für eure Unterstützung.

Alice Foster – Kaste 10 – Protagonistin

Scarlet Foster – Kaste 5 – Mutter von Alice, verstorben

Michael Foster – Kaste 5 – Vater von Alice

Jacob O'Kelly – Kaste 3 – Ex Freund von Alice

Hunter van Lose – Kaste 9 - Pate

Vicky van Lose – Kaste 9 – beste Freundin

Evan Alexander Theodore Thompson – Kaste 10 – fester Freund

Tyler Hudson – Kaste 9 – fester Freund von Vicky

Isaac Hudson – Kaste 9 – kleiner Bruder von Tyler, besonders begabt

James Miller – Kaste 10 – Dekan von Karnstein, Onkel von Alice

Elisabeth Miller – Kaste 10 – Ratsmitglied, Großmutter von Alice

Henry Miller – Kaste 10 – Großvater von Alice

Brooke Sanderson – Kaste 8 – Cheerleader

Mister Jones – Kaste 9 – Kickboxtrainer

Charlotte Thompson – Kaste 10 – ohne Begabung, Großmutter von Evan

Alfred – Kaste 6 – Buttler der Thompsons

Chloe Bishop – Kaste 9 – Freundin von Alice und Vicky

Blake St. James – Kaste 8 – fester Freund von Chloe

Yako – böse Organisation mit weißen Fuchsmasken weißen Fuchsmasken

GLOSSAR

Kaste 1 – Arbeiter – Fabrik

Kaste 2 – Arbeiter – Landwirtschaft

Kaste 3 – Arbeiter – Holz

Kaste 4 – Arbeiter – Metall

Kaste 5 – Angestellte – Dienstleistung/Geschäfte

Kaste 6 – Angestellte – Buttler/Mägde

Kaste 7 – Lehrer

Kaste 8 – Ärzte, Professoren

Kaste 9 – Berater des Rates (Begabungen: Sehen und Lesen)

Kaste 10 – Ratsmitglieder (Begabungen: Sehen und Lesen und diese zu manipulieren)

Ab Kaste 9 kann man auch andere Aufgaben wählen und unter besonderen Voraussetzungen in den Rat beruf en werden.

Ab Kaste 8 kann man auch andere Aufgaben wählen. Aber nur darunter, da sie nicht über Gaben verfügen.

BESONDERE GABEN

Alice – Sakura (Kirschblüte) kann in die Vergangenheit sehen

Evan – Telepathie

Hunter – Lesen von Gedanken aus der Ferne, durch Berührung von Gegenständen (Fährtenleser)

Vicky – nicht bekannt

Isaac – nicht bekannt

Tyler – nicht bekannt

Chloe – nicht bekannt

Tian – Lesen von Gedanken trotz Abwehr

Kaito –kann jedem seinen Willen aufzwingen

James – nicht bekannt

Zwillinge können, wenn auch eingeschränkt, auf die Gaben des anderen zugreifen und diese anwenden.